江弱水 著

卞之琳诗艺研究

时代出版传媒股份有限公司
安徽教育出版社

图书在版编目(CIP)数据

卞之琳诗艺研究/江弱水著. —2版. —合肥:安徽教育出版社
ISBN 978−7−5336−2698−3

Ⅰ.卞… Ⅱ.江… Ⅲ.诗歌—文学研究—中国—当代
Ⅳ.I207.22

中国版本图书馆CIP数据核字(2020)第194979号

卞之琳诗艺研究
BIAN ZHILIN SHIYI YANJIU

出 版 人:费世平
策划编辑:何 客 王玉凝
责任编辑:万直纯 何换生
助理编辑:余润桑
封扉设计:王莉娟
美术编辑:张鑫坤
技术编辑:陈善军

出版发行:时代出版传媒股份有限公司 安徽教育出版社
地 址:合肥市经开区繁华大道西路398号 邮编:230601
网 址:http://www.ahep.com.cn
营销电话:(0551)63683012,63683013
排 版:安徽时代华印出版服务有限责任公司
印 刷:安徽新华印刷股份有限公司

开 本:880×1230 1/32
印 张:10.75
字 数:240千字
版 次:2020年8月第2版 2020年8月第1次印刷
定 价:58.00元

(如发现印装质量问题,影响阅读,请与本社营销部联系调换)

目 录

引 言　　　　　　　　　　　　　　　1

第一章　意象与主题　　　　　　　　14

　第一节　30年代初期（1930—1934）　16

　第二节　30年代中期（1935—1937）　30

　第三节　30年代后期（1938—1939）　44

　第四节　50年代（1950—1958）　　　56

　第五节　80年代（1982—1990）　　　63

第二章　意识与声音　　　　　　　　76

　第一节　独特的抒情气质与策略　　77

　第二节　自我意识的客观化　　　　80

第三节　主体声音的对话化　　91
第四节　结　语　　104

第三章　句法与章法　　112
第一节　句　法　　112
第二节　章　法　　130

第四章　音韵与体式　　158
第一节　顿　　159
第二节　韵　　170
第三节　体　　181

第五章　西方的影响　　197
第一节　魏尔伦　　198
第二节　艾略特　　206
第三节　瓦雷里　　211
第四节　纪　德　　222
第五节　奥　顿　　233

第六节	结　语	*239*

第六章	**古典的影响**	***252***
第一节	兴趣与修养	*253*
第二节	艺术背景	*258*
第三节	思想渊源	*264*

第七章	**时人的影响**	***280***
第一节	徐志摩与闻一多	*280*
第二节	废　名	*297*

结　语	***322***
主要参考书目	***333***
再版后记	***338***

引 言

一

卞之琳晚年说过这样一句话："我写的诗中找不到一个'诗'字。"[1] 可是，综观他70年的文字生涯，无论何种体裁的创作，也无论何种文类的翻译，却处处能找到一个字，那就是"诗"。他的散文是诗人的散文，只要读一读《尺八夜》、《成长》，就不难感受那份浓郁的诗情。他的小说"也烙下了卞之琳的印记——肌理绵密而富抒情冥想——《山山水水》基本上是诗人的小说"[2]。"缪思没有掉以轻心地用了左手，还是全心全意地用了写诗的右手。"[3] 创作如此，他的翻译亦以诗为指归。早年的《西窗集》"译的是从19世纪后半期到当代西洋诗文的鳞爪，虽是杂拌儿，读起来也许还可以感觉到一个共通的特点：一点诗的情调"[4]。论者也说他的"散文译品""实际上都是诗"，"透出了散文深沉的诗意"[5]。稍后他译了斯特莱切的著名传记《维多利亚女王传》，"最令人惊叹的是卞之琳以诗人的精美文字，正确传译原文原意，又信又达。而在雅的方面，这书成了卞本人的文学作品，而又不失原文的准确性"[6]。晚年他倾尽心血翻译莎士比亚的四大悲剧,更是实现了"以诗译诗"的崇高理想,即梁实秋曾经"最馨香祝祷"的,"有诗人肯以他的生花妙笔来传译莎氏的本来面目"[7]。

但卞之琳一生的定位,首先是一个诗人。他对20世纪中国文学的贡献,也首先是他的诗。从不轻许现代作家的余光中,20年前曾说:"我认为这60年来,他绝对是一流的诗人。"[8] 1982年,香港三联书店印行了卞氏的《雕虫纪历1930—1958》(增订版),并作如下介绍:

> 卞诗继承中国诗传统,借鉴西方现代诗新风,独辟蹊径,形式、语言、风格有一贯的个人特色,亲切、含蓄又多变化;有的冲淡而清新,有的俊逸而深邃,有的为人传诵不绝,有的为人争议不休。因都富于回味,至今仍拥有不少的读者……[9]

这是一个恰如其分的评价。

可是,卞之琳的诗歌创作,由于其思想情调和艺术表现的独特性,在相当长的时期里不为读者广泛接受,也少有学者深入研究。汉乐逸(Lloyd Haft)将卞之琳作品1949年以后30年中的受冷落归结为表面上的诠释困难。[10] 陈少元除此之外还指出,卞氏的不喜自我标榜也是批评家较少留意他的原因之一。[11] 杜博妮(Bonnie S. McDougall)则主要从卞之琳与政治的关系去理解他被忽视的原因:既不逢迎,也不站在或被打入对立面。[12] 笔者认为,这些因素应综合起来考虑。的确,卞之琳诗艺的成就不仅没有得到充分的评价，反而招致很多贬责，唐祈对此曾有如下看法：

> 这固然与"左"的文艺思潮泛滥有关系，也由于这些评论家、文学史家对诗的理解认识有偏向，在他们的心目里除了思想性这唯一的标尺外，就不可能发现其他艺术的东西，他们并且把思想性这一点与"功利论"挂钩，给以过重的强调。而卞之琳恰恰并不热衷于以诗作为直接表达思想的交流工具，它是经过艺术创造的艺术品，所包容的东西比起功利论者知道得多得多。这些评论家流行已久的偏见，也许可以解释很多人不会读诗，或者看不懂卞之琳诗的原因。[13]

因此，对卞之琳诗歌创作的研究，总体上来说显得与其艺术成就并不相称。

二

在文化环境与学术氛围比较正常的三四十年代和八九十年代，少数批评家和学者对卞之琳诗的艺术价值有较深的体认，发表了数量不算多却很有水平的研究成果。以下笔者对有关卞之琳诗艺的研究情况作一概述。

1942年，李广田写作了长文《诗的艺术——论卞之琳的〈十年诗草〉》，1943年收入《诗的艺术》，由上海开明书店印行。作者属"汉园"三诗人之一，与卞之琳有很深的交谊，对卞诗的旨趣和技巧有异乎常人的了解。而且，此文的撰写乃在昆明西南联大与卞之琳共事期间,具有"奇文共欣赏,疑义相与析"的条件。当然,这些并没有影响一位严肃学者评论中的客观性。他的分析是审慎的,也尽量避免直接的评价。全文析论卞诗的"章法与句法"、"格式与韵法"、"用字与意象"诸方面,每能于具体诗篇的解剖中深窥诗人的用心,也善于在不同的诗中抽绎出共通的特点。经过他的解说,卞之琳的一些名篇如《白螺壳》、《圆宝盒》等增加了透明度,而卞诗技法上的种种讲究,如推衍的章法、用"于"字造成的特殊句法、用声音配合意义的音乐手法和科学意象的用法等,一一得到说明。与一些印象式批评名著(如刘西渭《咀华集》)相比,李广田立足于文本的分析显得格外细致、扎实,不仅在卞之琳诗艺的研究上开了一个好头,本身也成为中国现代文学批评不可多得的佳构。

1948年,废名在北京大学中文系开讲新诗,卞之琳的诗是其重点。这部分讲义1981年才发表出来,后收入1984年人民文学出版社的《谈新诗》一书。废名与卞之琳谊兼师友,对后者的思想影响很大,对其艺术也认识很深。他选取卞之琳11首代表作加以评点,精见迭出,妙解纷呈。虽然总体上近于古代诗话、词话以直觉为主的批评风格,但时能辅以理性的分析。由于废名本人对中国古典诗歌的深湛造诣和独特见解,他对卞诗文字的敏感和运思的体察非同一般,每能道人所未能道,所以卞之琳许为"解人"。但其缺点也很明显,卞之琳说:

> 有些地方,阐释极妙,出我意外,这也是释诗者应有的权利,古今中外皆然。只是知我如他,他竟有时对于其中语

言表达的第一层的（或直接的）明确意义、思维条理（或逻辑）、缜密语法，太不置理，就凭自己的灵感，大发妙论，有点偏离了原意，难免不着边际。[14]

1949年以后的30年，卞之琳的旧著在中国内地从未印行，有关卞之琳的研究也出现了长期的空白。但在香港，他的作品仍拥有相当的读者。六七十年代有不少诗选给予卞诗的分量很重。其中最为引人瞩目的，是1974年由香港大学出版社与香港中文大学出版部出版的《现代中国诗选1917—1949》。此书编者为张曼仪、黄继持、黄俊东、古苍梧等，其中选入卞之琳诗作19首，仅次于何其芳的20首，而高于当时备受推崇的艾青、田间、臧克家等诗人。在卞之琳诗辑"引言"中，编者特别称道了卞诗的戏剧化手法和口语的灵活使用，也指出了卞诗与西方作家的关系。在这篇"引言"最后，编者写道：

> 诗人从新月派的格律诗，脱胎为自成一格的象征诗，以至抗战期间的爱国诗，已经过了一个漫长阶段的生长和发展。在本质上卞之琳始终是个对生命的玄思者，诗句出口这么平常，却又这么洗炼而含义深远，把他从生命感悟得来的吐成浑圆的诗句，读者知道那不是鱼目。[15]

这个评价，配合以有分量的诗选，非常剀切而公允。

对卞诗的研究在这时期也进入了香港的大学研究院。1978年，香港中文大学硕士生陈少元在导师余光中指导下，完成了学位论文《卞之琳诗艺评论》。其时,可资参考的材料不多,卞氏50年代的作品也难获得。在这些局限之下,此文仍有一个堪称全面的论述架构,以约7万字的篇幅,重点分析了卞诗的结构、语言、意象、格律及主题,并作如下结论:

> 卞之琳在其10年的创作生涯中不但精确地掌握了自我的独特风格,而且为中国新诗提供了发展的新方向。如果我们相信徐志摩、闻一多在中国新诗史上的建树,我们更应相信,卞之琳的成就和贡献也能在中国新诗史上取得重要的地位。[16]

70年代末,国外有学者开始以卞诗为题撰写博士论文。澳大利亚墨尔本大学的伊丽丝(Christine Liao)对卞之琳和艾青的诗作比较研究,论文"*Bian Zhilin and Ai Qing: a Comparative Study of Selected Poems, with Reference to Focus and Lexical Cohesion*"占有材料比较有限,所作分析不够深入,对卞之琳诗艺的价值评判不够充分。相比之下,荷兰莱顿大学汉乐逸(Lloyd Haft)类似的工作显得比较扎实,在材料的收集上花了一番功夫。论文"*Pien Chih-Lin: A Study in Modern Chinese Poetry*"论传结合,对30年代卞诗的形式、主题和意象的分析篇幅较多,也试图揭示诗人所受的西方与古典影响。但缺点是论证往往失之于片面和表面,例如他提到卞诗受惠于佛学和道教,但于儒家思想没有给予应有的重视;又如他想在鲍照的《拟行路难》与卞之琳的《长途》、李广田的《第一站》与卞之琳的《车站》之间寻找联系[17],都缺乏说服力。细节的失误影响了整体的研究水平。

随着政治环境的改善和文化交流的出现，以及卞之琳诗文和译作的整理和印行，对卞诗的研究在80年代取得了长足的进展。

1980年2月，香港《八方》文艺丛刊第2辑出版了"卞之琳专辑"，除收入卞之琳若干旧作新论外，还刊载了张曼仪的《"当一个年轻人在荒街上沉思"——试论卞之琳早期新诗（1930—1937）》和黄维樑的《雕虫精品——卞之琳诗选析》。前文为一长篇专论，对卞氏抗战前诗作的西方渊源分析细致，对卞诗由小见大、由实入虚的组织与运思阐述得尤为精辟。后文则选取4首卞诗加以详剖细析，而各有侧重地就声韵的密集、意象的统一、戏剧化手法的巧妙运用以及语言的简练诸方面说明了卞之琳诗艺的高超。"专辑"还收录了张曼仪编制的《卞之琳著译目录》，是卞之琳研究的一项基础性工作。

所有对卞之琳作品和译品的研究，以张曼仪用力最勤，成就最大。从60年代开始，她就醉心于卞氏的诗艺和译艺。70年代末，她开始了卞之琳的专题研究，以整整8年的心血完成了《卞之琳著译研究》这本高水平的学术专著。该书1989年8月由香港大学中文系出版。正文15万字，对卞之琳各个时期的著译作了深入的探讨，并给予充分的评价。附录5万字以上，不仅详列卞氏的著译书目和集外辑遗，还做了新诗编年和著译编年两项更耐心细致的工作。全书论传结合，其态度之严谨、功力之深湛、见解之透辟，在迄今所见的现代作家研究中实不多见。袁可嘉在为此书所写的书评中说：

> 整部《研究》是贯穿着这种里里外外多方联系，中外古

今相互映照的整体观点和方法的。它的好处是让人看得全，看得透。这就要求著者不仅有广泛丰富的学识，而且对研究对象的生平、著译掌握充分的资料，否则便无从下手。……这部专著不仅在研究卞之琳上是个突破，而且也是整个现代中国诗论中很有特色和启发意义的力作。它以宏观上把握研究对象的全面材料（且多第一手资料）和细致深入的本文分析相结合为特色，做到了立论有据，评价恰当。[18]

张曼仪的这本专著，给卞之琳著译的研究作了一个很好的总结，成为这个领域的研究者必备的手册。

1990年4月，香港《诗双月刊》第1卷第5期出版了"卞之琳特辑"，辑中作者来自不同地域，从不同角度讨论了卞氏的诗作和翻译，内容相当充实，既有对卞诗技巧与组织的分析，也有对卞诗某一诗集（如为人忽略的《慰劳信集》）或诗风某一方面（如同样不受重视的古典渊源）的评论，进一步扩大了卞诗的影响，加深了对诗人艺术成就的认识。

同年7月，袁可嘉、杜运燮、巫宁坤主编的《卞之琳与诗艺术》由河北教育出版社出版。此书收入海内外20多位学者的评论（亦含几篇记述），作者大多为两岸诗界或译界名家，如"九叶"诗人中的五位和余光中、洛夫等人，他们对卞之琳诗艺的各个方面作了不同程度的分析，为研究者提供了大量富有启示性的意见，凸显了卞之琳对中国新诗的重要贡献，集体地调校了卞诗在本世纪新诗发展中应有的位置。

进入90年代，在大陆出现的一批文学"史论"性质的著作中，卞之琳所占的比例一直很大。某些作者，如王泽龙、李怡、王毅等，其论述颇有深度，多从中国现代主义诗歌流变的角度去考察卞诗所具有的共性与个性。这些成果，结合同时的许多文学史和诗选，显示出对卞之琳诗艺的成就已经有了新的估价。

80年代以来，对卞诗的研究有一个现象值得特别注意，即针对卞氏单篇诗作的赏析文章大量出现。据笔者不完全统计，散见于各种鉴赏辞典、诗选和书刊的此类文章百篇以上，其中尤以1990年7月北京大学出版社出版的孙玉石主编的《中国现代诗导读1917—1938》所收最多。这种形式的评论，灵活而具体，往往不乏新意和卓识，对一般读者阅读和理解卞诗颇有助益，也是研究者不可忽视的资源。

1998年11月，陈丙莹的《卞之琳评传》作为"中国现代作家评传"系列之一由重庆出版社出版。全书25万字，"步许多先行者后尘前行"[19]，广泛吸收了前人的研究成果，尤以得张曼仪《卞之琳著译研究》之助为多。作者评传结合，在纵的框架内作横的剖切，对卞诗名作的介绍与分析相当充分，在兼顾各家见解的同时不失个人的体验，又每能以历史的眼光对卞诗加以省视，如指出诗人关注并表现民情民俗的"京派文学"视角，道破"七月诗人"对卞诗表面拒斥而暗自倾心的现象等。由于排印稍觉仓促而粗疏，此书的质量不免受到了影响。

三

卞之琳不是一个多产的诗人，70年间只发表了170首诗[20]，但却以语言的多元、形式的多样、技巧的变化多端、意义的繁富多歧以及多重的复杂来源，形成了独特的魅力，吸引了上述研究者反复加以诠释、品赏、评论。这些成果，为本书的写作提供了可贵的借鉴。在充分吸收前人成果的基础上，本书拟将研究的目光集中到卞之琳诗的艺术上，这就是说，笔者不打算进行那种评传兼及、著译并重的全面的工作，只求在这一较小的范围内尽可能工作得全面。正文分为两大部分：第1章至第4章分别探讨"意象与主题"、"意识与声音"、"句法与章法"、"音韵与体式"，以期反映卞诗生成的面貌；第5章至第7章分别探讨"西方的影响"、"古典的影响"、"时人的影响"，以期揭示卞诗生成的背景。这两个部分实际上构成了卞之琳诗艺研究的内篇与外篇。最后的结语，则简要说明卞之琳在中国新诗史上的贡献。

在进入正文之前，笔者拟作几点说明。

一、本书基本采取共时性的论述架构，旨在对卞之琳的诗艺作面面观，除非必要，不对卞诗作历时性的描述。至于诗人的生活经历，本书未作详细介绍，只在与具体诗篇的创作直接相关时才会涉及。要想比较全面地了解卞氏生平，可参看张曼仪的《卞之琳著译研究》和陈丙莹的《卞之琳评传》。

二、卞之琳诗歌创作的鼎盛期是30年代的10年，50年代的写作艺术质量不高，80年代以来的诗数量偏少。所以，本书的分析相对集中于30年代的作品，这是由卞之琳诗艺发展的历史状况与实际表现所决定的。张曼仪、汉乐逸的著作也都于30年代详而于50年代略，原因皆出于此。

三、第5章至第7章探讨西方作家、中国古典诗歌与传统思想以及同时代师友对卞之琳诗的影响时，每须涉及他的散文、小说创作以及评论和翻译作品，这是卞之琳多重身份的交叉与重叠、多种文字的互文与同构所导致的必然现象，所以，外篇的论述主于诗而不囿于诗。

四、本书较少涉及横向及纵向的比较问题，也就是说，较少从文学史的角度去评价卞之琳诗艺的贡献。事实上，本书试图阐明的卞诗生成面貌的每一方面，都已见出其艺术的独特与贡献的超卓。笔者立足于文本的微观研究，并且认为，只有做足此类"见树"功夫，文学史家方可更准确地"见林"，从而在宏观上把握每个作家的具体成就，绘制出20世纪中国文学的全图。

注 释

[1]《文艺百家图文系列·卞之琳》，见《随笔》双月刊，1986年第5期，封2。

[2] 张曼仪：《卞之琳著译研究》，香港大学中文系，1989年8月1版，第87页。

[3] 张曼仪：《还是"右手"的缪思》，见袁可嘉、杜运燮、巫宁坤编：《卞之琳与诗艺术》，河北教育出版社，1990年7月1版，第168页。

[4] 卞之琳：《西窗集·题记》，商务印书馆，1936年3月初版，第3页。

[5] 唐湜：《60载遨游于诗的王国》，见袁可嘉、杜运燮、巫宁坤编：《卞之琳与诗艺术》，河北教育出版社，1990年7月1版，第52—53页。

〔6〕董鼎山：《天下真小》，生活·读书·新知三联书店，1984年5月1版，第489页。

〔7〕周兆祥：《汉译〈哈姆雷特〉研究》，香港中文大学出版社，1981年1版，第408页。

〔8〕余光中：《新诗的赏析——"中文文学周"专题讲演》，见《中报月刊》，创刊号（1980年2月），第48页。

〔9〕卞之琳：《雕虫纪历 1930—1958》（增订版），香港三联书店，1982年8月1版，封底。

〔10〕Lloyd Haft: *Pien Chih lin*: *A Study in Modern Poetry* (Dordrecht-Holland/Cinnaminson—U.S.A., Foris Publications, 1983) p. 1.

〔11〕陈少元：《卞之琳诗艺评论》，香港中文大学中文系硕士论文（1978年6月），第294页。

〔12〕Bonie S. Mc Dougall's book review on *Pien Chih-lin*: *A Study in Modern Chinese Poetry*; review published in Modern Chinese Literature (San Francisco State University), Volume 1 Number 2, Spring 1985, p. 269.

〔13〕唐祈：《卞之琳与现代主义诗歌》，见袁可嘉、杜运燮、巫宁坤编：《卞之琳与诗艺术》，河北教育出版社，1990年7月1版，第22页。

〔14〕卞之琳：《〈冯文炳选集〉序》，见《人与诗：忆旧说新》，生活·读书·新知三联书店，1984年11月1版，第53页。

〔15〕张曼仪、黄继持等编：《现代中国诗选 1917—1949》，第一册，香港大学出版社、香港中文大学出版部，1974年初版，第710页。

〔16〕陈少元：《卞之琳诗艺评论》，香港中文大学中文系硕士论文（1978年6月），第297页。

〔17〕Lloyd Haft: *Pien Chih-Lin*: *A Study in Modern Chinese Poetry*, p. 57, p. 60.

〔18〕袁可嘉:《十载寒窗,一个突破》,见袁可嘉、杜运燮、巫宁坤编:《卞之琳与诗艺术》,河北教育出版社,1990年7月1版,第161、165页。

〔19〕陈丙莹:《卞之琳评传·后记》,重庆出版社,1998年11月1版,第294页。

〔20〕张曼仪编《卞之琳著译研究·附录(三)·卞之琳新诗系年》所收诗中,《西长安街》属《长的是》续作,可视为1首,《联合国四章》可视为4首,共计167首。加上陈丙莹新发现的早期佚诗《垂死》,及90年代发表的《香港小游长洲岛》和《午夜听街车环行》,总数是170首。

第一章　意象与主题

卞之琳的诗歌创作，从 30 年代后期的《慰劳信集》开始，自然形成了几个时间段落。但是他在抗战前的七八个年头，诗作密集而又连贯，似乎不易分期。卞之琳晚年回顾中，将其战前诗分为三个阶段，即：(1) 1930—1932 年；(2) 1933—1935 年；(3) 1937 年。第一阶段是在北大读书时，其诗多写故都风物。第二阶段是游踪逐渐流动、风格趋向变化的"上下交接，前后过渡"时期。第三阶段则是 1937 年春天在江南的几个月，继续了前一时期的转变。[1]

这一划分，出于作者的自我表述，也就为一些论者所沿用，如唐祈、王毅等。张曼仪在《卞之琳著译研究》中，将此三阶段压缩为两阶段，即 1930—1932 年的"新月时期"和 1933—1937 年的采纳象征主义技法的"现代时期"。[2] 蓝棣之也作两阶段划分，不过，他是将 1930—1932 年视为早期，1933—1937 年视为成熟期。[3]

笔者认为，上述对卞之琳战前诗的阶段划分，虽然各有所依，但却不无可议。作者自己分为三段，未免失之细碎。如果作两段划分，有助于简洁地说明卞之琳战前诗前后不同的风貌。但是，张曼仪与蓝棣之将转变的关键放在1933年，似乎虑有未周，因为这一年的作品除了形式上尽弃格律外，无论思想情调还是表现手法，笔者认为，大体上是前些年的延续，倒是1934年的几首诗各自在某些点上逗出了变化的苗头。下面这一现象很说明问题：大凡讨论卞诗者，兴趣似乎都集中在他1935年与1937年两个年头所写的作品。废名40年代在北大讲新诗，选了卞诗11首，只有《倦》与《道旁》两首属此前的作品[4]；孙玉石80年代在北大与研究生一起解读现代诗，卞之琳的23首诗中，20首都是1935年至1937年间所作。[5] 仿佛卞之琳战前写了两种诗，大家更看重其中的一种。

1935年在卞之琳诗创作中具有特殊的意义。从1月的《距离的组织》开始，就像是一道分水岭，将卞氏的战前诗划为前后大异其趣的两个部分。蓝棣之说："好像是忽然之间，从1935年开始，卞之琳的声音有了很大的变化。"[6] 王毅也认为："1935年诗人的一系列作品似乎成了那只成熟的石榴所绽开的'辉煌的裂口'。"[7] 之所以说是"忽然"的"变化"和"绽""裂"，是因为卞诗从情景的写实一下子转入观念的象征。这一转变，经由歉收的1936年一首《鱼化石》的承接，在1937年得到"继续和发展"。所以，笔者认为，卞氏自谓是"上下交接，前后过渡"的1933年至1935年这个阶段，正可一分为二：1933年，甚至1934年的诗与最早的几年有较多一致之处，可合为第一阶段；1935年与1937年的诗更具同构性，可视为第二阶段。加上1938年和1939年的《慰劳信集》明显地自成又一阶段，这样，卞之琳整个30年代的诗，可以分为前期（1930—1934）、中期（1935—1937）、后期（1938—1939）。再接上50年代以及80年代这两个时期，就形成了卞之琳诗歌创作既有联系又有区别的5个阶段。

这5个阶段的诗作，卞之琳最基本的一些风格因素，如细腻、含蓄、亲切等，始终贯穿其间。但是每一阶段又各自具有某些不同的特征。关注的对象、处理的手法、表达的情意，都显示出重大的差别。卞之琳自己的阶段划分，似多着眼于外在的行踪，但内在的心迹更直接影响着诗风的变化，给诗篇打上特殊的印记。下面，笔者拟从卞之琳诗的意象的运用，来探讨他的主题的变化，以见证诗人萦心之念（obsession）的转移，如何导致他的创作呈现出阶段性的不同。

有关"意象"一词，聚讼纷纭，[8] 在此无法详述。应该说，笔者正是基于被某些论者所讥议的"方便"的考虑来使用这一术语的。凡是能够唤起我们感觉和知觉的过往经验之再现的、有着具体到语词上的物质存在的一切语言表达，都可叫作"意象"，不管它是在描述，在比喻，还是在象征。每一位诗人都会有他习用的意象，它们在不同的诗篇中再三重复，慢慢积累或展开其意义，而指向作者的主题。从意象的运用去探讨主题的变化，也就是从诗的物质构成的一个基本因素出发，去把握诗人的精神脉络及其走向。

第一节　30年代初期（1930—1934）

一　秋日夕阳下的荒凉世界

1934年12月，卞之琳将他1930年以来的译品编成《西窗集》

并写《题记》道:

> 编理完了,仿佛在秋天的斜阳里向远处开了一个窗口,说不出的惆怅,倒想请朋友们一同凭眺呢。[9]

"秋天的斜阳"这一诗人几年来一直挥之不去、时时笼罩心头又遣送笔端的意象,再次下意识地浮现出来。不过,在这一特定的日子(1934年12月),也好像"编理完了"一样终于有了个交代,开始淡出了他的诗。

初版《西窗集》,起首就是马拉美两篇感伤阴郁的散文诗,正如卞氏后来所说的,"好像带头给全书定调子"[10]。其第一篇《秋天的哀怨》中有这样一段话:

> 真算得又稀奇又古怪,我爱上了的种种,皆可一言以蔽之曰:衰落。所以,一年之中,我偏好的季节,是盛夏已阑,清秋将至的日子;一日之中,我散步的时间,是太阳快下去了,依依不舍的把黄铜色的光线照在灰墙上,把红铜色的光线照在瓦片上的一刻儿。[11]

在这一点上,马拉美正可引卞之琳为同调。秋天的节候,黄昏的光景,正是卞氏1930年至1934年间的诗中最习见的背景,在比重上远远超过更阴晦冷酷的冬、夜。下面是收入《雕虫纪历》增订版的此一阶段39首诗中所出现的秋天与夕阳黄昏的意象:

第一章 意象与主题

《群鸦》			惨淡的冬天
《傍晚》		西山的夕阳	
《记录》			灯亮的时候
《奈何》		黄昏	
《远行》		黄昏的寂寞	
《影子》		在夕阳下	
《寒夜》			寒夜 下雪了
《一个和尚》		在暮霭里	
《一个闲人》		太阳偏在西南	
《夜风》			夜风孤零零
《月夜》			月亮已经高了
《长途》			（夏）
《投》			
《酸梅汤》	一年到底过了半了		
《落》	秋风已经在园径上	正逢黄昏天	
《中南海》	芦叶上涌来了秋风		
《白石上》	被秋风惊醒	送夕阳下山	
《过节》			看月亮
《苦雨》			
《叫卖》			
《西长安街》		晚照里	
《路过居》	追一片黄叶	到黄昏	晚上十一点光景
《一块破船片》		夕阳	
《几个人》		在夕阳里	
《登城》	又是秋景了	对着淡淡的斜阳	
《大车》	疏落的荒林	夕阳的黄金	

(续上表)

《墙头草》	草长了又黄了	贴一角夕阳	
《倦》			(夏)
《还乡》			(夏)
《寄流水》	秋街的败叶		
《古镇的梦》		清冷的下午	
《芦叶船》	凉风 黄叶		
《秋窗》	秋窗	看夕阳在灰墙上	
《古城的心》			在晚上七点钟
《入梦》	秋天的	下午	
《春城》			(春)
《道旁》			
《对照》	新秋味		
《水成岩》	一架的瑰艳……干瘪		

39首诗中，缺乏明显时间标记的只有4首：《投》、《苦雨》、《叫卖》、《道旁》。以春天为背景的只有《春城》，但那是千年的陈灰沿街滚扑、满城的古木徒然大呼的"垃圾堆上"的春天，压抑悲苦一如秋冬。以夏天为背景的3首诗，《长途》、《倦》、《还乡》，前两首的氛围是白热而郁闷，情绪是寂寞而厌倦。所以说，在整个1930年至1934年的卞诗中，"秋天""夕阳"成为具压倒地位的中心意象，主导了此一阶段的"衰落"主题。

在《雕虫纪历·自序》中，卞之琳回顾自己1929年秋初去北平上大学时的心情：

> 我对北行的兴趣，好像是矛盾的，一方面因为那里是

第一章 意象与主题

"五四"运动的发祥地,一方面又因为那里是破旧的古都;实际上也是统一的,对两者都像是一种凭吊,一种寄怀。[12]

当时的北平,这座千年古都,正处于犹如被弃置的状态中。已非政治中心;经济上也无足轻重,而且像卞之琳提到过的,正值那场空前的资本主义世界经济危机发生的时节,市面之萧条、民生之凋敝可知;军事上从"九一八事变"后更成为一座边城。满目凄凉,不独北平如此,整个北中国乃至全中国都在衰败中。从河北的"古城"到江南的"古镇",诗人呼吸着这"荒凉空气","秋日"、"斜阳"遂被提炼为中心的意象,既是此期客观现实的写照,也是诗人主观情感的投射。卞之琳这5年中的诗,大体上,是写在秋日夕阳中的一条荒街上。

受闻一多写北平街头人力车夫等下层人民的影响,也受波德莱尔写巴黎街头穷人、老人以至盲人的启发,卞之琳以白描手法勾勒出灰色的街头小人物的形象,"常用冷淡盖深挚,或以玩笑出艰辛"[13]。叫卖的、算命的、拉洋车的、拉二胡的、提鸟笼的、卖烧饼的……他们共同的精神状态是无望、无告、无聊、无奈。在无意义的生存境地中,话语也似乎多余,所以,寡言以及无言成了笔下众生的一般特征:"不说话"(《胡琴》),"不言语"(《一城雨》),"不作声"(《噩梦》、《酸梅汤》),"一声不响"(《西长安街》),"怎又不说呢?"、"可是没有话了"(《傍晚》)。强有力的动作很少见诸他们身上。笼罩在惘惘的气氛里,诗中的人物,似乎都正欲昏昏睡去:

……他们是昏昏
沉沉,像已半睡

　　　　　　　　　　　　　　——《寒夜》

昏沉沉的,梦话又沸涌出了嘴
山水在暮霭里懒洋洋的睡

　　　　　　　　　　　　　——《一个和尚》

让辛苦酿成了酣眠

　　　　　　　　　　　　　　——《远行》

　　……你再睡
半天,保你有树叶作被。

　　　　　　　　　　　　　　——《酸梅汤》

知了,知了只叫你睡觉。

　　　　　　　　　　　　　　——《倦》

难怪小伙计要打瞌睡了,
看电灯也已经睡眼矇眬。

　　　　　　　　　　　　　——《古城的心》

拉不到人就在车蹬上歇午觉
说不定一夜睡了

就从此不见天日

——《春城》

当你要曚眬睡去了

——《发烧夜》

懒躺在泉水里你睡了一觉

——《对照》

跟"睡"一样多的意象是"梦":

一口长气啊
吹掉了他的梦

——《夜心里的街心》

挣脱了多么沉重的白日梦。

——《记录》

我劲儿一使
推开了梦。

——《黄昏》

和尚做着苍白的深梦

——《一个和尚》

把所有的日子就过在
做做梦

　　　　　　　　　　　——《墙头草》

有人半夜里听别人的梦话

　　　　　　　　　　　——《几个人》

从乱梦中醒来

　　　　　　　　　　　——《秋窗》

你不会迷失吗
在梦中的烟水？

　　　　　　　　　　　——《入梦》

华梦的开始吗？

　　　　　　　　　　　——《倦》

这样，卞之琳此一阶段诗中的荒凉世界，浑然不辨其为外在的环境，还是内在的精神。诗人旁观而沉思，找不到生活的意义。

二　迷途倦旅中的困乏人生

1930年至1934年间，卞之琳共写了65首诗，晚年编订《雕虫纪历》，初版只选了其中21首，增订版再收入18首，但仍有26首未收，淘汰率之高，只有50年代可比，而30年代中期与后期

诗作却差不多全部收录。何以如此,从《雕虫纪历·自序》中诗人自定的选诗标准与尺度可得到说明:

> 思想感情上太颓唐、太软绵绵、太酸溜溜的,艺术表现得实在晦涩,过分离奇,平庸粗俗,缺少回味,无非是一种情调的"变奏"来得太多的,或者成堆删去,或者删去一部分。

从卞之琳"自行废弃"的早期习作来看,确实有一种主题情调存在太多的变奏,这就是对于人生的迷茫与困惑之感。下面两首诗,1930年的《黄昏》和1931年的《胡琴》,曾见《鱼目集》,而《十年诗草》与《雕虫纪历》均未收,兹节录如下:

> 炉火饿死了,
> 昏暗把持了
> 　　一屋冷气,
> 我四顾苍茫,
> 像在荒野上
> 　不辨东西。
>
> 乃头儿低着,
> 酸腿儿提着,
> 　　踱去踱来,
> 不知为什么

呕出了一个
　　乳白的"唉"。

　　　　　　　　——《黄昏》三、四节

　　秋风里
　　冷静的街头
　　咿咿呀呀的一阵
　　胡琴的哀愁
　　低诉与
　　脚踏落叶的行人。

　　我尽走，
　　不想买胡琴，
　　痴看衰草在墙上，
　　寒鸦在树顶，
　　想寻求
　　算命小锣的当当。

　　　　　　　　——《胡琴》一、三节

卞氏写作有一个习惯，即某一意念或意象常在心头酝酿许久，初运用时或不够妥帖圆融，却在后来的作品中得以充分发展，有时是一个意象推衍为一首诗，有时是几行诗压缩成一行半行，《西长安街》、《旧元夜遐思》、《圆宝盒》、《泪》都有这种情形。这两首诗，《胡琴》的不少意象，即在此一阶段的卞诗中复出重见，如

第一章　意象与主题　25

"算命小锣的当当"成了两年后《古镇的梦》的中心意象之一;"痴看衰草在墙上"一年后则独立发展成一首小诗《墙头草》;"寒鸦"最常见,除《黄昏》第2节亦出现过外,还见于1930年的《群鸦》、《傍晚》以及1933年的《秋窗》。而《黄昏》的"踱去踱来"也如《胡琴》的"尽走",至于"我四顾苍茫,/像在荒野上/不辨东西",更是此期卞诗的一大主题,重复出现于许多诗中:

"……你替我想想,我哪儿去好呢?"
"真的,你哪儿去好呢?"
　　　　　　　　　　　　　——《奈何》

哪儿去,哪儿去,
哪儿是你们的老家?
　　　　　　　　　　　　　——《群鸦》

撑着伞,走向东,走向西……
"我要上哪儿去,哪儿去?"
　　　　　　　　　　　　　——《一城雨》

"……我真想到外边去呢!"
虽然我自己也全然不知道
上哪儿去好,如果朋友
问我说:"你要上哪儿去呢?"
　　　　　　　　　　　　　——《登城》

> 黄昏中又从东去
> 回东来，凭两条热腿
> 空兜了一圈春晚的半寒风
>
> ——《发烧夜》

卞之琳《雕虫纪历·自序》中曾谓"由于方向不明，小处敏感，大处茫然"，确实可从这一时期大量的诗作中得到印证。"当一个年轻人在荒街上沉思"，面对周围人们无言的悲哀、无助的孤独，不免会对人生的意义表示深刻的怀疑。唐祈认为，卞之琳诗中"尤其是倦行者对人生无定的飘泊感，是现代派诗中突出的主调"，"这种倦行者的心态，暗示了人生旅途中的虚无和命定感，表现出人永远找不到自我的归宿，甚至有的人在荒原式的社会中默默死去还不自知"。他还认为卞之琳在这一现代命题中融进了佛家的"命定感"，例如此期的《倦》与《道旁》以及写于1935年的《航海》，"以蜗牛——佛经中原为人世过客的芸芸众生的象征，来暗示尘世间漫漫旅途，苦海无边，令人虚幻迷幻，消沉倦怠"[14]。

比这种困乏迷茫之感来得更"颓唐"的，是对人生的迷途倦旅的彻底放弃，也就是说，祈望以死来了结此一没有目标、没有意义的徘徊与彷徨。写于1931年的小诗《青草》，清楚表达了结束人生苦旅的意念。诗人希望有一片青草，能够"躺着"，甚至"盖着"，于是"今朝不再去路上／彷徨了"，"明朝不会有人来／徘徊了"。死亡的意象更早时就出现了，如1930年的《远行》：

>　　我们便随地搭起了篷帐，
>　　　让辛苦酿成了酣眠，
>　　又酸又甜，浓浓的一大缸，
>　　　把我们浑身都浸遍。

诗人祈求在死亡的黑甜乡中放弃一切而得解脱："把我们埋了也干脆。"然而这毕竟是求之而不得，所以，哪怕能稍息一会儿也好。可人生的苦旅，却仿佛是与生俱来的惩罚，不因个人的主观愿望而中止。1931年的《长途》说：

>　　暂时休息一下吧，
>　　这儿好让我们躺，
>　　可是静也静不下，
>　　又不能不向前望。

"静也静不下"在同时所写的《夜雨》中则表述为"歇也歇不下"：

>　　雨啊，他已经太累了，
>　　但怎好在路上歇下呢？

直到1934年的《发烧夜》，作者依然摆脱不了这种心情：

>　　得，得，得，都该歇息了，
>　　"睡吧，一切的希望，

> 睡吧,一切的酸辛!"

而贯穿以上各篇的迷茫与困乏之感,甚至跨越了此一阶段,在1935年1月所写的《距离的组织》中达到顶点,化作了两声长叹:

> 哪儿了?我又不会向灯下验一把土。
>
> 好累啊!我的盆舟没有人戏弄吗?

"盆舟"典出《聊斋志异》,寓示冥冥中自有一种力量,在左右着我们此时此地的一切。[15] 自1930年以来笼罩在诗人心头的人生的宿命感,在这里凝结成了清晰的观念形式。

与何其芳"二十年华待唱出的歌声"(《慨叹》)、戴望舒"我二十四岁的整个的心"(《我的素描》)明显不同,1930年至1934年间,也就是卞之琳20岁至24岁的年龄阶段,青春与爱情,欢乐也好,哀愁也好,都不曾成为他诗中的主题。他着手处理的,是众生与个人的命运这一主题。这无关乎诗人的生理年龄。"心情跑过了年龄/又落到后面来",1934年的《发烧夜》中他已有清醒的自觉。无论是秋日斜阳下的睡梦众生,还是迷途倦旅中的困乏个人,在诗人的静观与默想中都有着一层宿命的灰色。呼吸着北中国的荒凉空气,久而久之,差不多戕丧了卞诗的生趣。但卞之琳原是最有趣致的现代诗人之一,这一点,终在下一阶段的写作中表现出来。

第二节　30年代中期 (1935—1937)

一　科学与佛学：思维的情趣

你站在桥上看风景，
看风景人在楼上看你。

————《断章》

你看我的圆宝盒
跟了我的船顺流
而行了

————《圆宝盒》

今朝你重见了，揉揉眼睛看
屋前屋后好一片春潮。

————《无题一》

晓梦后看明窗净几

————《灯虫》

请看这一湖烟雨
水一样把我浸透，

像浸透一片鸟羽。

——《白螺壳》

卞之琳1930年至1932年间的诗确实是"心情跑过了年龄",心态相当苍老;反而1935年至1937年间的作品具有童真似的好奇。他看待这世界的眼光,去除了那层灰色的忧郁,变得清澈生动起来。当然,观物之眼的清亮乃因为眼观之物的明净。适与此一阶段形成强烈对比的,是前一阶段的"厌看"(《芦叶船》)与"看厌"(《倦》),目之所击,景物大抵黯淡阴沉:"他们(眼皮已半掩)/看青烟飘荡的/消着"(《寒夜》);"矮叫花子痴看着自己的长影子"(《几个人》);"看远山/渐渐的溶进黄昏去"(《白石上》);"看夕阳在灰墙上"(《秋窗》);"你看/漫天的黄土吧"(《春城》);"只合看黄叶/在水上漂"(《芦叶船》);"望着玻璃窗片上/灰灰的天与疏疏的树影"(《入梦》)。只有1934年的《道旁》中的一句"闲看流水里流云的",观物之眼与眼观之物皆安恬自在,仿佛预示了下一阶段的别开生面。

就在写作《道旁》之前3个月的1934年中,卞之琳翻译了一篇随笔——马丁(E. M. Martin)的《道旁的智慧》,其中的倦行人形象,已与此前卞之琳诗中出现的大异其趣了:

"好比照水,面对面影:人应人心",第一个说的一定是仆仆风尘的倦行人,傍着一个邂逅的旅伴,休息在一块雄岩的阴下,在饱饮了一顿被炎日所忘掉而不曾被晒干的潭水后;因为到这种意外恬适的难得的境界,人就会对陌生人托出真心,说出心底里的思想,平常甚至于对生身的母亲都不愿意讲呢。[16]

也许多少受了这一点触动,诗人也渐从人生的长途中暂得歇脚了。而卞之琳"心底里的思想",受着两方面智慧的点化,一是科学的,一是佛学的,在他1935年至1937年间所作的34首诗中留下了许多印迹。

在《中国现代诗导读1917—1938》第4辑的卞之琳部分,孙玉石说他的"新的智慧诗接受了现代科学之光的沐浴"[17],可从下面一个事实得到证明。从1935年初开始,卞之琳大量地采用科学意象入诗:

天文学:	望远镜	《归》
	罗马灭亡星	《距离的组织》
考古学:	化石	《鱼化石》
物理学:	无线电、音波	《候鸟问题》
化 学:	结晶、过饱和溶液	《雪》
几何学:	切线、点	《泪》
气象学:	(量雨)玻璃杯	《雨同我》

以上是可以单行列出的一些。李广田说:"作者确乎喜欢把科学上的道理放进诗里,而且都造成很好的意象。"[18] 他举了《水分》和《圆宝盒》为例:

> 不要说水分是柔的,花枝
> 抬起了,抬起了,你的愁容!
>
> ——《水分》

> 一颗新鲜的雨点
> 含有你昨夜的叹气……
>
> ——《圆宝盒》

枯萎的花枝因为吸收了水分而重新挺立,昨夜的叹气蒸凝为一颗水珠,确实都有李广田所谓"科学的纪实"或者如废名所谓"有物理在里头"[19]的成分。还可以举出若干例子,比如:

> 鸟吞小石子可以磨食品。
>
> ——《第一盏灯》

鸟常用砂石在嗉囊里磨食物,以助消化,以摄营养,是解剖学或生物学的现象。又如:

> 蜜蜂的细腿已经拨起了
> 多少只果子
>
> ——《足迹》

蜜蜂往来花间,绒绒的细腿粘上了花粉,雄雌授受相亲而孕育了果子。[20] 更隐蔽的还有像这样的几个字:

> 抽陀螺挽你
> ——《候鸟问题》

抽陀螺使之旋转，有一种向心力仿佛把什么都不断地卷进去，可称得上"挽"了。

废名曾说卞之琳是个"遇事见其新鲜的人，他又是一个热情的人"[21]，十分中肯。卞之琳此一阶段大量使用科学意象，以及现代生活意象如"霓虹灯"（《尺八》）、"夜明表"（《寂寞》）、"月台"（《无题三》）、"广告"（《车站》）等入诗，着眼点乃在其中的理趣。他以好奇的目光打量它们，抚摩它们，把它们化为自身思维与感觉的血肉。同时，它们又服务于诗的情感，无论是"盛一只玻璃杯"，"画一笔切线"，还是想抓住音波的无线电，曾拨起果子的蜜蜂腿，全都有关人情的牵系。"结晶"也好，"化石"也好，"水分"也好，都不单纯是物理，而首先是人生的哀愁。说卞之琳的诗富于智性特征，不能脱离了他的情与趣。

卞之琳所受佛教思想观念的影响，同样不可忽视。卞氏自己在《雕虫纪历·自序》中，曾提到他的爱情诗包含有"色空观念"，可是点到即止。汉乐逸（Lloyd Haft）指出卞诗的一些意象如"色相"、"念珠"等显具佛教色彩，也未尝深究。[22] 问题很容易停留在这种地步，因为佛教的某些观念已经渗透在我们的灵魂里，而佛教的大量词汇更是流传在我们的口头上，根据这些来证明一位诗人受佛教影响如何之深，似乎不够有力。但是，要说卞之琳诗中的佛学因素仅仅是民族文化积淀的下意识浮现，恐怕也不尽然。一、他这一阶段的诗中,佛教意象出现得相当集中,除"色相"、"念珠"分别见于《圆宝盒》和《路》外,还有"因缘"(《泪》)、"空华"(《白螺壳》)、"镜花水月"(《无题四》)、"放下屠刀"(《旧元夜遐思》)以及更加醒目的"佛顶的圆圈"(《灯虫》),是否反映了诗人阶段性的思考?二、有些用法,并不一般,如《白螺壳》中的"出脱空华"。"空华"又写作"空花",本指病眼者幻视中的繁花状翳影,借喻人的虚想和妄念。《楞严经》有"亦如翳人,见空中华;翳病若除,华于空灭"的说法。三、考虑到卞氏从 1933 年与废名——一位深谙佛理、常作妙论的朋友——相当密切的交往,他对佛学的认识恐非泛泛。总的来看此一阶段的诗,卞之琳最爱选用"海"、"珠"、"镜"、"灯"、"花"这一类意象作为他思想观念的象征,也仿佛有佛经的影响痕迹,因为佛家最善于以此数种物象作比。废名诗作深具这一特色,不难指出显在的关系。卞之琳是否有这种影响或影响的影响,这个问题笔者将在第 7 章加以探讨。

卞之琳 1935 年所写的两首最复杂深隐因而也最难索解的诗——《距离的组织》与《圆宝盒》,集中体现了诗人受惠于佛学之处。二诗对世界之种种相对性关系的把握,固然可从西方哲学与现代科学中求其渊源,却也不可忽略了同佛教思想的联系。颇堪玩味的是,这两首诗的思维方式接近于佛教华严宗一套理论,这一点也留待第 6 章作详细讨论,此不赘述。卞之琳曾就《圆宝盒》一诗指出:

> 比较玄妙一点,在哲学上例有佛家的思想,在诗上例有

> 白来客（W. Blake）的"一沙一世界"。合乎科学一点，浅近一点，则我们知道我们所看见的天上一颗小小的星，说不定要比地球大好几倍呢……[23]

他自己就提示了诗中的思想来源，既有佛学的，亦有科学的。

卞之琳此一阶段多以科学与佛学意象入诗，两者都显示出诗人世界观的变化。他此前的作品，情调抑郁，色调晦暗，呈现为一个荒凉没落的世界。但是从1935年起，智性的成分进到他的诗中来，然而却不是冷冰冰的理智，而是有情有趣。前面提到他的科学意象大都服务于诗的情感，其实他的佛学意象，如"因缘"、"念珠"、"镜花水月"等又何尝不是如此？诗人的眼光又那么有趣，他观照的是一个温热的世界，即使在最复杂难解的诗中，他的思维和感觉方式也从来不是高深而严重的，相反，带有某种游戏性，仿佛出自童真的好奇。但是，受现代科学和佛教哲学濡染甚深的这些诗篇，毕竟极繁富工巧之致，遂确立了卞之琳现代诗史上的智者形象。前一阶段诗人是"心情跑过了年龄"，这一阶段又可谓"智慧跑过了年龄"，难怪叶维廉在讨论了《白螺壳》一诗后禁不住感叹：写作此诗时，卞氏仅仅27岁。[24]

二 "相对的绝对"：生命之悲欢

1936年5月，卞之琳写过一篇散文《成长》，对人生的终极意义做了一番充满感性的思辨。此前的一年，他沉浸在时空相对关系的思考中；现在，当他亦持相对的观点来看待人生时，发现这

将有"勾销了世间的一切"的危险:

> 把一件东西,从这一面看看,又从那一面看看,相对相对,使得人聪明,进一步也使得人糊涂。因为相对相对,天地扩大了,可是弄到后来容易茫然自失……要知道,绝对呢,自然不可能;绝对的相对把一切都搅乱了:何妨平均一下,取一个中庸之道?何妨来一个立场,定一个标准?何妨来一个相对的绝对?[25]

这样一种人生观,"相对的绝对",也就是既有否定,又有肯定。此生终归虚无,这是天地的观点;而人的观点又该是:终归不虚此生,因为"一切色相之存系于我们的眼底,我们不妨就人来立标准,我们脚踏实地,就用脚来量吧,一脚一 foot,两脚两 feet"[26]。这样,在人世的出与入、得与失之间,诗人终于求得了辩证,找到了平衡。这是汲取并融合了儒、佛、道不同的思想观念的结果:在佛家的"色空"观念中,他取其"空";在由《易经》引申为儒、道各有侧重的"天行健"和"生生之谓易"的思想里,他又取其"行"和"易"。三方面综合而成为卞之琳完整的生命史观。下面就此一阶段卞诗的具体意象所呈现的观念,梳理如下。

在此一阶段卞之琳的诗中,"色空"观念确实有着深刻的印记。《路》与《灯虫》都写于最后,又都有相似的结尾:

> 天上星流为流星,
> 白船迹还诸蓝海。
>
> ——《路》

> 待我来把你们吹空,
> 像风扫满地的落红。
>
> ——《灯虫》

诗人并不否认:"谁不知道到头来都是一场空呢"(《成长》),这个看法,特别在他的爱情诗中时有流露。《无题五》有"我在簪花中恍然/世界是空的";《无题四》说"付一枝镜花,收一轮水月/我为你记下流水账"。《无题三》则写道:"我明白海水洗得尽人间的烟火。"此句废名认为不可取,因为既非典故,又无物理,[27]其实无碍于其象征性地使用。"海水"是亘古的自然,"烟火"是暂时的人事,一切终归虚无的思想是很浓重的。

生存的无意义,曾是上一阶段卞诗的主题。"怕只怕,回过头来,一片空白"(《成长》)。1933年的《秋窗》,反映的正是这种"空白"感:

> 像一个中年人
> 回头看过去的足迹
> 一步一沙漠

"留一两行足印/在沙滩上"(《芦叶船》)自然是泯入空无的意思。

这一意象重新出现在1937年的《足迹》一诗中：

> 蜜蜂的细腿已经拨起了
> 多少只果子，而你的足迹呢，
> 沙上一排，雪上一排，
> 全如水蜘蛛织过的水纹？

诗人是否依然持一种沙消雪化的人生观呢？诗句以一个问号作结，引人推敲其中到底是信是疑。[28]

　　事实上，作为终极判断的"色空"观念，不仅没有导致诗人像前一阶段那样的厌倦甚至绝望，反倒促成了他对此生此世的介入与践行。终极的虚无，并不意味着就得否定过程的实在。佛家的"四大皆空"，抹杀不了儒家"栖栖一代中"的具体意义。"你看我实在并不是一个佛家，我只是拿佛家想法的空灵来清疏了我儒家头脑的踏实。"[29]《山山水水》中，卞之琳借一个以废名为原型的人物讲出的这句话，可用以说明诗人战前最后阶段的认识水平与思想实际。在《成长》中，作者欣赏庄子"走下来了""一长段路"的思想上的折腾，更欣赏孔子"在寂寞的长途上"的行为上的执着。过程就是存在，所以接着"世界是空的"之后，诗人却转出一笔"因为是有用的"。这一出而入、入而出的人生智慧，使得此一阶段卞诗抒情主人公的旅行者形象，一洗前一阶段的迷茫困乏的颓态，也使得贯穿于战前两个阶段诗的"路"和"足印"的意象被赋予新的意义。试看这首《路》：

> 路啊，足印的延长，
> 如音调成于音符，
> 无声有声我重弄，
> 像细数一串念珠。

1931年的《长途》"像一条重的扁担/压上挑夫的肩膀"，此时的《路》却成了想"重弄"、"细数"的"一串念珠"，看法多么不同。故《长途》是不堪回首，而《路》却值得回味：

> 穿过亭，穿过桥，停！
> 这里我丢过东西：
> 一本小小的手册，
> 多少故旧的住址。

1930年的《记录》也有一"丢"："丢开了一片皱折的白纸/去吧，我这个一天的记录！"那一"丢"真是斩绝的抛弃，这里的一"丢"却明显有一种遗憾，一种追怀。"手册"、"住址"虽同为"记录"，现在诗人分明已懂得要珍惜，因为接下去的第3节就说，从前不经意"掐过一掬繁华"，回过头去一看："原来是一朵好花！"平凡的人生事件，在时间的催化下会获得价值和意义。第4节是复归虚无之意：

> 也罢，给埋在草里，
> 既厌了"空持罗带"。

> 天上星流为流星,
> 白船迹还诸蓝海。

1930年的《远行》"把我们埋了也干脆"是何等绝望的弃绝。这里的一"埋"却经过好一番端详,其恋恋不舍的情态,犹如李商隐诗中的"重吟细把真无奈",犹如李璟词中的"回首恨依依"。所以诗人要把足印延长而成的路喻为一串"念珠"。

在高蹈的"空"与实践的"行"之间,确实有难以弥缝的距离。卞之琳之所以能够在两者间找到联结和平衡,得益于他对"生生之谓易"这一观念的深刻领会。[30] 人生的变易是此一阶段卞诗的一大主题,1934年的《水成岩》一诗已初见端倪:长大的孩子失去了童稚的可爱,母亲失去了少女的容颜,瑰艳的花儿萎缩成干瘪的果子,时间的流水,只"积下层叠的悲哀"。可见,此诗对时间造成的变化,看法还趋于负面。到了1935年的《圆宝盒》,诗人就倾向于在变化着的时间之流中提炼结晶出超然的智慧,来克服时间的缺失:"别上什么钟表店/听你的青春被蚕食,/别上什么骨董铺/买你家祖父的旧摆设。"1936年的《鱼化石》,更是正视了往事成空的现实,在"空"中求"实":

> 你我都远了乃有了鱼化石。

作者自注诗意曰:"鱼成化石的时候,鱼非原来的鱼,石也非原来的石了。这也是'生生之谓易'。近一点说,往日之我已非今日之我,我们乃珍惜雪泥上的鸿爪,就是纪念。"[31] 这段话对我们理解此一阶段诗人对于人生(包括爱情)的主导思想,非常重要。

在《雕虫纪历·自序》中,卞之琳称自己对于艺术"喜爱淘洗,喜爱提炼,期待结晶,期待升华"[32],对于人生他亦作如是观。在1935年至1937年的诗中,"结晶"的观念反映得相当多。"鱼化石"是感情的结晶,"白螺壳"是生命的结晶,"雪"由云的过饱和溶液沉淀而结晶,"泪"由露水的因缘而结晶。在结晶的过程中,时间不再是负面的因素,而是起正面的点化、催化作用,"变易"于是有了积极的意义。此一阶段,"海"、"水"、"珠"、"泪"的意象共同指向一个意向:时间的神奇力量有助于感情之所得、生命之所成。《山山水水》中的这样一段话,可移作诗人此一阶段思想的"注脚":

> 不错,每一分钟的努力之内都有永恒的刹那——一个结晶的境界进向次一个结晶的境界,这就是道。进步也就该如此。[33]

以上是对卞之琳1935年至1937年间的诗思的分析。毕竟是一种智慧的圆览,解释起来也就不宜粘滞。但看诗人此期作品所透露出的迥异于前期的情调,就可证明他确实从那一灰暗的心境中完全摆脱了出来。比如,他笔下出现了以前所没有的感谢与赞美之辞:"我在散步中感谢/襟眼是有用的"(《无题五》),"以感谢你必用渗墨纸轻轻的掩一下"(《无题三》),"可是我赞美人间第一盏灯"(《第一盏灯》),"赞美吧,芸芸的醉仙"(《灯虫》)。

作者将对时空之间相对关系的思考发展出的新的感觉方式、思维方式带入对人际相对关系的省视，把自己放置到千丝万缕联系着的人世的网络中，万事万物，莫不关情。此一阶段诗人笔下的草、木、鸟、兽、虫、鱼的意象，构成了足可留恋的有情世界，洋溢着诗人前一阶段所没有的"喜气"：

> 抽陀螺挽你，放风筝牵你，
> 叫纸鹰纸燕纸雄鸡三只四只
> 飞上天——上天可是迎南来燕？
> ——《候鸟问题》

> 杨柳枝招人，春水面笑人。
> 莺飞，鱼跃；青山青，白云白。
> ——《无题二》

> 叫游鱼啃你的素足，
> 叫黄鹂啄你的指甲，
> 野蔷薇牵你的衣角……
> ——《淘气》

> 我仿佛一所小楼，
> 风穿过，柳絮穿过，
> 燕子穿过像穿梭
> ——《白螺壳》

> 一张张绿叶一大棵碧梧——
> 看枝头一只弄喙的小鸟!
>
> ——《妆台》

"去年秋天我怎么没有留意到这样一个大千世界呢?"在《成长》一文中,卞之琳对着门前几十盆菊花说道。经过了一番思辨,他最后得出结论:"或者我自己培养一种秋天吧,我也应该有我自己的'白瑶台'、'丹凤'的世界啊。"[34] 诗人这一阶段的诗,果然丰硕甘美,自成一圆满的小世界。前一时期秋日斜阳的荒凉衰飒一涤净尽,洋溢着的是春天的气息。由此,亦可见卞之琳生命史观走向成熟的全过程:始于困乏,而终于充实;始于迷茫,而终于睿明。[35]

第三节 30 年代后期(1938—1939)

一 "协入一种必然的大节奏"

卞之琳 30 年代后期,即 1938 年与 1939 年所写的 20 首诗,于 1940 年结集为《慰劳信集》,由昆明(实为香港)明日社出版。在《十年诗草·重印弁言》中,介绍了它的写作缘起和经过:

> 1938 年秋后,文艺界发起写"慰劳信"活动。11 月初,正在我就要过黄河到太行山内外访问和随军以前几天,在延安客居中,响应号召,用诗体写了两封交出了,实际上也不

是寄到什么人手里，只是在报刊上发表给大家读而已。一年后，我按原出行计划回到"西南大后方"，在峨眉山，也就在11月初，起意继续用"慰劳信"体写诗，公开"给"自己耳闻目睹的各方各界为抗战出力的个人或集体。都是写真事真人，而一律不点名，只提他们的岗位、职守、身份、行当、业绩，不论贡献大小、级别高低，既各具特殊性，也自有代表性，不分先后，只按写出时间排列（带了一点随意性），最后归结为"一切劳苦者"（也显得有一点整体观）。[36]

《慰劳信集》向来被认为是卞之琳诗风转变的产物。由于《一切劳苦者》在诗集中"最后归结"的地位，笔者就从此诗入手为诸诗张目，来分析集中于各诗的意象与主题，并探讨其艺术手法与思想观念相对于前期与中期的"变"与"不变"。《一切劳苦者》全诗如下：

  一草一石都有了新意味，
  今天是繁黩与沉重的日子。
  一只手至少有一个机会
  推进一个刺人的小轮齿。
  等前头出现了新的里程碑，
  世界就标出了另外一小时。

  啊！只偶尔想起了几只手，
  我就像拉起了一串长链，

一只牵一只，就没有尽头，
　　男女老少的，甚至背面
　　多汗毛的，拿着锄头、铁锹、
　　枪杆、针线……以至于无限。

　　无限的面孔，无限的花样！
　　破路与修路，拆桥与修桥……
　　不同的方向里同一个方向！
　　大砖头小砖头同样需要，
　　一块只是砖，拼起来才是房，
　　虽然只几块嵌屋名与房号。

　　不怕进几步也许要退几步，
　　四季旋转了岁月才运行。
　　身体或不能受繁叶荫护，
　　树身充实了你们的手心，
　　一切劳苦者。为你们的辛苦
　　我捧出意义连带着感情。

　　此诗的中心意象是"手"。第1节"一只手至少有一个机会/推进一个刺人的小轮齿"与第4节"树身充实了你们的手心"前后呼应。末句"我捧出意义连带着感情"也是"手"的动作，呼应了前面一系列的"推"、"拉"、"拆"、"拼"，回报了第2节具体举出的一连串"劳苦者"的手——"男女老少的，甚至背面/多汗毛的，拿着锄头、铁锹、/枪杆、针线……以至于无限"，关合了"慰劳"这一主旨。

以"手"作为这篇总结性的诗的中心意象并非偶然，因为《慰劳信集》诸诗一直贯穿了这一意象。仅以最明确的"手""指"而言，分别就有：

> 动员了，妇女的手指，
> 为了战士的脚跟。
> ——《一位刺车的姑娘》

> 一千列火车，一万辆汽车
> 一齐望出你们的手指缝。
> ——《修筑公路和铁路的工人》

> 冲散了试探的急智，
> 齐涌上一个指头——
> ——《一位用手指探电网的连长》

> 嫩手也生了硬肉茧，
> 一拉手，女孩子会直叫。
> ——《西北的青年开荒者》

更不用说《〈论持久战〉的作者》以"手"统摄全篇：用手来下棋、撰文、开荒以至"最难忘你那'打出去'的手势/常用以指挥感情的洪流/协入一种必然的大节奏。"与"手"相联系，第2节中"锄头、铁锹、枪杆、针线"数语也非泛泛而下，实在一一应合了前面各诗所写到的同样事物：

拿起锄头来捣翻棘刺
———《〈论持久战〉的作者》

穿出残夜的锄头队
争光明一齐登先。
———《西北的青年开荒者》

要不然一定在加紧挥动铁锹，
因为你们已经摸到了方向。
———《一处煤窑的工人》

看着你枪上的准星。
———《前方的神枪手》

一边用针线穿鞋底，
还爬梳川流的行人。
———《一位刺车的姑娘》

谁作了石头变枪的奇迹？
———《地方武装的新战士》

我们得用刀枪把大地打扫。

　　　　　　　　　　——《抬钢轨的群众》

在"外来的拳头"（也还是"手"）"打动了这一切"的形势下，所有这些从事于手的伟大业绩的人们，无不在辛劳地工作、艰苦地战斗。《慰劳信集》20首诗，大多从字面上扣紧"劳"字：

所以你们辛苦了

　　　　　　　　　　——《修筑飞机场的工人》

我就向你们道一声"辛苦！"

　　　　　　　　　　——《抬钢轨的群众》

　　群星忐忑
似向我电告你们忍受的苦厄。

　　　　　　　　　　——《一处煤窑的工人》

劳苦的人仙！

　　　　　　　　　　——《空军战士》

为大家的忧患而辛劳

　　　　　　　　　　——《给一位参谋长》

> 你们辛苦了,血液才畅通
>
> ——《修筑公路和铁路的工人》

对"一切劳苦者"这种衷心的慰问语气,终于归结为整部诗集的最后两行:

> 一切劳苦者。为你们的辛苦,
> 我捧出意义连带着感情。
>
> ——《一切劳苦者》

诗人方敬在《邮片——寄〈慰劳信集〉的作者》(1941年)一诗中写道:"你辛苦了,武装的诗人,/还殷殷不倦的/给别人以慰劳的歌唱。"[37] 准确把握了这部诗集的主体精神。这一阶段的"辛苦",不同于前期的"困乏"。那时候的众生与个人,如果不是欲言而无可言、欲行而无处行的话,就是被不可究诘的命运所支配,身心交瘁,形同苦役,而"困乏"本身并没有意义。"让辛苦酿成酣眠"的祈求,乃出于对"能不能梦见绿洲"的怀疑,出于对前途的缺乏信心,对未来的没有把握。"一天天/总期待明朝"(《叹》),只是因为"又不能不向前望"(《长途》),全都被动而无奈。赋予今天的辛劳以意义的,只有"明天"或"未来"的实在的承诺。《慰劳信集》中,"今天"的劳作孕育着"明天","一切劳苦者"劳苦的"意义",就在于创造历史,创造明天:

> 抓住了你的今日,

就带来你的明天

       ——《一位夺马的勇士》

将来是来了，不用等。

       ——《放哨的儿童》

让钢轨从肩膀到肩膀压过去……
由你们明日骑钢轨擦过去！

       ——《抬钢轨的群众》

你保证了乡里来日的青青。

       ——《地方武装的新战士》

过去就把它快一点送走，
未来好把它快一点迎来。

       ——《修筑公路和铁路的工人》

  "明日"、"未来"的特点即在于"新"："新天下"（《一处煤窑的工人》）、"新天地"（《放哨的儿童》）、"新中国"（《修筑公路和铁路的工人》）。它就像"早晨"孕育于"黑夜"（《一处煤窑的工人》），"光明"催生自"残夜"（《西北的青年开荒者》）。贯穿于30年代前期的"沉重的白日梦"、"苍白的深梦"，现在也变得清亮起来，充满了希望，就如《一位政治部主任》、《放哨的儿童》中梦见的那样。而从前"方向不明"的茫然，至此也被明确坚定的方向所取代:"因为你们已经找到了方向"(《一切劳苦者》)。总之,1930年至1934年中的睡梦众生与困乏个人,在大时代的变局中,洗尽了颓态,获得了新生。每一个人的努力融入全体的劳动中,在推动历史,创造未来,这就是《慰劳信集》的全新主题。

二 "应着一种内在的永续性"

时代的变化促成了诗人与其主题的变化。当全民族抗战的热情普遍高涨时,原先沉溺在私人情感天地中的诗人们,纷纷跳出小我,唱出时代的强音:"新的岁月带给我们新的希望"(戴望舒《元日祝福》),"我们庆祝着我们的觉醒,/也庆祝着明天啊/快向我们走近!"(何其芳《快乐的人们》)。卞之琳也不例外。但在从象牙之塔走向十字街头的过程中,卞之琳的转变显示出内在的延续性。从前一节的分析可见,30年代中期的卞氏,其人生观、世界观的转变已见端倪,事实上已为后期的创作不自觉地作了准备,抗战只不过更直接地促成了这种由内向到外向、由个体到全体的发展。所以说,卞之琳30年代后期的诗创作虽然呈现出与中期不同的面貌,但貌异心同,其对于人生与世界的思考还是一贯。前后相较,诗文互证,这一点是非常明显的。

《慰劳信集》诸诗,与卞氏稍前或稍后所写的一系列通讯、小说以及译、序、书评等,构成了一个个同心圆,圆心就是融个体于全体、寓进步于迂回的"螺旋式上升"的观念:

> 一只手至少有一个机会
> 推进一个刺人的小轮齿。

不怕进几步也许要退几步,
四季旋转了岁月才运行。

更清晰地表达这一观念的,是 40 年代前期所写的多篇译、序和书评。收入《沧桑集》中第 7 辑和第 8 辑的这些文字,多处阐发了 1936 年《成长》一文所逗出的人世的出与入、进与退、得与失的思想,其中尤以写于 1942 年的长文《安德雷·纪德的〈新的粮食〉》对于理解卞之琳自己的思想发展具有突出的重要性。纪德的《新的粮食》的翻译,乃在卞之琳 1937 年 5 月于杭州西湖陶社闲居中写作《装饰集》中最后一些诗篇同时进行。时隔 5 年,卞之琳通过解释纪德而多方面地解释了自己。卞之琳受惠于纪德的影响,笔者将在第 5 章第 4 节中作详细的分析,这里只就《慰劳信集》所涉及的有关问题,援引纪德此书与卞氏此文略加说明。

纪德始终相信,自我肯定寓于自我否定之中,个人胜利在于个性扬弃之中。如果说《慰劳信集》显得是对此前诗作的否定和扬弃("待我来把你们吹空/像风扫满阶的落红"),则诗人现在宁可强调下面这一点:

"超越前去"必先自己站住了脚跟。这里就牵连了某一特定阶段里的历史任务(mission historique),这里也牵涉了某一特定阶段里的现实问题。[38]

《慰劳信集》的意象与主题的变化,只是特定的历史与现实使然,诗人的艺术手法与思维方式仍是承袭了过往的特点。比如,

《慰劳信集》力图从每一个体的特殊性反映"一切劳苦者"的共性，从"表现现象""以意识到本质的精神"[39]，看似与《圆宝盒》等诗大异其趣，但那种以小见大、以一总多的运思，与来自佛教哲学中"一切现成"的华严玄旨分明还是一路，也与纪德的做法相通："不是画的'我'，也不是画的'别一个'……而是画的'全体'，还不是反映于一个'我'中的'全体'，而是'每一个'所表现的，所经验的'全体'。"[40] 又如，《慰劳信集》在严肃的主题中处处显露对平凡生活中趣事趣话的喜好，也还是中期所见于卞诗的情趣在新的题材中的延伸，只不过他对抽象的思想观念的玩索，已让位给对具体的活生生的人和事的欣赏，这种"趣味主义"[41] 倾向不仅表现在《慰劳信集》中，而且此前的通讯、此后的小说也都"兴味一贯"。再如，《慰劳信集》不仅推进了30年代前期、中期的诗的格律化，那种即景、即物、即人、即事的由实入虚的写法也一如既往。卞之琳就他30年代"整个写诗前期"说：

> 这种抒情诗创作上小说化，"非个人化"，也有利于我自己在倾向上比较能跳出小我，开拓视野，由内向到外向，由片面到全面，而在诗创作上为自己的写诗后期以至解放后写诗新时期，准备了新的开端。[42]

这一切，都说明《慰劳信集》意象与主题的显著变化中，包含着诗人思想与艺术的一贯性，"变"中自有"不变"。用纪德的话说：

> 我并且相信这种不一贯只是表面的,它呼应一种伏得深一点的永续性。[43]

而用卞之琳解释纪德的话说:

> 实在顺着一条螺旋式的道路走去,在一条曲线上,我们能说到哪一点算是"转向"呢?也许他只是走快了一点而已。[44]

卞之琳在新的道路上走得是快还是慢,取决于从哪一个角度去看。《慰劳信集》在香港《大公报·文艺》副刊登载后两个月,穆旦就在同一副刊上发表了《〈慰劳信集〉——从〈鱼目集〉说起》一文。他认为:

> 为了表现社会或个人在历史一定发展下普遍地朝着光明面的转进,为了使诗和这时代成为一个感情的大谐和,我们需要"新的抒情"!这新的抒情应该是,有理性地鼓舞着人们去争取那个光明的一种东西。[45]

《慰劳信集》应该说完全符合这种"新的抒情"的标准,因为穆旦特别强调"有理性地"一词而反对热情过多的"歇斯底里"的诗。但穆旦心目中"新的抒情"的代表,乃是艾青的《吹号者》,不是《慰劳信集》,因为在穆旦看来:

> 这些诗行是太平静了，它们缺乏伴着那内容所应有的情绪的节奏。这些"机智"仅仅停留在"脑神经的运用"的范围里是不够的，它更应该跳出来，再指向一条感情的洪流里，再激荡起人们的血液来。[46]

照理说，"平静"、"机智"、"脑神经"等用语，恰好说明《慰劳信集》抒情的"理性"色彩。穆旦所设定的标准着重于"冷"，他对《慰劳信集》的描述却忽略了其中的"热"[47]，所以他断言卞之琳新的创作中"新的抒情""太贫乏"，不能不说自相矛盾。

正是由于《慰劳信集》"理性"的抒情方式，一贯的从容不迫的态度，一贯的由小见大、由实入虚的手法，才使得这部诗集经得起时间的考验，不曾湮没于标语、传单和口号式的抗战宣传之中。卞之琳对此自有深深的警惕[48]，所以，如果用《山山水水》中的一句话问道：

> 他的"我"也就消失于他们的"我们"?[49]

那么，可以用《第七七二团在太行山一带·初版前言》中的另一句话来回答：

> 可是我还是我。[50]

第四节 50年代(1950—1958)

1950年至1958年，卞之琳总共写了40首诗，数量只是1930

年至 1939 年 120 首诗的三分之一。而这 40 首诗，又集中写于 3 个年头：1950 年写抗美援朝，1953 年写农业合作化，1958 年写社会主义建设。卞之琳说：

> 解放后这个新时期，我多次到社会实际生活中，以下乡参观、劳动或工作为多，时间有短有长，偶尔写起诗来，除了感性和理性认识开始有了质的不同，坚信要为社会主义服务，除了由自发而自觉的着重写劳动人民，尤其是工农兵，此外诗风上基本是前一个时期的延续，没有什么大变：同样基本上用格律体而不易为读众所注意，同样求精炼而没有能做到深入浅出，同样要面对当前重大事态而又不一定写真人真事而已。[51]

作者自谓这一阶段思想上"有质的不同"而艺术上"没有什么大变"，证诸作品本身，给人印象更深的，却是诗思的不变与诗艺的变。首先，全体人民亲"手"创造"明天"这一主题，在此一时期的作品中依然有充分的表现，仍然是 30 年代后期《慰劳信集》的延续：

> 今天绷得紧，
> 明天拉得近
> 　　　　　——《一切都为了明天》

> 千年翻过去出明天，

> 新计划一天天翻不尽：
> 我们来，跨出个新起点
>
> ——《从乡村出发》

> 今天开出了明天的起点。
>
> ——《天安门四重奏》

以及诸如"向前"（《搓稻绳》）、"望远"（《防风镜与望远镜》）、"奔忙的未来"（《收稻》）、"想想明朝"（《曲老五想通了》）、"不走回头路"（《谣言教训了神经病》）和一再出现的"蓝图"（《翻一个浪头》、《天安门四重奏》、《和洪水赛跑》）等，全都指向"明天"。《慰劳信集》的主题在新时代的变奏，更为鲜明强烈，这在下面的例子中看得很清楚：1956年臧克家主编的《中国新诗选》选了卞之琳的《西北的青年开荒者》，原来的结尾一节：

> 锄头是如此原始，
> 你们却不惜费力。
> 你们不背向现实，
> 也给了象征以身体。

经作者修改为：

> 不怕锄头太原始，
> 一步步开出明天。

> 你们面向现实,
> "希望"有那么多笑脸![52]

50年代的卞诗,就像是《慰劳信集》的新的版本,都属对现实的反映,但诗人的态度已有了差异,从"不背向现实"到"面向现实",诗人更彻底地从小我走向大我、从内向转为外向了。

但是,有一个微妙的变化发生了。30年代卞之琳深受纪德的影响而逐渐形成的"进步"哲学中,"过去"曾占有一个重要的位置,而这一点其实是对纪德的修正:"他喜欢叫青年一笔抹杀了过去,过去在现在与将来中的位置。这实在是忽略了传统的价值,缺少了历史的认识。"卞之琳认为:"过去与将来,完满与发展,互相推移,实也是最自然的真谛。"[53] 所以他会说:"不怕进几步也许要退几步,/四季旋转了岁月才运行。"然而,50年代,卞之琳从思想上已将"过去"与"将来"置于完全对立的地位。在他看来,中国大地上新与旧"两种景象的交替"、"两种文化的消长",[54] 所取的完全是斗争的形式。这样,他事实上肯定了他曾经否定了的思想倾向:"把一切都分成两半"、"只看出两半之间的抵触、冲突的价值,再也拼不成整体"。[55]

思想上的简单化也导致了艺术上的粗糙化,虽然他保持艺术个性的努力还很明显:他三度写诗,三度遭受横暴的批评,就可以看出这一点。但是,政治热情有余而艺术酝酿不足,成为这个时期他诗歌创作的致命伤。

比如,《慰劳信集》最后一首《一切劳苦者》,由于其"总结性"的地位,它可以直写"一只牵一只"的手拉成的长链"没有

第一章　意象与主题

尽头"、"至于无限",以喻示全体人民的合作而不觉直露。相同的主题,相似的意象,重复出现在50年代的作品里却显得那么程序化,已成为对当前现实的固定反应:

> 千孔窍合成一条心,
> 千只手天天翻新花样。
> ——《从乡村出发》

> 双手连着千只手,
> 每一步连着下一步,
> 个个人都成了巨人……
> ——《动土问答》

> 一只手抵上一双,
> 加快来扭转天地;
> 后方向前方看齐,
> 合出打更大的胜仗!
> ——《工厂就是战场》

> 一股稻绳接一根,
> 两股交成一条绳;
> 一条心捆万把稻,
> 万户人变一家人!
> ——《搓稻绳》

又如,"红旗"的意象在 50 年代的卞诗中出现的频率之高,也许只有 30 年代前期的"夕阳"、"黄昏"才可以相比,但其过于明确的内涵已使它固化为简单的符号:

红旗卷大风

——《翻一个浪头》

红旗升上去直伸到云霞!

——《黑老鸹飞上了我们的烟囱》

一万幅红旗在蓝天里飘扬!

——《曲老五想通了》

天安门飘红旗就标志行动!

——《天安门四重奏》

合作社扯红旗,对着谁在招?

——《收稻》

绿杨村里夺红旗。

——《采菱》

卞之琳曾经不满于写社会题材"不着边际的随便凑一些抽象,空虚的辞藻"[56]的程序化写作。他的《慰劳信集》处理抗战题材而依然以个人感受为依归,并不曾在全体中泯灭了自我。但50年代的环境气候不允许他这么做。1951年卞之琳在《关于"天安门四重奏"的检讨》中说:

> 写的时候,我主观上觉得又是响应号召又是自发,又当政治任务又当艺术工作,又是言志又是载道,用形式就内容也没有困难。[57]

本着这两全之策,卞之琳即使在后来被自己否定为"激越而失之粗鄙,通俗而失之庸俗,易懂而不耐人寻味"[58]的《翻一个浪头》中,也还坚持了他心爱的形式试验,以诸如"三行联韵体"(terza rima)、"回旋体"(rondel)以及十四行体等西诗形式来"就"新时代的内容,但是,在政治标准第一、艺术标准第二的文艺政策下和文化环境中,卞之琳"又当政治任务又当艺术工作"的主观愿望只有落空。官方意识形态所要求的单线直寻的思维方式已为新的读者所普遍尊奉,他们不允许除了直奔主题外还用上一点曲笔。卞之琳诗中残存的智性因素看起来就像是对读者的侮辱。1958年一位读者在对卞之琳《十三陵水库工地杂诗》的批评中,历数了他50年代三度诗歌创作一贯的"错误":

> 五一年,诗人发表了"天安门四重奏",因晦涩难懂,受过批评;诗人接受了批评,保证以后的作品能让大家懂得。五四年诗人又发表了一组农村诗歌(五首),但又是奇句充篇,难读难讲,读者又向诗人提出过意见。现在是五八年了,

而这组诗又具有以往那些诗歌的缺点。看来,要不是诗人喜爱这种特殊的语言和风格,就是诗人难于改变自己的习惯。[59]

30年代和50年代,卞之琳总是被指责为"晦涩难懂"。问题是,30年代他可以拒绝这种指责,以纪德的"一点神话就够了"为自己诗中自足的象征而辩护,他没有屈从读者的必要。50年代他却处在一个十分不利的地位,不能回避这些指责,只能一再自责说:

> 我应该——而没有——扩大我对读众负责的精神。
> 我应该——而没有——加深我对读众负责的精神。[60]

而这些读众也与30年代的有了"质的不同",因为连"喜悦的心跳像鱼跳"这样的比喻也不能为他们理解接受[61]。尽管卞之琳不断"向好懂这个方向走",但他比《慰劳信集》更为浅白晓畅的诗作,在读者眼中还是充满了奥秘。卞之琳后来回顾说:"长久以来,'难懂'二字,对于一位诗人压力很大"[62],对此他深有体会。正是由于这种压力,他不得不就此搁下诗笔,20多年未写一行诗。

第五节 80年代(1982—1990)

80年代初,随着中国政治、经济和文化的改革开放,卞之琳重新开展了文学活动。在整理自己的著译、撰写怀人谈艺的文章之余,他再次萌动了被压抑了20多年的诗兴,创作了少量的诗篇,其中包括1982年的《飞临台湾上空》和《访美杂忆》6首,1989年的《香港小游长洲岛》,以及1996年的《午夜听街车环行》。

这9首诗,视域之广,冠于卞诗各个时期。前8首分写中国台湾、美国、中国香港,最后一首则立足北京而放眼两岸——不是海峡两岸,而是太平洋两岸。历尽沧桑的诗人,对于事物的看法也带有更深沉的历史感。这样,晚年的卞之琳,正处在广袤的空间与悠远的时间的交叉点上,重新开始了距离的组织,其诗的意象与主题,也就具有一种总结性的意味。

卞之琳晚年这9首诗作,一如既往地着眼于具体的事物,也一如既往地显示出亲切的风格。从字面上也可见出这点:

> 旧时亲切的风物,
> 距离加深了眷顾。
> ——《纽海文游私第废园》

> 小机场并不是古书的插图,
> 却一样亲切,就像个驿站。
> ——《布鲁明屯小机场待发》

> 岛外岛好在有家常风貌。
> ——《香港小游长洲岛》

但是，与以往的诗风有所不同，这9首诗用典颇多，分别化用了杜甫、李商隐、姜夔、龚自珍等古典诗人的名句，也用了很多需以注释补充说明本事的今典。最主要的不同之处在于，这9首诗大抵上理脉过于分明，不像早期诗作善以客观的形象来隐藏起玄秘的理路，卞之琳开始在诗中直接议论和说明了：

我们要自由，该顺应天理：
"生生之谓易"，是世间常道。
——《飞临台湾上空》

身外物放下吧，也抛下形骸！
——《罗切斯特城内城外》

驾驶员、售票员，在串连今明朝。
——《午夜听街车环行》

所以张曼仪认为，卞之琳晚年有"说破或直接发议论"的倾向[63]。这固然跟卞氏在欣赏西方较耐久的现代诗写法之外，也开始认同中国古典诗中一路直抒胸臆的诗风有关[64]，但毕竟因为搁笔太久，所以意象不够丰满，诗思稍嫌蹇涩。

从主题上看，晚年的卞诗与以前的诗作有一脉相承的关系。卞之琳的诗文，本已浸透着"生生之谓易"的传统哲学和对立统一的辩证思想。他从纪德那里承继而来的"螺旋式上升"的进步观念，在他的晚年表露得更频繁、更突出，他在文章中一再说：

> 我国"五四"运动以来写"新诗"的流行方式,经过一些曲折或螺旋式发展,到今天还是回到以分行写白话诗为主流。[65]

> 这是"永久的回复"呢,还是螺旋式发展?我相信是后者,只是上旋还是下旋,还是下旋以前的上旋,还有待历史证明。[66]

> 我是相信事物的螺旋式发展的……[67]

这一"螺旋式上升"的思维模式,在晚年的卞诗中有着清晰的呈现。如《布鲁明屯小机场待发》:

> 这里不需要重门、叠栅、
> 自动梯、输送道,也不怨进步,
> 人进出计算器——必由的道路,
> 明日和昨日却一线相牵。
> 且小享旷远,看天上、人间,
> 回头再穿织东、西——和今、古!

又如《午夜听街车环行》:

> 两岸悲欢数不尽,回眸
> 已即将跟一个新世纪迎面,

且共祷多福，少灾，也少愁，
终点跟一个新起点相通！

世间万事万物的相通，是卞之琳晚年的萦心之念。他喜欢在诗中设置两组看似对立的意象，然后指出其互相依存、互相转化的关系。如《飞临台湾上空》的"大陆和它的岛"，又如《芝加哥登楼遐思》中的"脚下的土地"、"横亘的长城"之于"耸立的最高楼"、"天庭"、"银河系星雾"。最典型的是《波士顿水轩晚眺》：

客地的暝色、祖国的晨光，
桑榆和东隅，在来和已往，
关系也正像红颜、白发，
都化泥也好——秋叶、春华！

"隔"中有"通"，"分"里见"合"，晚年卞氏多处发挥斯旨。《飞临台湾上空》的"人因水相隔也凭水相依"，《纽海文游私第废园》的"远隔了分外相近"，都是如此。《罗切斯特城内城外》中的一行："寒舍底下，/田鼠，/和中国"，是引美国某诗人的一首仿俳句，卞之琳欣赏此中表达的"人间的千丝万缕"联系的巧思。他在《香港小游长洲岛》中"孤庙独顾盼时空的转换"一行附注说"但感人事古今交接"[68]，可以用来说明晚年卞诗的基本运思。"人事有代谢，往来成古今"，时空之间与人际的相对关系，本是卞之琳一生创作中最重大的主题，在晚年又作了终结的表现。

但在卞之琳的思辨中，终结只不过是另一个开端。这在其

"螺旋式上升"的思维模式中,是很基本的看法。他曾经说:

> 世界上没有绝对完成的事物,一切完成的只是一个阶段,也就是一个新开端。而一切工作,一切事业,也总不是一个人的事情。[69]

这个思想表现在他的诗中,就有了《午夜听街车环行》如下的诗行:

> 结尾呢开端?几许人长开眼?
> 几许人长相忆重圆的旧梦?

"街车环行"、"旧梦""重圆",卞之琳一生喜欢的意象又在此浮现出来。

注　释

〔1〕卞之琳:《雕虫纪历·自序》,见《雕虫纪历 1930—1958》增订版,人民文学出版社,1984 年 6 月 2 版,第 3—7 页。

〔2〕张曼仪:《卞之琳著译研究》,香港大学中文系,1989 年 8 月 1 版,第 5—53 页。

〔3〕蓝棣之:《论卞之琳诗创作的脉络》,见袁可嘉、杜运燮、巫宁坤编:《卞之琳与诗艺术》,河北教育出版社,1990 年 7 月 1 版,第 56 页。

〔4〕冯文炳(废名):《谈新诗》,人民文学出版社,1984 年 2 月 1 版,

第165—183页。

〔5〕孙玉石主编:《中国现代诗导读1917—1938》,北京大学出版社,1990年7月1版,第248—346页。

〔6〕蓝棣之:《论卞之琳诗创作的脉络》,见袁可嘉、杜运燮、巫宁坤编:《卞之琳与诗艺术》,河北教育出版社,1990年7月1版,第58页。

〔7〕王毅:《中国现代主义诗歌史论1925—1949》,西南师范大学出版社,1998年12月1版,第120页。

〔8〕参见赵毅衡:《新批评———一种独特的形式主义文论》第6章《语象·比喻·象征》,中国社会科学出版社,1986年8月1版,第131—160页。作者对西方文论中这一术语在解说与使用上的分歧现象有比较详细的介绍,很有参考价值。只是作者希望以"语象"一词来代替image的中文译名,没有引起广泛的认同。

〔9〕卞之琳:《西窗集·题记》,商务印书馆,1936年3月初版,第3页。

〔10〕卞之琳:《西窗集·修订版引言》,江西人民出版社,1981年11月1版,第4页。

〔11〕马拉美:《秋天的哀怨》,见卞之琳:《西窗集》,商务印书馆,1936年3月初版,第27页。

〔12〕卞之琳:《雕虫纪历·自序》,见《雕虫纪历1930—1958》增订版,人民文学出版社,1984年6月2版,第2页。

〔13〕卞之琳:《雕虫纪历·自序》,见《雕虫纪历1930—1958》增订版,人民文学出版社,1984年6月2版,第4页。

〔14〕唐祈:《卞之琳与现代主义诗歌》,见袁可嘉、杜运燮、巫宁坤编:《卞之琳与诗艺术》,河北教育出版社,1990年7月1版,第29、30页。

〔15〕蒲松龄的《聊斋志异·白莲教》:"白莲教某者,山西人也,忘其姓氏……某一日,将他往,堂上置一盆,又一盆覆之,嘱门人坐守,戒勿启视。去后,门人启之。视盆贮清水,水上编草为舟,帆樯具焉。异而拨以指,随手倾侧,急扶如故,仍覆之。俄而师来,怒责:'何违我命!'门人力白其无。师曰:'适海中舟覆,何得欺我!'"

〔16〕E. M. Martin:《道旁的智慧》,卞之琳译,见《人间世》半月刊,1934年第5期,第35页。

〔17〕孙玉石主编:《中国现代诗导读1917—1938》,北京大学出版社,1990年7月1版,第248、249页。

〔18〕李广田:《诗的艺术:论卞之琳的〈十年诗草〉》,见《诗的艺术》,开明书店,1943年12月初版;汇文阁书店,据1947年7月3版重印,第64页。

〔19〕冯文炳(废名):《谈新诗》,人民文学出版社,1984年2月1版,第183页。

〔20〕卞之琳似乎很喜欢这个意象。在《山山水水·春回即景二》中他写道:蒙古人横扫欧亚大陆,"可是他们的马蹄上无意中带了文化的种子,就像蜜蜂并未关心腿上带了花粉"。(《山山水水(小说片断)》,山边社,1983年12月1版,第31页。)

〔21〕冯文炳(废名):《谈新诗》,人民文学出版社,1984年2月1版,第180页。

〔22〕Lloy Haft:*Pien Chih-lin:A Study in Modern Chinese Poetry* (Dordrecht, Foris Publications, 1983) p. 37—53.

〔23〕卞之琳:《关于〈鱼目集〉》,见《大公报·文艺》,1936年5月10日。

〔24〕叶维廉:《卞之琳诗中的距离和组织》,见《创世纪》,第101期,

第 64 页。

〔25〕卞之琳：《成长》，见《沧桑集（杂类散文）1936—1946》，江苏人民出版社，1982 年 8 月 1 版，第 15 页。

〔26〕卞之琳：《成长》，见《沧桑集（杂类散文）1936—1946》，江苏人民出版社，1982 年 8 月 1 版，第 15 页。

〔27〕冯文炳（废名）：《谈新诗》，人民文学出版社，1984 年 2 月 1 版，第 183 页。

〔28〕一问之后，问题变得复杂了。此诗最初发表于《文学杂志》1 卷 1 期时共 14 行，"你"显然为一女子；收入《雕虫纪历》增订版时只留末 3 行而调整为 4 行小诗，"你"已成反躬自问的对象。如果这一问意味着足印"已了无痕迹了，只余一阵唏嘘"（张曼仪：《卞之琳著译研究》，香港大学中文系，1989 年 8 月 1 版，第 44 页），作者似乎无须用那个问号，而直接出之以陈述或感叹语气就可以了。看来，诗人自己正困惑于找不到答案。

〔29〕卞之琳：《山山水水（小说片断）》，山边社，1983 年 12 月 1 版，第 4 页。

〔30〕《鱼化石后记》和《成长》中两次提到这句话。《沧桑集》中的十余篇书评写于 40 年代，亦有多处阐发斯旨。

〔31〕卞之琳：《鱼化石后记》，见《十年诗草 1930—1939》，明日社，1942 年初版，第 212 页。

〔32〕卞之琳：《雕虫纪历·自序》，见《雕虫纪历 1930—1958》增订版，人民文学出版社，1984 年 6 月 2 版，第 1 页。

〔33〕卞之琳：《山山水水（小说片断）》，山边社，1983 年 12 月 1 版，第 4 页。

〔34〕卞之琳：《成长》，见《沧桑集（杂类散文）1936—1946》，江苏人民出版社，1982 年 8 月 1 版，第 18 页。

〔35〕语出《安德雷·纪德的〈浪子回家集〉》:"他们回来的时候,已经像柯尔立治的古舟子一样了——'悲哀而睿明'(sad and wise)。回来的他们已经不是原来的他们了。这想来该是一个螺旋式的进步。"(《沧桑集(杂类散文)1936—1946》,江苏人民出版社,1982年8月1版,第152页。)

〔36〕卞之琳:《十年诗草·重印弁言》,大雁书店,1989年3月新1版,第20、21页。

〔37〕方敬:《邮片——寄〈慰劳信集〉的作者》,见《大公报·文艺》,1941年3月19日。

〔38〕卞之琳:《安德雷·纪德的〈新的粮食〉》,见《沧桑集(杂类散文)1936—1946》,江苏人民出版社,1982年8月1版,第168页。

〔39〕卞之琳:《安德雷·纪德的〈新的粮食〉》,见《沧桑集(杂类散文)1936—1946》,江苏人民出版社,1982年8月1版,第170页。

〔40〕同上文引斐南台士评纪德《赝币制造者》语,见《沧桑集(杂类散文)1936—1946》,江苏人民出版社,1982年8月1版,第176页。

〔41〕芦焚《上海手札》形容卞之琳是"一个不太到家的生活趣味主义者"。(《芦焚散文选集》,江苏人民出版社,1981年1月1版,第156页。)卞之琳在《第七七二团在太行山一带·新版弁言》中也提到:"同道中不记得谁善意要我警惕过'趣味主义'。"(卞之琳:《第七七二团在太行山一带》,生活·读书·新知三联书店,1983年10月1版,第3页。)

〔42〕卞之琳:《雕虫纪历·自序》,见《雕虫纪历1930—1958》增订版,人民文学出版社,1984年6月2版,第7页。

〔43〕纪德《新的粮食》语,收入卞之琳翻译自选集《紫罗兰姑娘》,中国工人出版社,1995年8月1版,第405页。

〔44〕卞之琳:《安德雷·纪德的〈新的粮食〉》,见《沧桑集(杂类散

〔45〕穆旦：《〈慰劳信集〉——从〈鱼目集〉说起》，见《大公报·文艺》，1940年4月28日。

〔46〕穆旦：《〈慰劳信集〉——从〈鱼目集〉说起》，见《大公报·文艺》，1940年4月28日。

〔47〕如高准认为："《慰劳信集》大多能洋溢着一份可以传达给人的热情——这却正是他早期作品中所缺乏的。"（《中国大陆新诗评析（1916—1979）》，文史哲出版社，1988年9月1版，第232页。）

〔48〕卞之琳在《安德雷·纪德的〈新的粮食〉》中说："为眼前的实用起见，作家尽可以写标语、传单，可是，千万别以为这样是在创造艺术（顶多可以说是正在从事将无意中丰富艺术的实际生活），要不然，明天忽然逼于现实的需要而必须抹去今天的标语、传单，必须写起完全相反的标语、传单来，心上就难免尴尬了。"（《沧桑集（杂类散文）1936—1946》，江苏人民出版社，1982年8月1版，第169、170页。）

〔49〕原文为句号。《山山水水·海与泡沫》，山边社，1983年12月版，第97页。）

〔50〕卞之琳：《第七七二团在太行山一带·初版前言》，生活·读书·新知三联书店，1983年10月1版，第26页。

〔51〕卞之琳：《雕虫纪历·自序》，见《雕虫纪历1930—1958》增订版，人民文学出版社，1984年6月2版，第9页。

〔52〕臧克家主编：《中国新诗选1919—1949》，中国青年出版社，1956年9月1版，第112页。

〔53〕卞之琳：《安德雷·纪德的〈窄门〉》，见《沧桑集（杂类散文）1936—1946》，江苏人民出版社，1982年8月1版，第157、158页。

〔54〕这是卞之琳两篇文章的标题,见《江南农村两种景象的交替》,《新观察》,第 2 卷第 7 期(1951 年 4 月 10 日),第 7—8 页;《土地改革展示了两种文化的消长》,《文艺报》,第 3 卷第 12 期(1951 年 4 月 10 日),第 28—30 页。

〔55〕卞之琳:《安德雷·纪德的〈窄门〉》,见《沧桑集(杂类散文)1936—1946》,江苏人民出版社,1982 年 8 月 1 版,第 158 页。

〔56〕卞之琳:《读诗与写诗》(在西南联大冬青文艺社讲词,杜运燮笔记),见《大公报·文艺》,1942 年 2 月 20 日。

〔57〕卞之琳:《关于"天安门四重奏"的检讨》,见《文艺报》,第 3 卷第 12 期(1951 年 4 月 10 日),第 32 页。

〔58〕卞之琳:《雕虫纪历·自序》,见《雕虫纪历 1930—1958》增订版,人民文学出版社,1984 年 6 月 2 版,第 9 页。

〔59〕徐桑榆:《奥秘越少越好》,见《诗刊》,1958 年第 5 期,第 97 页。

〔60〕卞之琳:《关于"天安门四重奏"的检讨》,见《文艺报》,第 3 卷第 12 期,第 32 页。

〔61〕刘浪:《我们不喜欢这种诗风》,见《诗刊》,1958 年第 5 期,第 95 页。

〔62〕卞之琳:《今日新诗面临的艺术问题》,见《人与诗:忆旧说新》,生活·读书·新知三联书店,1984 年 11 月 1 版,第 176 页。

〔63〕张曼仪:《卞之琳著译研究》,香港大学中文系,1989 年 8 月 1 版,第 166 页。

〔64〕卞之琳:《介绍江弱水的几首诗》,见《八方》文艺丛刊,第 5 辑(1987 年 4 月),第 93 页。

〔65〕卞之琳:《徐志摩诗重读志感》,见《人与诗:忆旧说新》,生活·读书·新知三联书店,1984 年 11 月 1 版,第 26、27 页。

〔66〕卞之琳:《新译保尔·瓦雷里晚期诗四首引言》,卞之琳编译:《英

国诗选》，湖南人民出版社，1983年3月1版，第229页。

〔67〕卞之琳：《介绍江弱水的几首诗》，见《八方》文艺丛刊，第5辑（1987年4月），第96页。

〔68〕卞之琳：《香港小游长洲岛》附注1，见《诗双月刊》，第1卷第5期（1990年4月），第4页。

〔69〕卞之琳：《完成与开端：纪念诗人闻一多80生辰》，见《人与诗：忆旧说新》，生活·读书·新知三联书店，1984年11月1版，第17页。

第二章　意识与声音

早在1985年,赵毅衡、张文江在《卞之琳:中西诗学的融合》一文里,就已经约略探讨了卞诗中"主体分层"以及几重主体各有不同的声音这一现象。[1] 殊为遗憾的是,在"复合的声部"和"复杂的主体"这两个极其精粹的分论题之下,他们只是就诗论诗地分析了《春城》与《尺八》两首诗的个案,未能对卞诗这一方面的诸多特点作全面而深入的论述。

照笔者看来,仅止于从叙述学的观点来理解卞之琳的诗,固然可以揭示诗人在主体意识上的客观化努力,却不足以真正地把握其诗的声音之极富个性的特殊本质。

从柏拉图《理想国》第3卷所提出的诗人两种不同的说话方式,到艾略特论列的《诗的三种声音》,都只是基于主观与客观之分野,在"谁说"的层面上对说话者的"声音"所作的讨论。[2] 一般的小说叙述学理论,不管它们发展到多么精巧而繁富,终不出此一范围。诚如有的论者所说的,在叙述学家热奈特(Gerard Genette)那里,"声音(Voice),指的是叙述行为(发声)与所叙故事之间的关系,其来源可能是故事层中的当事人,也可以是叙述层中的叙述人"[3]。但是,作为思想意识之表达的"声音",除了来源问题即"谁说"之外,还有"怎样说"的问题。诗人其抒情主体的统一性如何?他的自我意识是完全排斥了他人的意识还是同他人的意识时时发生着碰撞?他是在独语还是在对话?他是否即使在独语也还是在对话?是在质疑自己还是在响应他人?诸如此类问题,只有借助于巴赫金的对话理论才能综合地加以解决。比起叙述学理论,巴赫金更敏锐、更全面、更深刻地把握了"声音"的本质。

对于文学作品的研究,巴赫金的复调艺术观极具普遍的启发性。尽管对话理论以及上面提及的叙述学理论都是建基于小说艺术的分析之上,但这对借助它们以解决诗的问题并无妨碍,何况卞之琳的诗是一种多方借鉴了小说技巧的诗。"抒情诗"(lyric)这一名词就使 T.S.艾略特觉得"不能令人满意"[4],它典型的直抒胸臆的方式也曾引起巴赫金的批评,但抒情诗也可作叙述观。下面这一说法自有道理:

> 如果不是全部,但至少有很多抒情诗也有叙事的一面。如果一个人把济慈的《夜莺颂》(Ode to a Nightingale)当作一个微型的叙述看待,而不视之为一个有机统一的形象总体,他就会得出完全不同的结论。[5]

第一节 独特的抒情气质与策略

在中国新诗史上,卞之琳的声音是独特的。《雕虫纪历·自序》中,他说:

我始终只写了一些抒情短诗。但是我总怕出头露面，安于在人群里默默无闻，更怕公开我的私人感情。这时期我更多借景抒情，借物抒情，借人抒情，借事抒情。没有真情实感，我始终是不会写诗的，但是这时期我更少写真人真事。我总喜欢表达我国旧说的"意境"或者西方所说"戏剧性处境"，也可以说是倾向于小说化，典型化，非个人化，甚至偶尔用出了戏拟（parody）。所以，这时期的极大多数诗里的"我"也可以和"你"或"他"（"她"）互换，当然要随整首诗的局面互换，互换得合乎逻辑。[6]

这一段话，可以说从两方面阐明了卞诗独特的声音之形成的原因。一、他独特的抒情气质。诗人的自我意识并无强烈的中心感和宣泄欲，他不愿公开而坦白地"说话"。二、他独特的抒情策略。诗人的小说化、戏剧化手法使得他可以"借"人、事、景、物来替自己"说话"。

　　自"五四"开始，强烈的自我中心感和表现欲，便成为新诗人的普遍特征。郭沫若《女神》是那时代的最强音，"我"被无限放大，在《天狗》等诗中每一行都占据着主语的位置。康白情也认为："我觉得'我'就是宇宙底真宰"，"为了生活，我们怎么可以不唱诗底高调呢？"[7] 20年代中后期，自我不再被如此高扬，但情感的表现仍是诗人们的第一需要。徐志摩为爱"袒露我的坦白的胸襟"（《我有一个恋爱》），闻一多为美"呕出一颗心来"（《发现》），可为代表。30年代，诗人们的抒情主体依然突出。戴望舒"我二十四岁的整个的心"（《我的素描》）、何其芳"二十年华待唱出的青春的歌声"(《慨叹》)等,无不具有鲜明的个性色彩。在这样的背景下,卞之琳羞涩而矜持的个人姿态,确实绝无仅有。一方面,他"一向怕写自己的私生活";另一方面,他"面对重大的历史事件不会用语言表达自己的激情"[8]。这样,独特的抒情气质决定了他的诗中是一个小写的"我"。

卞之琳的抒情气质虽无类似的情况,但他的抒情策略却有师承的痕迹。他发展了徐志摩与闻一多后期作品的小说化、戏剧化技巧。徐、闻二人将此前泛滥无形的情感约束以一定的体式,同时尝试借鉴小说与戏剧的手法。卞氏自道其写诗历程,明确承认"闻、徐旧作"所给予他的影响[9]。但他认为至今尚无人能"推进"两位先辈诗人的技巧,则是出于他一贯的谦逊,因为,在诗的小说化、戏剧化方面,他自己就确实"赶上"并"超出"了(参见本书第7章第2节)。

卞之琳在结束了他大量写诗的30年代后,于40年代致力于一部长篇小说的创作,而从50年代起更倾心于莎士比亚四大悲剧的翻译。他对小说与戏剧的研究是极其深入的。且不论60年代他写过一本《布莱希特戏剧印象记》及此前此后写过多篇莎士比亚悲剧研究论文,单从他的小说《山山水水》的视点运用上,就已显示在40年代的中国非常超前的叙述艺术观念。在这部被毁弃而只余片断的小说辑本的"卷头赘语"中,作者交代了原书从单角度、双角度到多角度的安排:第2、4卷为男女主人公综合而成的"主导觉知"(presiding intelligence)辅以传统的全知全能式观点,第1、3卷则分别以女主角和男主角为"编造中心"(compositional centre),集"观察者"与"当局者"于一身。卞之琳对于小说艺术,从传统表现手法,"到詹姆士式加心理精微刻画的第三人称单角度呈现,到普如斯特式加'意识流'第一人称单角度铺陈,到乔埃斯式(Joycean)纯用'意识流'第三人称多角度表达",以及后来的种种,都有深切的体会。[10] 笔者无意于用卞之琳40年代的小说实践来证明他30年代的认识水平,但他1931年已发表短篇小说《夜正深》,1934年译过普如斯特的小说片断,1936年更译完纪德表现手法非常复杂的小说《赝币制造者》,则他在小说上颇有造诣是无疑的。笔者特别要指出的,卞氏对小说的叙述角度一直独有会心,1936年他就曾写道:

> 写小说的往往用第一人称"我"来叙述故事,而这个"我"当然不必是作者自己,有时候就代表小说里的主人公。其所以这样用者,或者是为了方便,或者是为了求亲切,求戏剧的效力……写诗的亦然……[11]

这段话表明,卞之琳诗中作者与叙述者在许多情况下的分离倾向,是一种小说化的反映。

第二节 自我意识的客观化

在卞之琳《雕虫纪历》增订版的100首诗中,纯粹以作者第一人称的"我"为说话者,而无任何其他人称作受话者或对话者的篇什,屈指可数,只有《记录》、《第一盏灯》、《路》数首而已;而完全不出现"我"这一字眼的(不算"我们"),却非常之多,有 60 首以上。这个令人吃惊的比例在新诗作者中是绝无仅有的，它起码给人一个直观的印象，即诗人在竭力避免独自现身于他的诗中。

"我写诗，而且一直是写的抒情诗，也总在不能自已的时候，却总倾向于克制，仿佛故意要做'冷血动物'。"[12] 卞之琳不愿突出自己而宁愿隐匿在幕后，这样，诗篇就不再过于鲜明地染上诗人的主观色彩，因此也就加强了本身的客观自足的存在。"我"的介入甚不明显，作者的自我意识出离了中心而遁化，这种遁化，在卞之琳的诗中情形十分复杂，大略可分以下三类：

一、第一人称，"我"非我；

二、第三人称，"他"即我；

三、第二人称，"你"即我。

一 "我"非我

这一类诗中，第一人称的"我"并非作者，而只是叙述者，是作者虚构出的人物。这一点，有时十分明显，有时却不容易一眼识别。比较难辨的，笔者留待后面讨论，这里只讨论显而易见的两种，一种是代拟体，一种是戏剧性独白。

在《鱼化石》一诗标题之下，作者注明了是"一条鱼或一个女子说"，说话者的"我"自然非作者的"我"。《妆台》注明"古意新拟"，其中的"我"是一位恋爱中的女子。中国古典文学从辞赋到诗词，有一个悠久的传统，即男性作家代拟女子的口吻说话，其第一人称的典型标志往往是"妾"。"当君怀归日，是妾断肠时"，"承恩不在貌，教妾若为容"，"妾拟将身嫁与"等，这个

"妾"绝非男性作家真实的"我"。诗词中这一传统的影响在现代诗人笔下仍有零星的表现,如戴望舒的《妾薄命》、何其芳的《休洗红》以及卞之琳的《妆台》等,拟古的本质正反映在这些古意盎然的诗题中,但这些诗中的抒情主人公虽为一女子,其喜嗔哀乐仍是诗人自我意识的客观折射。

戏剧性独白在卞之琳诗集中颇有数篇。从不太严格的标准看,《叫卖》、《过节》亦属此体。前者的"我"是一街头小贩,后者则是一店铺老板。唯其听话的没有具体落实是谁,与徐志摩的《卡尔佛里》、闻一多的《飞毛腿》一样未知在对什么人说话,故作为戏剧性独白不及《酸梅汤》一首地道。《酸梅汤》的说话者是一个洋车夫,听话人也明确,就是卖酸梅汤的老头,不过有几句是对另一洋车夫老李说的,又有一句"哪儿去?先生,要车不要?"则是问行人。这两次转换说话对象,更加活灵活现地创造了逼真的戏剧场景,让人揣摩出人物的神情、动作、心理。生意萧条,兴味索寞,除了时序在转换,似乎一切都不会变,但主人公却一派乐天的样子。诗人在面对此景此人时想必不会如主人公一样乐观,或将含一点悲悯,但这只能是推测,诗人的主体意识并没有显露出来。这种把诗中的"我"同诗人的自我分开,以客观角度作主观描绘的手法,历来评价甚高。本着热奈特"信息量与信息提供者的介入恰成反比"[13]这一公式,此诗通过作者遁出局外而提供了最大的信息量,展示了不染主观色彩的真实。张曼仪评论《酸梅汤》说:"浪漫诗人的自我宣泄只能接触到真理的一面而不是全面;把诗中的'我'与诗人自己分开,便可以从不同身份的说话人观点看事物,对客观真实作多方面的探讨",这是完全正确的。但接下来说"可是诗人虽然隐蔽在说话人的面具之下,究竟也借此把他的观点(不必与说话人的观点相合)间接地传达给读者,因此所谓客观的描述到底还是主观的"[14],似乎还不够具体,因为,什么叫"间接地传达"呢?是否认为作者虽然隐蔽在说话人的面具后面,他的意见却以"留白"的形式,可由读者"间接地"通过比较阅读诗人其他的作品而揣摩得之?李怡认为,这首诗的戏剧性独白使得诗人"能够站在一个相对超脱的立场上借助发话者与回话者对某一人生事件的不同态度,在彼此的差异形成的碰撞当中呈现人生意蕴的复杂性"[15]。笔者要补充说明的是,此诗既为独白,也就没有回话者,但诗中"谁也不理我"却正以不回话而回了话。卖酸梅汤的老头在生闷气,洋车夫老李在睡大觉,一悲观一达观,正与说话者的态度相映成趣。

二 "他"即我

巴赫金曾使用镜子的比喻来谈论作者的自我意识客观化问题。在他看来,一切离开主体而存在的均是他者,即使镜中的自我映象也是。当自我作为客体成为自身主体感受、体验、审美的对象时,自我即成为他者,自我客观化也就自动出现。[16]

这个意思不难理解。自我不能完全主观地体验自身,必须时时反躬自省,把自我作为他者、作为客体来体验。所有充分实现了的自我认识,都是同时把"我"当成"他"或"你"的结果。卞之琳早对此有深切领悟,譬如他说:

其为"桥"也,在搭桥的人是不自觉的,至少不能欣赏自己的搭桥,有如台上的戏子不能如台下的观众那样的欣赏自己的演戏。[17]

若要自我欣赏,必须收视返听,把自己一分为二,亦主亦客。卞之琳的诗,在并非以第一人称的"我"来直抒胸臆,而是让"我"变成第三人称"他"或第二人称"你"出现在作品中时,其自我意识客观化的努力就很清楚了。

作者即叙述人,作者亦即当事人,但叙述人又并非当事人,这一非常吊诡的现象是典型的小说化技巧,有如卡夫卡的K。卞之琳的诗中,经常有自己扮演的角色出现。此一角色即作者本人,必须经过比较才可以辨识出来。在大多数场合,都以"多思者"、"沉思人"的形象引人注目。

例如《航海》,写航行了一夜的船上,茶房找人对表,触发了一位旅客的感想:

> 这时候睡眼矇眬的多思者
> 想起在家乡认一夜的长度
> 于窗槛上一段蜗牛的银迹——
> "可是这一夜却有二百海里?"

这位"多思者",可以认为即诗人自己。何以见得?自然要结合卞氏其他的诗篇。他是那么喜欢玩味时间与空间的相对问题,可以说"相对"二字已成卞诗的专利。此处大可不必以这位"多思者"为另一位"相对"论者,他就是诗人,只不过给安排成舱中的一

位旅客罢了。同样的诗人的自我形象出现在《水成岩》中,即水边的沉思者:

> "水哉,水哉!"沉思人叹息
> 古代人的感情像流水,
> 积下了层叠的悲哀。

仍不以第一人称"我"来说话。循此线索,再追溯到更早的《几个人》,笔者认为,那首诗中反复出现的"当一个年轻人在荒街上沉思",也是诗人自身形象,只不过作者既从局外来看"几个人",又将自己放入局中,成为"几个人"之一。

在《尺八》一诗中,诗人更成为唯一的当事人。卞氏当年曾去日本,且写有一篇散文《尺八夜》以记当时事。文中说,自己写了一首诗,"设想一个中土人在三岛夜听尺八,而想象多少年前一个三岛客在长安市夜闻尺八而动乡思,像自鉴于历史的风尘满面的镜子"[18]。文中的"中土人",即诗中的"海西客"。卞氏在文中仍称自己只是"设想"而非设身处地,这是他一贯的羞于自见的作风。但笔者认为,《尺八》诗中的"海西客"如此鲜明地吻合着诗人自己的思路与行迹(文中写自己乘"长安丸"从神户登陆,诗中则成了"长安丸载来的海西客",连船名都完全一致),实不必解作别有一人,直认作诗人自己可矣。[19]

> 像候鸟衔来了异方的种子,
> 三船载来了一枝尺八,

从夕阳里，从海西头。

《隋书·倭国传》载大业三年日本国遣使朝贡，使者称隋炀帝为"海西菩萨天子"，国书则曰"日出处天子致日没处天子"。诗中"从夕阳里，从海西头"二语，乃兼写实与用典。但如今中国确实日薄西山了，往昔有"长安市的繁华"，今日是异域"霓虹灯的万花"，情景已对调，而往昔"番客"的凄凉，也移作今日"海西客"的悲哀。诗中间隔的两句"归去也，归去也，归去也"的呼唤，前句出自番客，后句则为海西客所发。诗人说这一切"像自鉴于历史的风尘满面的镜子"，意思一直可以推至几层。从诗的内层看，往昔番客的乡愁，是今日海西客的镜中映象，海西客从体验番客这个"他者"而深化了自身的乡愁体验。从诗的外层看，诗人化"我"为"他"，从海西客这个镜中映象上投射了自我。诗中最后一句突然有诗人主观的直接介入："海西人想带回失去的悲哀吗？"这其实是反躬自问，问"他"，即问"我"自己。

三　"你"即我

　　"你"同样也可以是诗人自己。在人的日常思维活动中，其反躬自问的人称代词，往往不是用"我"，而是用"你"。情形也如同对镜自照，镜中的映象是自己最熟悉的"他者"，但作为"他"会太生分，作为"我"又构不成主客关系，则"你"是最适当的称谓了。卞之琳《妆台》中有两句诗可为佐证："镜子，镜子，你真是可恼，/让我来为你描两笔秀眉。""你"字下面，作者特地加了着重号，乃指镜中人"我"自己。

卞之琳诗中,"我"多作"你",尤其在心怀疑虑或面临抉择之际,如《足迹》:

> 蜜蜂的细腿已经拨起了
> 多少只果子,而你的足迹呢,
> 沙上一排,雪上一排,
> 全如水蜘蛛织过的水纹?

此诗初发表时有 14 行,"你"为一女子。但截留成这 4 行小诗,情况就不一样了:如果这个"你"不是"我",如果这对照之下的一问不是反躬自问,那么这首诗便成了一首标准的训导诗,即对受话人的劝勉和警戒。一个无从推断其与诗人有关的身份的人,有无"成果",干卿底事?只有将"你"视为诗人自己,诗的内容才获得延展性,才可以上升为对生命底蕴的深沉的疑问。《对照》一诗也是相似的问题。主语也是"你",而语气之间更容易判断出即诗人自己,其第 2 节是:

> 今天却尝了新熟的葡萄,
> 酸吧?甜吧?让自己问自己,
> 新秋味加三年的一点记忆,
> 懒躺在泉水里你睡了一觉。

"今天"与"三年"是非常具体的时间,若"你"泛指某一个人(仍缺乏其身份背景的暗示),则不合常情常理,"让自己问自己"

也就成了责备。其实，诗人新尝葡萄，其味在酸甜之外，乃无法言说的"新秋味"与"一点记忆"而已。

上述两首诗属于静态的描述。卞之琳有时更以动态，以"你"作为主人公，去完成一系列极具体细致的动作，且发生一系列极真切生动的联想。例如，《白石上》属卞氏最长的几首诗之一，开篇是这样的：

> 去吧，到废园去，
> 找一方白石，
> 不管从前作什么用的，
> 坐坐吧，坐下来，
> 送夕阳下山，
> 一边听饶舌的白杨，
> 告诉你旧事。

这不再是疑问语气，而是祈使语气了。此中的"你"应解作"我"吗？张曼仪认为，此诗"虽然以独白写成，但说话人和听者的身份都不明确。'你'可以是任何一个人，也可以是诗人自己。如果'你'想象有人对你这样说，'你'也即是'我'了"[20]。笔者也认为最好是解作诗人自己，但想补充一下，此诗的独白是内心独白。如果说者与听者分别为二人，则说者的这番指点未免太长太絮叨了，现实生活中无法想象会有人这样对"你"说话的。所以，这首诗只能是作者心中的絮语，是诗人自己对自己说话，却用了第二人称"你"，其悬拟的语调中突然插入"你细看白石，/只见长满了青苔","你抚摩它,/白石凉极了,/令你想起……"这些实际的所见所感,又足证此诗又并非始终都是内心独白,因为这些是别人不可能对你"说"的。那些呼唤、敦促与揣想(前4节)是自言自语,而那些"看"、"见"、"抚摩"、"想"(第5、6节)则是即景即事。诗的末段则融合了心中语与眼前景:

> 不是雨,是风
> 起来了,可是很轻,
> 只能比叹息,
> 你不妨再坐一会儿
> 在白石上
> 听浅湖的芦苇
> (也白头了)
> 告诉你旧事
> (近事吧)
> 一边看远山
> 渐渐的溶进黄昏去……

这首诗,与其说是戏剧化、小说化,毋宁说它使用了复杂的电影手法,其主要特征是,它让画外音配合着画面而慢慢展开,又缓缓淡出。

四 可以互换的"我""你""他"

人称与视角的复杂运用,是小说艺术发展的现代化标志,而在卞之琳的诗中也呈现出类似的多样化奇观，这在新诗人中是独一无二的。读者很容易就能回想起郭沫若、徐志摩、闻一多、戴望舒、艾青等人第一人称的抒情主人公姿态，他们鲜明的个性，他们高歌低吟中流露出的价值判断与情感取向，但卞之琳却使人困惑，仿佛失陷于他声音的迷宫中，却得不到他确切的指引。前面说过，这一现象乃归因于作者羞涩而矜持的抒情气质及其小说化、戏剧化的抒情策略。诗歌中人称的伪装，其作用同小说并无二致，无非是在增强作品真实而自足的存在，且削弱作者的主观性。卞之琳"总不知要表达或如何表达"自己对时事的反应，"更怕公开我的私人感情"[21]，这个想法，加上他拥有的令人目眩的手法，使得他不想出面就能够不出面。

尤其诡谲的是，卞之琳30年代前期和中期的作品中，"我"直接进入诗中的本来就不到一半，他还更进一步，宣称"这时期的极大多数诗里的'我'也可以和'你'或'他'（'她'）互换，当然要随整首诗的局面互换，互换得合乎逻辑"。诗人自我意识的遁化，至此已达到极致。如果只是出于他的气质与天性，未免会让人视为病态的"冷血"。可事实上，一个同样深刻的理性基础也决定了卞氏这种非个人化的努力，这就是他的"相对"观念。他洞悉人际关系的相对性，对于主客之间的变动不居，对于具体的个人意识之不能把握绝对的存在，有透辟的理解。这样，"我""你""他"三者的互相依存又互相转换，正是卞氏的相对论在诗的声音模式上的体现。他的思想，也与巴赫金作为其理论基础的一些观念若合符契：

> 从这个世界来说,也不存在绝对不可逆转的"我与所有其他人"的关系;从认识来说,"我与他人"是思考的对象,从而也是相对的和可逆的关系,因为所谓认识主体本身,在存在中并不占有确切的具体位置。[22]

卞之琳的诗,在这个意义上也就与巴赫金推崇的陀思妥耶夫斯基的小说相似,即在超乎寻常的思维定势而造成的接受难度上:

> 把整个世界纳入我的意识的唯我主义,可能在直觉上是有信服力的,或至少是可以理解的,但如果把整个世界和我自己都纳入他人的意识,那就令人完全不可理解了,因为他显然只是这个大世界的一个微不足道的局部。[23]

"你站在桥上看风景,看风景人在楼上看你",而绝对的风景更大于"你看"与"人看"、"桥上看"与"楼上看"之总和。卞之琳让自己从中心的位置上遁化,或遁出风景外(无"我"),或化入风景中(成"他",成"你"),而虚出那个中心的位置,把它留给了读者。

第三节　主体声音的对话化

上面笔者讨论了在"谁说"的层面上卞之琳诗的声音所呈现的复杂现象。正如前面已经指出的,卞诗在字面上"无我"的情况异常之多,但他也不乏"有我"之作。后者更是一般人所理解的抒情诗的常态,而在这样的场合,从"怎样说"的层面去考察卞之琳抒情声音的本质,可以更深刻而全面地揭示他的声音的独特性,即这种独特性不仅表现为自我的意识隐匿到他者中去,而且表现为他者的声音侵蚀到自我的声音中来。换句话说,卞之琳的诗中充满了对话性。

所谓"对话",用巴赫金的意思,就是话语之间具有"同意和反对关系,肯定和补充关系,问和答的关系"[24]。而"对话性"则是对话向独白渗透的现象。只要独白中也存在诸如"同意和反对"、"肯定和补充"、"问和答"等关系因素,独白也就对话化了。在巴赫金看来,小说的叙述文本中对话性已属罕见,那么在本质上就属于独白型艺术的抒情诗中,对话性岂非更是不兼容的东西?然而,恰恰在卞之琳的诗中,而且在他那些第一人称的独白中,可以发现极为丰富的、以或明或暗的形式出现的对话性。

一 直接引语

卞之琳的诗有一个十分显著而未经论者拈出的特色,即存在着大量的直接引语。《雕虫纪历》增订版的 100 首诗中,有 30 首直接引入了他人的话语,如果加上若干纯以他人口吻说话的戏剧性独白,则比例已达三分之一。这样的引语,有的只是一声叫卖,一句唱词,或一点叹息,却也有如《还乡》、《春城》等纷杂的众声。卞氏爱用引号作直接引录,而不喜欢采用间接引语的形式,比如《音尘》,诗人收到了远方朋友的来信:

"翻开地图看",远人说。

> 他指示我他所在的地方
> 是那条虚线旁那个小黑点。

如果采用一个统一的语调，本可间接地写道：

> 远人说要我翻开地图。

这是一个微型的 showing 与 telling 的区别。直接引语可以最大程度地降低诗人主观的介入，具有高度的现场发生的生动性。这是诗的小说化、戏剧化具体而微的表现。在省略了对说话人的介绍的情况下，更避免了诗人的指点而提高了读者的主动性。如《雨同我》首节：

> "天天下雨，自从你走了。"
> "自从你来了，天天下雨。"
> 两地友人雨，我乐意负责。
> 第三处没消息，寄一把伞去？[25]

第一句乃远方的朋友（诗人不久前从他那儿离开）来信所言，第二句乃眼前的朋友当面所说，作者皆省略不提，读者自可从"走"、"来"、"友人"数语中推测而知，这样就扩大了读者的参与，造成的曲折亦使诗篇平添了韵味。《古镇的梦》也如此，作者的叙述中突然插入：

> "三更了,你听哪,
> 毛儿的爸爸,
> 这小子吵得人睡不成觉,
> 老在梦里哭,
> 明天替他算算命吧?"

似无端而来的这几句话,不待作者从旁交代,使一个三口之家的小小世界跃然纸上。它们偶尔盖过诗中的锣声、梆声、流水声,使作者的平直叙述顿生微澜,益发增添了小镇的寂寥。

诸如此类的直接引语,首先有助于造成戏剧性处境,但另一方面也证明,诗人并没有专注于自身的陈述而使诗的声音沿着单一的方向发展,而是向他的世界打开,倾听身外的一切。直接引语导致了叙述语气的停顿,它们转移了作者与读者的视线,只有像卞之琳这样一个很少为所谓内在的情绪节奏所推动的诗人才会这么做。巴赫金有一句话,有助于让人领悟卞氏的声音为何与众不同:

> 对浪漫主义来说,典型的语言是作者的饱含感情、不能自己的直接陈述的语言,它绝不允许因引入他人的语言而把自己的热情冷却下来。[26]

卞之琳"总在不能自已的时候,却总倾向于克制,仿佛有意要做'冷血动物'"。他不是只顾自己说话,而是常常停下来倾听别人的说话,且他对于这些说话者采取的态度,也是完全平等的。

然而必须说明的是，正如公开的对话在巴赫金那里只是外在的、表面的，因而也不被真正看重的形式一样，卞之琳诗中众多的直接引语，尚不能从根本上反映他的诗的对话精神。独白中出现了对白，与独白本身就像是对白，或者说，诗人的声音中出现了他者的声音，与诗人的声音分裂成自我与他者的声音，这是很不同的问题。只有在后一种情况下，即不是或不只是存在"直接引语"，而是出现了大量的"自由间接引语"（free indirect discourse）的时候，才可以说，诗人的声音彻底地对话化了。

二 "以心问心，自家商量"

这是《西游记》中的说法。[27] 钱钟书将某种内心独白称作是"一人独白而宛如两人对语"[28]，其间有设疑有释疑，有问有答。可惜的是，他援引的例子，多是独白者以第一人称相问答。其实，像悟空之自道"老孙"、李逵之自言"铁牛"，捅破一层，则如巴赫金所举陀氏小说《罪与罚》的主人公拉斯柯尔尼科夫的独白中，径以"你"指称自己[29]，尤合"一人独白而宛如两人对语"之旨。

卞之琳的诗，"常有'你'来代表'我'"[30]，而且"你""我"之间相互问答。上文已经提及卞诗以"你"代"我"的情况，但那些诗中，没有明确地"你""我"对举，一分为二，仍属单方面的自我意识的伪装。现在更需指出，卞之琳诗中出现了堪称自我意识分裂的现象。他的《候鸟问题》一诗的独白，典型表现了当前自我意识的矛盾与主体声音的分裂：

多少个院落多少块蓝天　　　　　　　　　　　1

你们去分吧。我要走。	2
让白鸽带铃在头顶上绕三圈——	3
可是骆驼铃远了,你听。	4
抽陀螺挽你,放风筝牵你,	5
叫纸鹰、纸燕、纸雄鸡三只四只	6
飞上天——上天可是迎南来雁?	7
而且我可是哪些孩子们的玩具?	8
且上图书馆借一本《候鸟问题》,	9
且说你赞成呢还是反对	10
飞机不得经市空的新禁令?	11
我的思绪像小蜘蛛骑的游丝	12
系我适足以飘我。我要走。	13

这是前13行。全诗点明"我的思绪",其为一人独白而非两人对语是毋庸置疑的。李广田在分析此诗时说:"诗中有两种力量在互相影响着,仿佛送了出去又牵了回来,复又送了出去","那种去又去不得留又留不得的感情。"[31] 这正是笔者前文提到的"心怀疑虑或面临抉择之际"。作者自己同自己展开了对话,话语中往返论证,充满了巴赫金所谓"同意和反对"、"肯定和补充"、"问和答"的关系。第1、2行明白宣示"我要走"。第3行的鸽铃则是劝人留。第4行的驼铃又是诱人走,"你听"二字,把自己转化成"我之他者",客观化了。第5行"挽你"、"牵你"都是留"你"(我)。第6、7行像是"牵挽"(纸鹰、纸燕、纸雄鸡都是"放风筝"之具体化形象化),又像是诱引(南来雁是候鸟之迁徙,仿佛

人之远行)。第8行又转成"我"的自语：陀螺离心而又向心，风筝欲去而又未去，我岂能如此想走而又不走？第9行所谓借一本《候鸟问题》，乃李广田所说的"求签问卜"意。第10、11行意义颇为复杂："飞机"从前面"白鸽"、"风筝"联类而及，"市空"是上文的"蓝天"，"赞成"、"反对"又是内心斗争的延续，但总之是揭出"我要走"的原因：北平当时已是危城。第12、13行"我的思绪像小蜘蛛骑的游丝/系我适足以飘我"，合外景与内境为一，形象描绘了内心冲突的过程。再下"我要走"，是真的要走了。第一个"我要走"是内心争辩的起点，第二个"我要走"则是终点。两者之间，心问口，口问心，经过了那么多的反复，那么大的折腾。进入作者"思绪"的诸多景物，都被赋予了台词的功能，就像进入《罪与罚》主人公拉斯柯尔尼科夫内心独白中的诸多人物一样。巴赫金说：

> 他把所有这些人物相互联系起来，让他们相互比较或者相互对立，迫使他们相互回答问题，相互呼应或者相互揭露。结果，他的内心语言就像哲理剧一般展开……[32]

这首《候鸟问题》提供了一个完美的例证，证明了卞之琳诗的意识之高度客观化与诗的声音的全面对话化。

三 多变的语气与复调

在抒情诗中，占主导地位的总是陈述语气，间以感叹语气与疑问语气。卞之琳的诗中，语气变化特别丰富，总是以大量的疑问、感叹、祈使、反诘来侵削单向直白的陈述。这纯粹出于其诗的声音的对话化需要。在整体的陈述中,飘动闪忽着各式各样对话的语气和口风,在最不可能出现对话的地方,仍有对话性因素存在。譬如《圆宝盒》一诗,收在《十年诗草》中,有3行作:

> 虽然你们的握手
> 是桥——是桥?——可是桥
> 也搭在我的圆宝盒里

台湾大雁书店1989年新版《十年诗草》,中间一行没有那个问号,疑误。因为有此一个问号后,正如李广田敏锐察觉到的:"第一个'是桥'是肯定语,第二个'是桥'是疑问语,有否定的意味,第三个'可是桥',是进一步作了另一个肯定,有否定之否定的意味。而且这里三个'是桥'似重复而又不重复,读起来是三种语调,声音上也就描绘了桥的颤动。"[33] 这首诗收入《雕虫纪历》时,中间一行则改作:

> 是桥——是桥!可是桥

第二个"是桥"出之以感叹语气,但同样可以听得出隐藏的对第一个"是桥"的质疑与对此一质疑的坚决否定,而且否定得更加醒豁,使第三个"可是桥"的转折也更加有力。

卞之琳一波三折的叙述所反映出的微型对话,集中比比皆是:

哪儿了？我又不会向灯下验一把土。
忽听得一千重门外有自己的名字。
好累啊！我的盆舟没有人戏弄吗？
友人带来了雪意和五点钟。
　　　　　　　　　——《距离的组织》

给那件新袍子一个风姿吧。
"装饰的意义在失却自己，"
谁写给我的信呢？别想了——
讨厌！"我完成我以完成你"。
　　　　　　　　　　——《妆台》

我敬你一杯。酒吧？也许是。
昨夜我做了浇水的好梦：
不要说水分是柔的，花枝
抬起了，抬起了，你的愁容！
　　　　　　　　　　——《水分》

这些全都不是单一的声音、整一的陈述，而是充满了疑问（"哪儿了？"、"我的盆舟没有人戏弄吗？"），充满了祈使（"给那件新袍子一个风姿吧"，"别想了"，"不要说水分是柔的"），充满了感叹（"好累啊！"、"讨厌！"、"抬起了，抬起了，你的愁容！"）。这是独语，却像是对话。语气的断续，诗行的破碎，显示了诗人（或主人公）自我意识中渗透了他者的意识，因而其陈述就成了对此一隐藏的他者的即时反应，或反应的反应。所以卞之琳的诗的声音，相当多的场合是属于典型的双声语，仿佛一场对话叠合在一张嘴里。巴赫金如是说：

> 本来，完整的对语本身是统一的，只有一种语气。但不同对语一相遇，在融合后出现的新话语里，就变成了相互对立的声音的尖锐交锋。这种交锋体现在话语的每个细节、每个元素中。对话性的冲突深入到内心，语言结构的各种细微成分中（相应地又深入到意识的各种成分中）。[34]

这正可移作卞之琳许多诗再恰当不过的评语。

四 喧哗的众声

有时，卞诗岂止于"多声交织"（polyphonic），简直是"众声喧哗"（heteroglossia）。这里特别要提出《春城》一诗加以讨论。此诗在卞氏全部作品中有一被忽略了的重要性，即它在诗人自我意识的客观化与主体声音的对话化方面，已臻复杂的极致。袁可嘉注意到此诗在追求戏剧的生动性时语言上的特征，他认为诗人"把俗话、外语、古语、现代语和京调冶于一炉取得戏剧性效果的高超技艺"[35]，值得后人借鉴。但笔者认为，从雅俗庄谐的角度来谈论《春城》语言多样化的艺术，而不探讨其中意识与声音之间的关系，是远远不够的。此诗甚长，为节省篇幅，前3节且略过，先看4、5节：

"好家伙！真吓坏了我，倒不是
一枚炸弹——哈哈哈哈！"
"真舒服，春梦做得够香了不是？
拉不到人就在车蹬上歇午觉，
幸亏瓦片儿倒还有眼睛。
鸟矢儿也有眼睛——哈哈哈哈！"

哈哈哈哈，有甚么好笑，
歇斯底里，懂不懂，歇斯底里！
悲哉，悲哉！
真悲哉，小孩子也学老头子，
别看他人小，垃圾堆上放风筝，
他也会"想起了当年事……"
悲哉，听满城的古木
徒然的大呼，
呼啊，呼啊，呼啊，
归去也，归去也，
故都故都奈若何！……

两节集中了几个人的对话。洋车夫们彼此调侃，有庆有贺，互相接着话茬儿说笑，却引起了旁边一位读书人的不忿。"哈哈哈哈，有甚么好笑"，明显对车夫们起强烈的反感，又听得老成的小孩的唱腔，益增悲愤，连下四个"悲哉"，三个"呼啊"，两个"歇斯底里"、"归去也"，收束以一句"故都故都奈若何！"第 4 节是对

第二章 意识与声音

话,第5节是独语,但显然是对前者的否定及补充,构成潜在的对话。它非直接引语,那么可否解作诗人自己呢?袁可嘉认为"也许就是",不能确定,其实正不必解作诗人自己。说话者亦是诗中人物之一,证诸第6节,可以明白这一点:

> 我是一只断线的风筝,
> 碰到了怎能不依恋柳梢头,
> 你是我的家,我的坟,
> 要看你飞花,飞满城,
> 让我的形容一天天消瘦。

可能是一首当时流行歌曲的改写。"家"、"坟"、"花"、"城",无韵中突然出现行中韵与脚韵,嘲弄的意味更甚。上节是过于严肃的痛心疾首,这节是流于谐谑的唉声叹气,都不可视为诗人意识的直接显现。庄谐并陈,雅俗对举,确实像在"胡闹",于是引出下一节:

> 那才是胡闹,对不住;且看
> 北京城,垃圾堆上放风筝。
> 昨儿天气才真是糟呢,
> 老方到春来就怨天,昨儿更骂天
> 黄黄的压在头顶上像大坟,
> 老崔说看来势真有点不祥,你看
> 漫天的土吧,说不定一夜睡了

就从此不见天日，要待多少年后
后世人的发掘吧，可是
今儿天气才真是好呢，
看街上花树也坐了独轮车游春，
春完了又可以红纱灯下看牡丹。
（他们这时候正看樱花吧？）
天上是鸽铃声——
蓝天白鸽，渺无飞机，
飞机看景致，我告诉你，
决不忍向琉璃瓦下蛋也……

如果第 5 节第 1 句是对第 4 节的反应，则这里第 1 句也是对上面第 5 节的反应。诗篇又回复为似属作者角度的客观叙述，以"昨儿天气才真是糟呢"、"今儿天气才真是好呢"两句，分领老方、老崔的怨声与独轮车上、红纱灯下的花景，仍是表面独白而非本质对话。本节比第 5 节更接近于作者本人的陈述了，然而，非也。卞之琳在《关于〈鱼目集〉》一文中提到这个问题：

  我写诗，有时候也竟有完全用自己现成的经验或感觉，一剪裁即成的，不过总是很少。还有很少的一些时候，虽用第一人称，却完全如你们写小说，写戏剧，例如我写《鱼目集》中的《过节》和《春城》。然而当我说
  "蓝天白鸽，渺无飞机，
   飞机看景致，我告诉你，

决不忍向琉璃瓦下蛋也"

难免人家说我太没出息,骂我丧心病狂了。这何异于戏子在台上演曹操,台下的剧评家把他拉下来痛打一顿?[36]

张曼仪认为,《春城》"通篇用说话的调子:不是单一的调子,却是几种不同的声音"[37]。而所有这些声音都具有相对的独立性,在作者的意识上展开,但诗人自己却遁化在一切声音之外,任由它们相互碰撞,像巴赫金激赏的陀氏小说人物的内心独白一样:

引入自己内心的所有声音,相互发出一种特殊的接触;而在现实的对话中,这些不同声音之间不可能发生这种接触。由于这里它们是处于同一个意识中,便好像变得相互渗透。它们聚拢、靠近,部分地相互交叉,在交叉的地方就相应地出现交锋。[38]

卞之琳不动声色在作距离的组织,使异处的众声相激相生,相呼相应,在《春城》一诗的"胡闹"中,甚至已达到巴赫金所谓"狂欢化"的地步,令人叹为观止。

第四节 结 语

自我意识的遁化、客观化,与主体声音的分化、对话化,在卞之琳的诗中是密切相关的。两方面结合起来,造成了卞之琳独特的声音。他复杂的人称转换技巧,他的障眼法,完全是为了有助于其诗的对话化。卞之琳能把"他"变成"你",比如《音尘》,从友人"他指示我他所在的地方",一转就变为"我要猜你那儿",因为"他"只有变成"你",才能构成可能的对话关系。卞之琳甚至能够把"你"变成"我",比如《白螺壳》,首节"空灵的白螺壳,你",一转又变为第 3 节"玲珑吗,白螺壳,我?",主客对调,使对话中说话人亦呈变动不居的状态,更符合客观世界的相对本质。只有从对话的角度去研究卞诗的人称变化的复杂技巧,才能了解此种技巧所以施展的真正企图;也只有从人称变化的线索去研究卞诗声音的对话性,才能把握此种对话性赖以形成的特殊手段。泛泛地去讨论卞诗的小说化、戏剧化,难以有效地证明卞之琳声音的独特性。因为卞诗岂止于一般的小说化,他简直创作了一种特殊的诗体小说。正如巴赫金所说的,在复调小说的背景上,许多旧的单音小说都显得幼稚简单了。[39]

然而,必须说明,只有卞之琳主智的诗风,才有可能采取这种独特的声音模式,就像只有陀思妥耶夫斯基的"思想型小说",才会出现复调的现象一样。"思考着的人的意识,这一意识生存的对话领域,及其一切深刻和特别之处,都是独白型艺术视角所无法企及的。"[40] 巴赫金在这段话中,着重标明了对话领域活跃着的乃是"思考着的人的意识"。卞之琳的诗,是沉思者的诗,穆旦说"自五四以来的抒情成分,到《鱼目集》作者的手下才真正消失了"[41],这样说虽然绝对化,却也适足以证明,卞之琳确实有别于一般新诗人的抒情导向,深喜在诗中玩味着思想的妙趣。很难想象如郭沫若、徐志摩、艾青等人会如此冷静地在诗中布置其声音的迷宫。而冯至、穆旦等将情感冷淬而铸成智性的诗篇,为何也没有发展为精巧的复调艺术呢？这固然同他们关注思想本身而不理会与欣赏思想的趣味性有关——只有"乐"其"趣"者才会在诗中近乎游戏似的设阵布局，同时也要指出，这里仍然涉及卞之琳的主导思想即相对观念了。

巴赫金深为在艺术认识的领域内人们总是要求粗糙简单的明确性而遗憾。他指出：

> 当代人的科学意识，学会了适应"概率宇宙"的复杂条件，不为任何"确定性"所困惑，并且善于对它们加以考察和设计。这种意识早已习惯了爱因斯坦的世界及其众多的系统。[42]

卞之琳恰恰具有这样的意识，他对爱因斯坦的世界有独到的体认，其诗中的"相对"观念已成注册标记。他从来不为那些所谓"确定性"所困惑，相反，他对时空之间与人际种种关系的相对性即不确定性作了淋漓尽致的发挥。他所困惑的恰恰倒是那个"不确定性"。他认为庄子"把'绝对'打个粉碎"后"聪明得糊涂"了，从而肯定孔子自有其现实的合理性："何妨平均一下，取一个中庸之道？何妨来一个立场，定一个标准？何妨来一个相对的绝对？"[43] 但是，就世界的相对性的认识而言，如果说许多人终其一生都未能达到这一境界，那么，卞之琳却一开始就已经是从这里出发的。唯因他的思想浸透着相对性，他的诗的声音才可能充满对话性。巴赫金所称的"超出小说体裁以外的特殊的复调艺术思维"，正可以在卞之琳身上找到。

在新诗史上众多的刺猬之间，卞之琳是一只珍异的狐狸。不断地"我"、"你"、"他"地伪装与换位，小写的"我"的姿态，充满自我质疑的诗的声音，凡此种种，都属中国现代文学中极为罕见的元素。而这种"多音呈现"的观念与手法，正如论者指出的，"意味着尊重多种文化、思想心态，亦即反对'单向'沉滞的自我中心"[44]，"抗拒单一性的权威以及流行论述之确定性"[45]。在消解中心、推翻专断、质疑权威、削弱主观等已成为艺术哲学之发展方向与动力的今天，卞之琳的诗尤具深刻的艺术价值与哲学意义。在他身上，是如此贯彻了平等的精神，以至无论"对敌人，对领袖，对群众都以平等个人的身份看待"[46]。这一点，从本章未尝论及的卞之琳《慰劳信集》可得证明。大概从没有一个现代诗人像他那样写毛泽东，不是歌颂，而是称赞，以一种平等的姿态与平静的口吻，仿佛正在对话。这种消除"最强音"、"主调"而让众声齐鸣的平等、民主的语言世界，在 20 世纪的中国，实在是弥足珍贵。

注　释

〔1〕 赵毅衡、张文江：《卞之琳：中西诗学的融合》，曾小逸主编：《走向世界文学：中国现代作家与外国文学》，湖南人民出版社，1985年7月1版，第495—525页。

〔2〕 柏拉图：《文艺对话集》，朱光潜译，人民文学出版社，1963年9月1版，第50页。T. S. Eliot: *The Three Voices of Poetry*（London, Cambridge University Press, 1955）p. 4.

〔3〕 高辛勇：《形名学与叙事理论：结构主义的小说分析法》，联经出版

事业公司，1987年1版，第153页。

〔4〕 T. S. Eliot：*The Three Voices of Poetry*（London, Cambridge University Press, 1955）p. 15.

〔5〕 Frank Lentricchia and Thomas Mclaughlin：《文学批评术语》，张京媛等译，牛津大学出版社，1994年1版，第87页。

〔6〕 卞之琳：《雕虫纪历·自序》，见《雕虫纪历1930—1958》增订版，人民文学出版社，1984年6月2版，第3页。

〔7〕 康白情：《新诗底我见》，诸孝正、陈卓团编：《康白情新诗全编》，花城出城社，1990年11月1版，第4页。

〔8〕 卞之琳：《雕虫纪历·自序》，见《雕虫纪历1930—1958》增订版，人民文学出版社，1984年6月2版，第6页。

〔9〕 卞之琳：《完成与开端：纪念诗人闻一多80生辰》，见《人与诗：忆旧说新》，生活·读书·新知三联书店，1984年11月1版，第10页。

〔10〕 卞之琳：《山山水水·卷头赘语》，见《山山水水（小说片断）》，山边社，1983年12月1版，第3、4页。

〔11〕 卞之琳：《关于"你"》，见《大公报·文艺》，1936年6月7日。

〔12〕 卞之琳：《雕虫纪历·自序》，见《雕虫纪历1930—1958》增订版，人民文学出版社，1984年6月2版，第1页。

〔13〕 热拉尔·热奈特：《叙事话语 新叙事话语》，王文融译，中国社会科学出版社，1990年11月1版，第111页。

〔14〕 张曼仪：《卞之琳著译研究》，香港大学中文系，1989年8月1版，第18页。

〔15〕 李怡：《中国现代新诗与古典诗歌传统》，西南师范大学出版社，1994年4月1版，第56页。

〔16〕 巴赫金：《审美活动中的作者与主人公》第二部分《主人公的空间

形式》，见〔俄〕M·巴赫金：《巴赫金文论选》，佟景韩译，中国社会科学出版社，1996年4月1版，第362—438页。见董小英：《再登巴比伦塔：巴赫金与对话理论》，生活·读书·新知三联书店，1994年10月1版，第19—20页。

〔17〕卞之琳：《关于〈鱼目集〉》，见《大公报·文艺》，1936年5月10日。

〔18〕卞之琳：《尺八夜》，见《沧桑集（杂类散文）1936—1946》，江苏人民出版社，1982年8月1版，第5页。

〔19〕唐湜亦持此说，见《60载遨游于诗的王国》，见袁可嘉、杜运燮、巫宁坤编：《卞之琳与诗艺术》，河北教育出版社，1990年7月1版，第48页。

〔20〕张曼仪：《卞之琳著译研究》，香港大学中文系，1989年8月1版，第33页。

〔21〕卞之琳：《雕虫纪历·自序》，见《雕虫纪历1930—1958》增订版，人民文学出版社，1984年6月2版，第3页。

〔22〕巴赫金：《审美活动中的作者与主人公》，见《巴赫金文论选》，佟景韩译，中国社会科学出版社，1996年4月1版，第363页。

〔23〕巴赫金：《审美活动中的作者与主人公》，见《巴赫金文论选》，佟景韩译，中国社会科学出版社，1996年4月1版，第379页。

〔24〕巴赫金：《陀思妥耶夫斯基诗学问题》，白春仁、亚铃译，生活·读书·新知三联书店，1988年7月1版，第259页。

〔25〕明日社《十年诗草》前两行原无引号，并且"你"作"我"。此据《雕虫纪历》本。

〔26〕巴赫金：《陀思妥耶夫斯基诗学问题》，白春仁、亚铃译，生活·读书·新知三联书店，1988年7月1版，第275页。

〔27〕《西游记》第40回"婴儿戏化禅心乱，猿马刀归木母空"。

〔28〕钱钟书：《管锥编》，中华书局，1986年6月2版，第338页。

〔29〕巴赫金：《陀思妥耶夫斯基诗学问题》，白春仁、亚铃译，生活·读书·新知三联书店，1988年7月1版，第325页。

〔30〕卞之琳：《关于〈鱼目集〉》，见《大公报·文艺》，1936年5月10日。

〔31〕李广田：《诗的艺术：论卞之琳的〈十年诗草〉》，见《诗的艺术》，开明书店，1943年12月初版；汇文阁书店，据1947年7月3版重印，第21页。

〔32〕巴赫金：《陀思妥耶夫斯基诗学问题》，白春仁、亚铃译，生活·读书·新知三联书店，1988年7月1版，第326页。

〔33〕李广田：《诗的艺术：论卞之琳的〈十年诗草〉》，见《诗的艺术》，开明书店，1943年12月初版，第38页。

〔34〕巴赫金：《陀思妥耶夫斯基诗学问题》，白春仁、亚铃译，生活·读书·新知三联书店，1988年7月1版，第287页。

〔35〕袁可嘉：《略论卞之琳对新诗艺术的贡献》，见袁可嘉、杜运燮、巫宁坤编：《卞之琳与诗艺术》，河北教育出版社，1990年7月1版，第5页。

〔36〕卞之琳：《关于〈鱼目集〉》，见《大公报·文艺》，1936年5月10日。

〔37〕张曼仪：《卞之琳著译研究》，香港大学中文系，1989年8月1版，第38页。

〔38〕巴赫金：《陀思妥耶夫斯基诗学问题》，白春仁、亚铃译，生活·读书·新知三联书店，1988年7月1版，第326页。

〔39〕巴赫金：《陀思妥耶夫斯基诗学问题》，白春仁、亚铃译，生活·读书·新知三联书店，1988年7月1版，第364页。

〔40〕巴赫金：《陀思妥耶夫斯基诗学问题》，白春仁、亚铃译，生活·读

书·新知三联书店，1988 年 7 月 1 版，第 364 页。
〔41〕穆旦：《〈慰劳信集〉——从〈鱼目集〉说起》，见《大公报·文艺》，1940 年 4 月 28 日。
〔42〕巴赫金：《陀思妥耶夫斯基诗学问题》，白春仁、亚铃译，生活·读书·新知三联书店，1988 年 7 月 1 版，第 365 页。
〔43〕卞之琳：《成长》，见《沧桑集（杂类散文）1936—1946》，江苏人民出版社，1982 年 8 月 1 版，第 14—15 页。
〔44〕廖炳惠：《解构批评论集》，东大图书股份有限公司，1985 年 9 月 1 版，第 236 页。
〔45〕廖炳惠：《形式与意识形态》，联经出版事业公司，1990 年 10 月 1 版，第 30 页。
〔46〕张曼仪：《卞之琳著译研究》，香港大学中文系，1989 年 8 月 1 版，第 84 页。

第三章　句法与章法

卞之琳独特的冷静克制的抒情气质，不仅造成了其诗的意识的客观化和声音的对话化，也使得他的诗在具体的句法构成与章法安排上呈现出精雕细琢的倾向。李广田讨论《十年诗草》，首列"章法与句法"。由于他同卞之琳比较特殊的关系，他对诗人精神产品的着意和得意之处有更为深切的了解。他的分析是相当细致的，然而概括性并不足。本章借重他的成果，同时结合一些相关的评论，分析并归纳卞诗句法和章法上的诸多特点，以展现这位客观而冷静的诗人，如何以章法为经、句法为纬，而织就他精巧的诗篇。

第一节　句　法

废名评论《十年诗草》，对卞之琳的造句深表赞叹。他以一贯的擅发奇论妙论的方式说：

> 卞之琳的句子之好则是可以说得出的，是欧化得自然。我觉得《论语》的句子与卞之琳是一派，很别扭，很

自然。

　　造句子而讲究文法,故有时又像是欧化。故我曾戏称《诗经》《论语》的句子是欧化。[1]

三段话正含有一个三段论,从一个独特的角度阐说了卞之琳的诗句与"欧化"以及"古化"的密切关系。而这个关系的重心,在于"欧化"。

卞之琳经营诗句的出色能力,既得益于他的西语造诣,也同他对汉语的深刻认识分不开。同废名相似,他认为"古化"与"欧化"其实可以毫无困难地结合起来:

中国文言,自有语法,实在有时比白话,更和西方语法最简单的(但也用起来大不容易的)大语种英语倒更多相通处,只是我们的省略(understood)法较多。诗如此,散文也如此。[2]

因为这一点"相通",卞之琳才能在翻译时"总是死板板的尽可能设法忠于原来的形式,原来的次序,原来的节奏"[3],而又译得那么贴切自然,为研究者一致推崇[4]。也因为这一点"相通",卞之琳才能在创作中"要说是'欧化',那么也未尝不'古化'"[5],"既有文言句法,又有欧化句法,种种句法融合起来,而终以白话为本"[6]。唯其有这样圆通的看法,才会有种种圆活的用法。

在卞之琳素以调配字眼、营构句子见长的诗篇中,倒装、插入、跨行与复辞,是使用最频繁、作用最显著的几种句法手段。当然他的手段并不止此数种,如排比、对偶、省略等,亦自不少,但这里着重的,乃是为卞氏所常用且用得极尽工巧,而相形之下别的诗人就不很用或用得未见出色的一些。这些句法手段,首先都是良性欧化的结果。比如倒装,特别是跨行,虽然中国古典诗间或有之,毕竟还是西方诗所优为之。又如括号式插入,本身就是从西方诗"拿来"。当然,对于一位善于熔铸、富于创造的诗人来说,运用之妙,存乎一心。何况卞之琳又是高度自觉地从被动的"欧化"转为主动地"化欧":如果"欧化"只止于"很别扭"的话,"化欧"则更进于"很自然"了。

一 倒装与插入

语法学家都同意,语言的构造顺序有常也有变。就现代汉语来说,"在单句中,各种成分的顺序一般是:主语在前,谓语在后;述语在前,宾语、补语在后;定语、状语在前,中心语在后,采用这种语序的句子就是常式句。在一定的语言环境里,人们为了强调某一个成分所表达的意思,把它提前或挪后,再加上一定的停顿,这种改变正常语序的句子,就是变式句"[7]。

所谓"提前或挪后",语法上一般都称之为"倒装"。作为将常式的句子加以变形的基本手段,"倒装"正是卞之琳的拿手好戏。比如他的较早的一首诗《落》,即包含了卞诗多样化的文法,其中最核心的正是"倒装":

在你呵,似曾相识的知心,

> 在你的眼角里，一颗水星
> 我发现了，像是（正逢黄昏天
> 秋风已经在园径上走厌，
> 嘘一口长气，倚一丛芦苇）
> 天心里含着的摇摇欲坠
> 摇摇欲坠的孤泪。我真愁，
> 怕它掉下来向湖心直投。
> 你想说不要紧？可是平静——
> 唉，真掉下了我这颗命运！

诗的前7行，不算括号内的插入语，如果按照常式的语序排列，原该是这样的：我在似曾相识的知心你的眼角里发现了一颗像是天心里含着的摇摇欲坠摇摇欲坠的孤泪的水星。在诗的变式里，以"在"和"像"领起的两个状语成分，各置于此句主干部分之前和之后，而这个主干，即"我发现了一颗水星"的主谓宾结构，也加以倒装，如此以来，句中的两个曲喻（conceit）——"眼角里"的"水星"，"天心里"的"孤泪"——变魔术一样各自组合到一起，完成了幻觉般的重叠。这才是全句最重要的两个意象，而"我发现了"这一主一谓反而被作为次要事实而予以淡化处理。在语法上地位显要的主语谓语，在诗中也许是次要的；而宾语以及定语、状语等却往往在诗中占有突出的重要性。

相似的弱化主谓语、强调宾语修饰语的情况，出现在《无题一》的前一半：

> 三日前山中的一道小水，
> 掠过你一丝笑影而去的，
> 今朝你重见了，揉揉眼睛看
> 屋前屋后好一片春潮。

"今朝你重见了"这一主谓部分被置于前一长句之末，李广田说，"一方面是先提示那重要的事物，一方面也是为了便于生发那后文"[8]。要言不烦。细味现在这一变式，"一道小水"自然是中心的意象，有理由加以突出，而两番倒装（第2行亦属倒装）的效果是，"一道小水"随着时间的推移（"三日"，反映在诗的空间上则是三行）变成了"一片春潮"，而"今朝你重见了"与"揉揉眼睛看"，在原来的常式句里是不可能在一起的，在诗的变式句里因需要竟在一起了：重见了，揉揉眼睛，再看，连成一气的动作恰好反映了这个令人难以置信的奇迹的转变。

倒装属于诗人们常用的手法，然而像卞之琳的《落》和《无题一》这种复杂而巧妙的倒装却十分罕见。当他需要突出或强调某一部分时，他总能得心应手地提前或挪后。比如《登城》一诗，从第8行到第15行就文法说来只是一句：

> 我对着淡淡的斜阳，也不愿
> 指点远处朋友的方向，
> 只说，"我真想到外边去呢！"
> 虽然我自己也全然不知道
> 上哪儿去好，如果朋友

问我说,"你要上哪儿去呢?"
　　当我们低下头来看台底下
　　走过了一个骑驴的乡下人。

这里呈现的,是倒装的单句中套着倒装的复句的错综复杂的局面,以至于将它们还原为常式反而文不从,字不顺。经过一番调动之后,诗人竟将本应置于句首的"我们低下头来看台底下"挪到了倒数第 2 行,从而与顺数第 2 行的"走上了长满乱草的城台"首尾相应而成为一个圆,让巧妙的句法配合了巧妙的章法。

　　倒装之外,卞之琳另一句法上惯用的绝技是插入。一般所谓"插入语",是指不属于主、谓、宾、定、状、补任何一类的,在结构上游离在外而起附加意义作用的成分,如提示、感喟、同位(apposition)等语句。[9] 由于小说化、戏剧化所导致的对话性渗透在卞诗许多细微的语言成分中,所以插入语也相当丰富,例如下面《酸梅汤》这节戏剧性独白:

　　　　　　我问你,
　　(老头儿,倒像生谁的气,
　　怎么你老不作声?)你说,
　　有什么不同吗?哈,不错,
　　只有你头上倒是在变,
　　一年比一年白了。……你看,
　　树叶掉在你杯里了。——哈哈,

老李，你也醒了。

　　其中，有的是感喟（"哈"，"哈哈"），有的是同位（"老李"），有的是提示（"你看"），有的则加强语气（"不错"）。它们穿插其间，声闻毕肖地反映出说话人当时的情态，也使语势更曲折、生动。

　　然而卞之琳诗中有一种非常特殊的插入语，更本质地揭示出卞诗内在的对话性，这就是以括号形式插入的大量附加成分，如这节《酸梅汤》中的"老头儿，倒像生谁的气，／怎么你老不作声？"，又如前引《落》中"正逢黄昏天……"的两行半，对上文作出修饰、说明、推测、响应等，成为卞诗语言的一个小小特色，鲜明打上诗人个性的烙印。

　　卞之琳诗中相当频繁地使用了其他诗人一般很少用的括号式插入语。《十年诗草》所收 70 首诗中，有 13 首出现了这一现象。[10] 其中，括号内的语句起修饰作用的较多：

　　　　说不定有人
　　　　小孩儿，曾把你
　　　　（也不爱，也不憎）
　　　　好玩的捡起，
　　　　像一块小石头，
　　　　向尘世一投。

　　　　　　　　　　　　——《投》

> 倦行人挨进来问树下人
> （闲看流水里流云的）：
> "请教北安村打哪儿走？"
>
> ——《道旁》

> 如今不要用草帽来遮拦
> （就在你挡惯斜雨的地方）
> 这些子弹！这些是子弹！
>
> ——《地方武装的新战士》[11]

置于括号中的修饰语，文法上属于定语或状语成分，它们以这样的形式，在这样的位置出现，是为了既维持主句的进行方向，又稍稍在语势上顿一顿，或加强一点冷漠的效果，如《投》；或平添一种摇曳的情致，如《道旁》；而在《地方武装的新战士》中，则将和平的闲适（"挡惯斜雨"）置于战争的严峻（"遮拦""子弹"）之中，构成强烈的对比。此外，由于格律诗的规定性，灵活的插入也有利于配合既定的韵式，因为在一行诗中，往往只有一个字音才能呼应另一行的脚韵，在《投》中，以"憎"叶"人"；在《地方武装的新战士》中，以"拦"叶"弹"。

另有一些括号中的插入语，作用更微妙。比如《落》中，那句"（正逢黄昏天/秋风已经在园径上走厌/嘘一口长气，倚一丛芦苇）"，不止于修饰，更担当营造环境、烘托气氛的任务，仿佛为全诗的戏剧性片刻设定布景。卞之琳曾说闻一多"会就我一首松散的自由诗，不自觉的加了括号里的一短行，为我指出好像晕色法的添一层意味的道理"[12]。《落》中的括号式插入语，正属于"晕色法的添一层意味"，它非置于括号中不可，否则将喧宾夺主，容易转移读者的注意而冲淡诗的效果。毕竟，括号中的插入语只处在补充说明的次要地位。

还有一些括号式插入语，作用又有不同：

我幻想在哪儿（天河里？）
捞到了一只圆宝盒

——《圆宝盒》

你可以听到自己的脚步声
在晚上七点钟的市场
（这还算是这座古城的心呢。）

——《古城的心》

你不妨再坐一会儿
在白石上
听浅湖的芦苇
（也白头了）
告诉你旧事
（近事吧）
渐渐的溶进黄昏去……

——《白石上》

这些都得从卞诗声音的对话化特征中获得解释。括号内的语句，插入主体的叙述之中，从而构成巴赫金所谓"同意和反对"、"肯定和补充"、"问和答"的关系（参见第2章第3节）：反对者如"告诉你旧事（近事吧）"，补充者如"听浅湖的芦苇（也白头了）"，问答者如"在哪儿（天河里？）"。如果说卞之琳爱用引号，使他者的声音侵蚀到自我的声音中来，那么他爱用括号，又使自我的声音分裂到他者的声音中去。标点符号在卞之琳那里成为一种高度经济的手法，服务于他的诗的微型对话的需要。

当然，也有人对卞诗频繁地使用括号不以为然，比如司马长风，就认为它们"最惹人皱眉"[13]。如果卞之琳追求这种经济过了头，不免也会有失败的地方。在《距离的组织》一诗中，那个括号加引号的插入语：

（"醒来天欲暮，无聊，一访友人吧。"）

由于省略了说话者的身份提示，使释诗者不得其解，表现上确实不充分，终使卞氏不得不借着一行小注来提示读者。这是罕见的一例，但也许更能证明，卞之琳在追求表现的简约经济、调动一切可能的语言手段时，走得有多么远。

二　跨行与复辞

如果说，卞之琳诗的倒装句与插入语是侧重于语言意义方面的考虑，或改变句子的通常次序以突出强调某些成分，或附加某些成分来造成语势的曲折、层次的丰富，那么，出于以声音配合意义的需要（不是对话性的，而是音乐性的声音），诗人采取了另一些句法手段，以加强诗句的节奏感。跨行和复辞是其中最主要的两种。

跨行（enjambement；encroachment）在中国古典诗词中虽不乏其例（如"关关雎鸠/在河之洲"，"蓦然回首/那人却在/灯火阑珊处"等），但毕竟只在西方诗歌中才普遍存在。因此，当新诗出现这种句法时，读者仍觉新鲜，以至于像卞之琳所说的一时"不能接受"。卞之琳一开始写诗，就常常使用这种手法，如写于1930年的《寒夜》：

> 他们（眼皮已半掩）
> 看着青烟飘荡的
> 消着，又（像带着醉）
> 看着煤块黄亮的
> 烧着，他们是昏昏
> 沉沉的，像已半睡……

这样不断的跨行，与读者的阅读期待有相当大的差距，因为正如卞之琳所说的，"行不是断在可以大顿一下的地方，而是为了把各行削齐或为了凑韵，硬把多余的行尾跨到下一行头上"。但他接着补充道："那样间或有意做了，倒也可以达到特殊的效果。"[14]《寒夜》这几行，声韵特别密集，而且尾韵（"飘荡的"、"黄亮的"）与行中韵（"消着"、"烧着"）都出之阴韵（feminine rhyme），而且从"昏昏"摇到"沉沉"，分明有一点滑稽的意味，显示了诗人对此昏昧人生的嘲弄。

但这种故作的"别扭",总失之"自然"。在卞之琳后来的诗中,跨行作为特殊的句法手段,真正做到了废名所称赞的"又别扭,又自然"。简单的跨行,如一个句子延续到下一行,卞诗中比比皆是。特别引人注目的,却是那种一连三四行甚至更多行不下一个逗点的跨行,在汉语新诗中洵属奇观:

> 你细看白石,
> 只见长满了青苔,
> 仿佛半夜里
> 被秋风惊醒了
> 起来
> 用颤抖的手儿
> 揉揉酸溜溜的倦眼
> 在摇摇的烛影里
> 从箱子的深处
> 捡起来多少年不忍想起的
> 一方素绢,
> 只见溅满了霉斑,
> 没有什么。
>
> ——《白石上》

> "情用劳结",唉,
> 别再想古代羌女的情书

>沦落在蒲昌海边的流沙里
>叫西洋的浪人捡起来
>放到伦敦多少对碧眼前。
>
>——《寄流水》

前一例中,接连9行延绵不断、缓缓行进的语调,巧妙配合着文字的意义,配合着恍惚的神情、优柔的动作,甚至幼细的呼吸。后一例中,"唉"的一声长叹之后,诗行便转入漫长的迁延之中,"跨"过了长长的时间与遥遥的空间,直到定格在"眼前",正好音义合一地表达了那一辗转"流""浪"的过程。两例之中,某些地方不是不可以加上逗号的,如"起来"、"倦眼"、"流沙里"之后,然而作者没有加,正是不想破坏那种刻意"待续"的效果。这里再次涉及卞之琳使用标点的技巧。卞之琳不主张取消标点[15],而新诗发展的大势却是取消标点。如果标点只是单纯地显示一个个意义单位,自然也没有多么充分的存在必要,然而对于卞之琳这样的诗人而言,标点符号却是一种积极的组织意义、经营节奏的手段。上一章中已约略讨论过他的引号,前一节中又谈到他的括号,无不是匠心独运。在严格地使用标点的情况下,最常用的逗号的忽然缺席就格外触目。诗人以不用为用,正所谓"无之以为用"。

不断的跨行作为诗人调控节奏的有效手段,造成了一种连绵的语势,仿佛在处心积虑地准备着情绪的变调:

>仿佛往事在褪色的素笺上

正如历史的陈迹在灯下
老人面前昏黄的古书中……
你不会迷失吗
在梦中的烟水?

——《入梦》

这时候睡眼矇眬的多思者
想起在家乡认一夜的长度
于窗槛上一段蜗牛的银迹——
"可是这一夜却有二百海里?"

——《航海》

而我的圆宝盒在你们
或他们也许也就是
好挂在耳边的一颗
珍珠——宝石——星?

——《圆宝盒》

三例一律:一而再、再而三的跨行之后,以截断众流之势,用一问作有力的一挽。节奏的基础乃在重复与变化。繁响促节之后,往往一抑;轻拢慢捻之后,又往往一扬。诗句的长与短、整与散,因错综参差的对比而产生鲜明的节奏感。上引三个片断,长长的跨行有如催眠一样重复着,却忽地来一个顿挫,仿佛被那一问所点醒。《白石上》也是长调之后来两个短拍。《寄流水》看上去似乎两样,但那四行一气贯注恰好与首行的一声长叹形成对比,其中道理还是一样的。

上面所引三个以问句作结的片断,其为跨行则一,但细看之下又各有妙趣:《入梦》里三个"上"、"中"、"下",位置相同而方位不同;《航海》里两个"一夜",刻度相同而长度不同;而最精巧的还是《圆宝盒》,充满了词的传递挪移("我"、"你们"、"他们")("珍珠"、"宝石"、"星"),音的呼应变化("你们"、"他们")("也许"、"也就是"),仿佛一个大的波动之中套着许多小波纹,声调格外流转自如。后面这种技巧,可称之为"复辞"。

在众多修辞学著作中,对于重复地在文句中使用同一字词的现象,命名及定义常有差异。一般叫"反复",有的叫"类叠"[16],这里依照陈望道《修辞学发凡》的说法,称为"复辞",即除叠字之外把同一的字接二连三地用在一起[17],以分别于一般所谓"反复"和"类叠"所包括的句的重叠与节的复沓。

李广田曾列举了卞诗中很多的例子,说明卞之琳"在本行中用'同声相应'的办法造成了延续情势的句法"[18],如:

  倦行人挨近来问树下人
   (闲看流水里流云的)
          ——《道旁》

  陆上问天上如海上

有路没有路

——《泪》

天上星流为流星

——《路》

系我适足以飘我

——《候鸟问题》

"我完成我以完成你"

——《妆台》

顺自然丰美了自然

——《西北的青年开荒者》

稍有差别而未经李广田拈出的则如：

弓了背，弓了手杖，弓了腿

——《道旁》

灰色的天，灰色的海，灰色的路

——《距离的组织》

>水有愁，水自哀，水愿意载你
>
>——《无题一》

这些都是浓缩于一句或一行中的佳例，具体而微地呈现了卞氏对"复辞"手法的偏爱与倚重。

他使用复辞的范围有时会更大：

>听市声远了，像江潮
>环抱在孤山的脚下，
>隐隐的，隐隐的，
>比不上
>满地的虫声像雨声，
>更比不上
>满湖荷叶上的雨声像风声——
>轻轻的，轻轻的，
>芦叶上涌来了秋风了！
>
>——《中南海》

"市声"、"虫声"、"雨声"、"风声"，逐渐地替换，中间又有两"隐隐的"、两"轻轻的"、两"比不上"，以及两"满"、三"像"、三"上"，都被织入一节之中，针脚十分细密，感觉却相当浑成。再看下面一例：

>长的是斜斜的淡淡的影子，

> 枯树的，树下走着的老人的
> 和老人撑着的手杖的影子，
> 都在墙上，晚照里的红墙上，
> 红墙也很长，墙外的蓝天，
> 北方的蓝天也很长，很长。
>
> ——《西长安街》

细细数来，数行诗中，有四"长"字、四"墙"字、两"老人"、两"树"、两"蓝天"，除了"撑着的手杖"和"北方"，没有一个词不被重复。

卞之琳在分析纪德的文体时，曾讲过这样一段话，再恰当不过地成为他自己诗的语言组织的写照：

> 这些平淡的意象也就靠字句的流动而放光。它们的步伐也就是摇曳生姿。它们的进行说是断吧，实在还是续的，并不是乱堆在一起，上一句里潜伏了下一句里的东西，像浮在水流里的木片，被一浪打下去，过了一程又出现了，也就像编织的缠花边（arabesque），意象相依相违，终又相成，得出统一的效果。有些字眼与意象显然是重复的，可是第二次出现的时候跟先一次并不一样，另带了新的关系，新的意义。[19]

"编织的缠花边"正是"复辞"的妙譬，宋人陈骙的《文则·丁二》就说："文有交错之体，若缠纠然"；而字眼的重复带来新的意义,也正是《文则·甲六》所谓"《诗》、《书》之文,有若重复而意实曲折者"。蔡宗阳认为"交错"、"曲折"皆是"类叠"中的"类字"[20],亦即本文所称的"复辞"。

以交错的形式,收曲折的效果,这种因字生字、因韵呼韵的复辞手法,不仅宜于造成伸缩的一行,或构成绵密的一片,而且可以扩展到全篇,对全诗声音之组织、结构之经营起重要作用。如《西长安街》这个开头的片断,有末段的复辞加以响应:"夕阳下"、"荒街上"、"斜斜的淡淡的长影子"。最完美的例子是《白螺壳》的第2节,有数行集中使用了复辞手法:

> 我仿佛一所小楼,
> 风穿过,柳絮穿过,
> 燕子穿过像穿梭,
> 楼中也许有珍本,
> 书叶给银鱼穿织……

连下五个"穿"字,音韵流转之至,然而,如果联系到第1节中"大海/你细到可以穿珠!"和第4节中"檐溜滴穿的石阶,/绳子锯缺的井栏"这两个"穿"字,就可以明白,对于卞诗来说,复辞不仅服务于声音,也服务于意义。这样,它就不止是一种句法的手段,而成为章法的手段了。

第二节 章 法

李广田将卞之琳诗的章法分为"整齐的"与"差池的"两类。

"整齐的"有三种:《雨同我》、《第一盏灯》的"推衍"式;《断章》、《尺八》的"对立统一"式;《古镇的梦》、《候鸟问题》的"分合"式。"差池的"则有两种:《一块破船片》、《落》的"流水"式,《白螺壳》、《音尘》的"漩涡"式。[21] 他对这些例诗的分析十分精细,但问题是,章法详分为五种,可涉及的卞诗不足20首,未免概括性不高,涵盖面不广。从特殊的、变化的角度去看,很少有诗的章法是完全一致的,如果予以系统的描述,就有必要在变与常、殊与同之间取得适当的平衡,也就是说,有必要求大同而存小异,从比较多的诗章中归纳出比较少的类型,以免陷入对各诗彼此间章法上细微差别的繁琐论证中。

在对卞诗章法作全面分析的基础上,笔者认为,有三种章法是卞诗最为常见的,这就是"起承转合法"、"首尾圆合法"和"上下钩挑法"。沈德潜《说诗晬语》云:"所谓法者,行所不得不行,止所不得不止,而起伏照应,承接转换,自神明变化于其中。"[22] 从卞之琳以第一种章法,即论者口滑、读者耳熟的起承转合法结构的诗中,能见其行止有节的一面;而从他以第二、三种章法加以组织的诗中,就充分体现出其神明变化的一面。卞之琳"喜爱淘洗,喜爱提炼,期待结晶,期待升华"[23] 的创作态度,使得他一开始写诗就非常重视章法的安排,而特重诗篇的结构模式的瓦雷里和艾略特对他的影响,又助长了这一倾向,结果卞之琳写出了这样的诗,其整体构造与细部处理的精巧在同时代诗人中堪称独步,令人不禁感叹其"神工"与"慧心"。

一 起承转合法

起承转合法是一种最常见的章法,与其说出于有意识的经营,不如说出于无意识的因应。诗人"行于所当行，止于所不得不止"的写作过程中，由于传统绝句、律诗以及十四行诗等体式的内在规定性，以及这些规定性所反映的人的思维定势与情感节奏的一般特征，其作品各个部分之间，就自然形成了起承转合的关系。

以起承转合论诗之章法，最早见于元代傅与砺、杨仲弘的《诗法源流》。其文曰：

> 余复问作诗成法有起承转合四字。以绝句言之，第一句是起，第二句是承，第三句是转，第四句是合。律诗第一联是起，第二联是承，第三联是转，第四联是合。古诗长律，亦以此法求之。……古之作者，其用意虽未尽尔，然文者，理势之自然，正不能不尔也。[24]

正由于"理势之自然"，卞之琳很多诗都符合这一起承转合的内在规律。特别在那些近似于传统律绝的四行、八行、十六行诗以及从西方借用的十四行诗等格律诗中，表现尤其明显。有少数自由诗也是如此，但比例不大，且讨论不便，故兹从略。首先有必要指出，这种起承转合法，特点在"守"不在"创"，所以它反映的，只是卞诗章法谨严、行止有节的一面。

起承转合之法，以绝句表现得最为分明。杨仲弘《诗法家数》云：

> 绝句之法，要宛转回环，删芜就简，句绝意不绝。多以

第三句为主,而以第四句发之。有实接,有虚接。承接之间,开与阖相间,正与反相依,顺与逆相应,一呼一吸,宫商自谐。大抵起承二句固难,然不过平直叙起为佳,从容承之为是。至于宛转变化工夫,全在第三句。若于此处转变得好,则第四句如顺流之舟矣。[25]

卞之琳自谓"试过类似七言绝句的四行诗"[26],应指《第一盏灯》和《归》等:

> 鸟吞小石子可以磨食品。
> 兽畏火。人养火,乃有文明。
> 与太阳同起同睡的有福了,
> 可是我赞美人间第一盏灯。
>
> ——《第一盏灯》

> 像一个天文家离开了望远镜,
> 从热闹中出来闻自己的足音。
> 莫非在自己圈子外的圈子外?
> 伸向黄昏去的路像一段灰心。
>
> ——《归》

周煦良曾说《第一盏灯》"和旧诗绝句截然不同"[27],那是从格律着眼,自然有异,可是就其章法来说,还是一致的。此诗第1行以鸟为喻,正起;第2行先作小小一抑而反接"兽畏火",再正接以"人养火,乃有文明";第 3 行"与太阳同起同睡的有福了"为转,语正而意反,明扬而暗抑;最后从正面落出题旨。"莫非在自己圈子外的圈子外"出以一问,也更显豁有力。正像绝句一样,第 3 行或趋前一步,或宕开一层,或问,或叹,总是生出一个小小波澜。

卞之琳拟仿绝句的四行诗不多。至于律诗,他曾在《雕虫纪历·自序》中说:"我也曾想是否在写白话新体诗里也仿效七言律诗体,去掉其中的四句对仗,而写成八行体,没有试过。"[28] 但后来却真的尝试了好几首,如 1982 年《访美杂忆》中的《纽约看〈第十二夜〉演出》、《纽海文游私第废园》、《芝加哥登楼遐思》以及 1989 年的《香港小游长洲岛》。四首诗格式颇近七律,章法也像七律一样具有起承转合,不过都是以两句为一单位。但除此之外,卞之琳那些本无意于仿效七律,从中间隔开而上下四行各为一节的大量八行诗——仅《雕虫纪历》增订版便有 17 首之多[29]——与七律也并非没有共通之处,这就是起承转合的章法的清晰可辨。以《雨同我》为例:

"天天下雨,自从你走了。"
"自从你来了,天天下雨。"
两地友人雨,我乐意负责。
第三处没消息,寄一把伞去?

我的忧愁随草绿天涯:

  鸟安于巢吗？人安于客枕？
  想在天井里盛一只玻璃杯，
  明朝看天下雨今夜落几寸。

李广田曾戏以"一生二，二生三，三生万物"来说明此诗步步推衍的章法。[30] 首两行"一生二"为起，次两行"二生三"为承，这都明显不过。何以"我的忧愁随草绿天涯：/鸟安于巢吗？人安于客枕？"为转呢？首先，从两处友人到第三处的情人（依废名所说）都是关系切近之特定"比邻"，再接两行，一下宕开而及于"天涯"，而及于一切"鸟"与一切"人"，属推开一层转法。其次，语气上是两个问句，造成了一种悬疑未决的情势，而直接诉诸末两行的结语。所以最后两行"想在天井里盛一只玻璃杯，/明朝看天下雨今夜落几寸。"在一己与万物的关系上，将以上的各点（要负的"责"，想通的"消息"，待解的"忧愁"）一一落实，收拾了全篇。

  除《无题四》、《无题五》两首外，《雕虫纪历》增订版的15首八行诗，章法上都呈起承转合之势，只是转得有显有隐而已。有些时候，诗行并不像律诗那样每联句完意足，而是有些参差，例如《旧元夜遐思》：

  灯前的窗玻璃是一面镜子，
  莫掀帏望远吧，如不想自鉴。
  可是远窗是更深的镜子：
  一星灯火里看是谁的愁眼？

> "我不能陪你听我的鼾声。"
> 是利刃,可是劈不开水涡:
> 人在你梦里,你在人梦里。
> 独醒者放下屠刀来为你们祝福。

诗中第5、6行似乎不能独立,所以用了一个冒号,让第7行解释这个纠缠不清的"水涡"的确切喻意,但仍然无碍于其为转折。1、2行为起,写自己隔窗望远;3、4行为承,写远窗谁人望此;5、6行以一句自相缠绕的悖论喻示人间相对关系的复杂难解,举刀而劈,是转;7、8行就直道这种人梦梦人的现实,弃刀而祷,是合。章法固不因句法的稍离常格而有违定式也。

四行诗与八行诗外,还有十六行诗,在卞诗中属较为固定的体式,细按之下,亦分明具有起承转合的章法。只不过四行诗以一行为单位(1×4),八行诗以两行为单位(2×4),十六行诗却是以四行为单位(4×4)。《雕虫纪历》增订版中,这种四行一节共四节的十六行诗共8首:《妆台》、《水分》、《路》、《地方武装的新战士》、《搓稻绳》、《动土问答》、《大水》、《十三陵远景》等。例如《妆台》:

> 世界丰富了我的妆台,
> 宛然水果店用水果包围我,
> 纵不费力而俯拾即是,
> 可奈我睡起的胃口太弱?

游丝该系上左边的檐角。
柳絮别掉下我的盆水。
镜子,镜子,你真是可恼,
让我先给你描两笔秀眉。

可是从每一片鸳瓦的欢喜
我了解了屋顶,我也明了
一张张绿叶一大棵碧梧——
看枝头一只弄喙的小鸟!

给那件新袍子一个风姿吧。
"装饰的意义在失却自己,"
谁写给我的信呢?别想了——
讨厌!"我完成我以完成你。"

首节"世界丰富了我的妆台"而"我"之慵懒若是,为起;次节具体写"游丝"、"柳絮"("世界")和"盆水"、"镜子"("妆台")而"我"若有"恼"焉,为承;第3节以"可是"一转,转为"欢喜"与惊叹,"鸳瓦"、"碧梧"和"小鸟"的"世界"分明添了许多亮色;第4节总写"装饰的意义"并非有所"失"而实有所"成",以薄嗔为结。此诗写女主人公外在举止,始于"睡起",中经面妆,直到衣饰,而至于"完成";写其内在心理,由初起的慵无气力而懒于反应,到可恼,到可喜可惊,到可嗔,不断有起伏变化。但伴作恼嗔,而实为惊喜,故第3节的"可是"

转出的欢喜与惊叹，在情绪上是一个小小高潮。

俗谓绝句乃律诗之截句，卞之琳八行诗或十六行诗中的各个四行诗节，本身也每每具有起承转合之势。如上面十六行诗《妆台》之首节，"世界丰富了我的妆台"是起，"宛然水果店用水果包围我"是承，"纵不费力而俯拾即是"是转，"可奈我睡起的胃口太弱"是合。又如前引《旧元夜遐思》首节，"灯前的窗玻璃是一面镜子"是起，"莫掀帏望远吧，如不想自鉴"是承，"可是远窗是更深的镜子"是转，"一星灯火里看是谁的愁眼"是合。余可类推，此不一一。其关键也仍在第3行之转，如上面两诗的首节，第3行分别以"纵"与"可是"领起，是标准的转语，可入前人那些《学诗初步》、《诗法入门》一类书所归纳的成例。当然有成例也就有例外，但那种或振起或宕开、或进或反的转折意味，都或多或少地表现出来。

卞之琳生平写过15首十四行诗，都是意大利式正体或变体，前8行后6行，或更分为4433四个诗节，因此与莎士比亚式的一连12行加一对偶句作结不同，起承转合非常分明。卞之琳对此有深刻的体认："十四行体，在西方今日似还有生命力，我认为最近于我国的七言律诗体，其中起、承、转、合，用得好，也还可以运用自如。"[31] 他认为十四行诗近于七律，有的论者则认为更近于绝句，但观点也大同小异：

> 一首好的十四行诗往往要求能描绘出一个思想感情的转变过程（或者发展过程），多少和我国旧体诗的七绝、五绝相

类似。绝句讲究构思和布局，要求在四行诗句中写出起、承、转、合，这样诗歌就有一个深度，就有回味，耐人咀嚼。十四行诗体更是讲究构思和布局，要写出层次，写出深度，写出饱满的立体感来；开头的起句和最后的结句，不应处于同一思想感情的平面上。从起句到结句，已经历了一个起承转合的过程。[32]

二　首尾圆合法

如果说上面有关起承转合法的讨论，只说明卞之琳是如何顺应了章法安排的一般规律，那么他以首尾圆合法构成的诗篇，就突出地显示了其布局谋篇的独特的匠心。

先举一首小诗为例。前面提到《雕虫纪历》增订版所收 17 首八行诗，只有《无题四》、《无题五》两首不是以起承转合法加以组织的。《无题四》是上下对称结构，在卞诗中实不多见，只《断章》、《投》寥寥数首而已。《无题五》看上去也与《无题四》一样，上下两个诗节十分对称，但细察之下，却别有一番巧构：

　　我在散步中感谢
　　襟眼是有用的，
　　因为是空的，
　　因为可以簪一朵小花。

　　我在簪花中恍然

> 世界是空的,
> 因为是有用的,
> 因为它容了你的款步。

上节以"散步"始以"簪花"终,下节以"簪花"始以"款步"终,其间各将"无之以为用"颠倒用之。由襟眼之微,推世界之大,巨细相异、顺逆相反而首尾相应,将最后"你的款步"扣合开头的"我在散步",形成一个完美的圆。

这首小诗可以视作卞之琳一种特殊的圆转章法的小小样品。他曾就《圆宝盒》一诗说道:

> 至于"宝盒"为什么"圆"呢?我以为"圆"是最完整的形象,最基本的形象。《圆宝盒》第一行提到"天河",最后一行是有意的转到"星"。[33]

这段话是一个重要的提示,有助于理解诗人在诗的结构上独运的匠心。钱钟书《谈艺录》第31章《说圆》引述"李浮浓(Vernon Lee)《属词运字论》(*Handling of Words*)、《结构篇*》(*Literary Construction*)谓谋篇布局之佳者,其情事线索,皆作圆形(circle on ellipse)"[34],亦可为卞诗的这种特殊章法下一注脚。

卞之琳显然对"圆"这种"最完整的形象,最基本的形象"非常着迷。他总是在经过一番转折推进之后,想方设法让自己的诗休止在开始的地方。当然,这样的终点与起点并不处在同一个平面上，但两者的相似实在提醒了读者注意它们的不同，因为其间有了发展和变化。再举《慰劳信集》中两首诗以为示例。《一切劳苦者》首尾两节分别是这样的：

一草一木都有了新意味，
今天是繁夥与沉重的日子。
一只手至少有一个机会
推进一个刺人的小轮齿。
等前头出现了新的里程碑，
世界就标出了另外一小时。

不怕进几步也许要退几步，
四季旋转了岁月才运行。
身体或不能受繁叶荫护，
树身充实了你们的手心，
一切劳苦者。为你们的辛苦，
我捧出意义连带着感情。

首先，首节首行"一草一石都有了新意味"与末节末行"我捧出意义连带着感情"正好一呼一应。"意味"有二解，一指"含蓄的意思"，二指"情调"或"情趣"，"意义连带着感情"一语兼摄二义，扣得非常紧。此外，两节中许多语句都相互勾连。如果说"繁夥"之与"繁叶"之"繁"，"沉重"之于"充实"之"实"，联系有似不经意的话，那么前面说"轮齿"的"推进"，后面一再说"进"、"旋转"、"运行",就是有意强化与深化效果了。首节"里程碑"与"时针"的更新,正是末节"岁月"的"运行"。此诗的核心意象是圆转的,章法也是圆转的。

另一例是《一处煤窑的工人》,其首节末两行是:

> 黑夜如果是母亲,这里是子宫,
> 我也为早晨来体验投生的苦痛。

末节末两行是:

> 小雏儿从蛋里啄壳。群星忐忑
> 似向我电告你们忍受的苦厄。

其间也有密切的照应。"小雏儿从蛋里啄壳"与婴儿从"母亲"的"子宫"里挣扎"投生"是非常一致的喻象,"群星忐忑"也正是"黑夜"向"早晨"过渡的征象。"苦痛"、"苦厄",用语相同。"电告"二字似了无依傍,却原来出自首节第2行"热和力的来源",统以"煤窑"为归止。两两相对复相应,恰似两边拉链,将此诗一首一尾给拉了起来。

卞之琳在赋予他的诗以圆的形象时,方法多种多样。有很多时候,他会只用一两个相同的字分别置于开头与结尾,像《无题五》的"散步"与"款步"那样,使全诗首尾相衔。这往往见诸他的短诗,如下面的例子:

淘气的孩子,有办法
————《淘气》首行

写下了:"我真是淘气"
————《淘气》末行

轮船向东方直航了一夜
————《航海》首行

"可是这一夜却有二百海里?"
————《航海》末行

抽出来,抽出来,从我的梦深处
————《车站》首行

我何尝愿意做梦的车站!
————《车站》末行

一天的钟儿撞过了又一天
————《一个和尚》首行

他又算撞过了白天的丧钟。
————《一个和尚》末行

> 可不是？你这几杯酸梅汤
> 只怕没有人要喝了，我想
>
> ——《酸梅汤》首两行

> 今年再喝一杯酸梅汤，
> 最后一杯了。……啊哟，好凉！
>
> ——《酸梅汤》末两行

> 半岛是大陆的纤手，
> 遥指海上的三神山。
>
> ——《半岛》首两行

> 用窗帘藏却大海吧，
> 怕来客又遥望出帆。
>
> ——《半岛》末两行

相同或相似的语句分见于诗的首尾，而中间绝无出现，故其"辞"虽"复"而不得称之为"复辞"，也就不应视作句法手段而纯粹属于章法手段了。当然，过于明显地使用这一手段，有时可能令人质疑其结构的有机性。

较隐蔽而更耐人咀嚼的，是像《圆宝盒》那样，以"星"扣合"天河"；或像《从冬天到春天》那样，以"雪堆踢开了见芽"，扣合"从冬天踢出来春天"。互"通"而非"同"，若"离"而实

"即",手法更为巧妙。

例如《音尘》,从首行"绿衣人熟稔的按门铃",转到末行"我等到一匹快马的蹄声",中间隔了"地图"所代表的空间与"历史书"所代表的时间,使门铃声与马蹄声相呼相应。

又如《古城的心》,其末两行"得,得,得了,有大鼓!/大鼓是市场的微弱的悸动","大鼓"声暗承此诗第1行的"脚步声","市场"明接第2行的"市场","微弱的悸动"又自第3行的"心"衍出。前3行的各点,都在最后两行一一缴清。

又如《道旁》,第1行"家驮在背上像一只蜗牛",是说远行在外的人沉重的"行箧",故末两行"家里的小弟弟检查/远方回来的哥哥的行箧",也是以"闲看"衬"倦行",都从行人的行李着笔而相映成趣。

再如《白石上》,首节与尾节分别如下:

> 去吧,到废园去,
> 找一方白石,
> 不管从前作什么用的,
> 坐坐吧,坐下来
> 送夕阳下山
> 一边听饶舌的白杨
> 告诉你旧事。
>
> 你不妨再坐一会儿
> 在白石上,

听浅湖的芦苇
（也白头了）
告诉你旧事
（近事吧）
一边看远山
渐渐的溶进黄昏去……

只不过将"浅湖的芦苇"置换了"饶舌的白杨"，堪称"和而不同"，避免了完全重复的单调，加上其余部分的意象之回环联络，成为严密的圆形。

最隐蔽的要数《尺八》那样，首行"像候鸟衔来了异方的种子"与末行"海西人想带回失去的悲哀吗"，一则"衔来"，一则"带回"，动作相似，方向相反，使对调的处境叠合在诗的两端。比诸前述的或明承或暗袭的正接手段，这一种可谓反接了。

又如《雪》，首行"不知道六出花如何结晶"，末行"虽然我瞥见你清泪盈盈"，一则"结晶"，一则"融化"，同为物理现象，过程却相反而又相成。

又如《路》，首行"路啊，足印的延长"，末行"白船迹还诸蓝海"，同样是"印""迹"，一则底于有成，一则归于虚无，在对立中完成了人生观的统一。

再如《灯虫》，以"可怜以浮华为食品"起始，"像风扫满地的落红"作结，起结都用了"空花"的意象绾合，但一则"求"之使来，一则"扫"之以去，浮浪的灯虫也如所追求的虚妄对象，"浮花浪蕊都尽"了。

总之，卞之琳对圆形结构深有偏爱。他或明承或暗袭，或正连或反接，处心积虑使很多诗篇呈现为一个完整的圆。除上面提到的21首之外，尚有《长途》、《夜风》、《西长安街》、《古镇的梦》、《登城》、《春城》、《水分》、《谣言教训了"神经病"》等，共计近30首，这在卞之琳的诗集中占的比例是非常大的。其中有几首十四行诗，既用了起承转合法，亦呈现圆形，说明这两种章法并不对立而亦可统一。但一般而言，起承转合法较宜于在平面上次第开展，首尾圆合法较宜于在多层次中逐渐推进。虽然两者都基于某种艺术上的心理定势，但不可否认，前者较常见而后者为罕见。首尾圆合法因难见巧，也就更能体现卞之琳艺术上的匠心与功力。

三 上下钩挑法

起承转合法与首尾圆合法是卞诗的两种主要章法，这乃是着眼于其诗的整体框架而作出的分析与归纳。如果转而对卞诗内部的意义之联系发展与意象之呼应变化加以考察，就会发现，卞之琳无论是按照起承转合式，还是按照首尾圆合式，或别的未易归类的方式构成的诗篇，几乎全都表现出脉络谨严、肌理细密的特点，这是因为，涵盖并超越上述诸法，卞诗还有一种更基本的章法，可称为"上下钩挑法"。仇兆鳌《杜诗详注》卷19评杜甫集中第一长诗《秋日夔府咏怀奉寄郑监李宾客一百韵》"结构完整"、"章法精密"，注曰：

> 长排体则须用钩挑之法。每段出落处，回顾上文者为钩，

逗起下文者为挑，必层层联络，各有关合照应，否则散漫不属矣。[35]

笔者借用此一旧诗评术语，来描述卞诗不仅存在于首尾，也在诗中时时出现的意义之联络与意象之照应这样一种章法。卞诗肌理细腻的特色，正有赖于这种章法的普遍使用。李广田、张曼仪在其论著中已对此有过非常周详的分析，朱自清、余光中、黄维樑、孙玉石等也曾就卞诗某些名篇的设思之巧妙、组织之完整有过十分精到的品评。下面，笔者尽可能略人之所详而详人之所略，举卞之琳不同阶段的3首诗细加剖析，以见卞诗这种上下钩挑法的运用之妙。

《春城》是卞之琳篇幅较长而形式最自由的诗。其句式的参差、用语的多元、说话人的纷杂，很容易给读者造成散漫的感觉，但细按之下，却见诗中意象旁行斜对，呼应甚紧。全诗仍以圆形建构，起结都是一句"北京城：垃圾堆上放风筝"。头几行"蔚蓝的天心"放出的"蝴蝶"、"鹞鹰"，与末几行的"蓝天白鸽"也叠合无间。从"垃圾堆上放风筝"与"放风筝"逗出"天"与"风"。首节刚说"天如海"，次节便跌出一笔"洗了一个灰土澡"（第6行），于是又断续出现"一炉千年的陈灰"（第12行）、"漫天的土"（第47行）等。伴随"灰土"的是"风"的意象：惟因"黄毛风"的"搅弄"（第11行），才有"满街""灰""飞"（第12—18行），才有"满城的古木""大呼"（第31—33行），才有"风筝"的"断线"（第36—40行），也才有灰土铺天盖地而埋人的担忧（第45—49行）。以上为"天气""糟"时。"天气""好"时，则"飞花"代替了"飞""灰"。诗中第38、39行因突兀的压韵而突出了地位：

> 你是我的家，我的坟，
> 要看你飞花，飞满城，

"坟"引出第45—49行"坟"、"睡"、"发掘"的死亡意象，"花"又伏下第51—53行"花街"、"游春"、"看牡丹"、"看樱花"的春天意象。后者是豪门的春梦，与第21行底层群众"春梦做得够香"相呼应，合成了北京这座没落的古城（"千年的陈灰"、"满城的古木"、"老头子"、"当年事"、"故都故都"、"后世人"）上上下下在死亡的威胁面前一晌贪欢的情景。死亡的阴影以"飞机"为象征，它本凶恶如"狼"、"虎"（第14行），却故意并置在"蝴蝶"、"鹞鹰"（第2行）、"白鸽"（第55行）等背景上，故最后作者模仿北京人口吻道："决不忍向琉璃瓦下蛋也"（第57行）。"琉璃瓦"从第17—18行"打落一角琉璃瓦"来，"蛋"从第19—20行"一枚炸弹"来。其余如"陈灰"之"号"（第15行）应"古木"之"呼"（第32行），"瓦片儿"、"鸟矢儿"、"有眼睛"应"飞机看景致"（第56行），"望不见你哪/京都！"（第4—5行）应"他们这时候正看樱花吧？"（第53行）。语常不孤，义必有邻，看似杂乱无章，其实井然有序。

论者常说卞之琳的诗风至《慰劳信集》为之一变，事实上变的只是题材与主题，技巧、格律以及章法却一如既往。上节已就其中《一处煤窑的工人》首尾相衔的圆形结构作出了描述。在这一大的框架内，也充满着意义的钩连与意象的呼应。张曼仪说此诗"尤其突出'光'与'黑'两组意象的对比"。由第1行"黑线"引起，第3行下到"黑夜"中，第11行和第14行见到"黑脸"的煤窑工人"滴着黑汗"，第18行遂联想及峨眉山的"黑虎洞"，诗的前一半是以"黑"的意象为主导。于是转出对立的后一半来：

> 你们还要挖前去，像要开一个窗！
> 抽着旱烟看车窗外浓烟掠过去
> 是好的；隔着玻璃看浓烟贴海浪
> 是好的；好的，叹一声此手不虚。
> 可是愈挖愈深，你们作反比例；
> 一里半已经够远了，还拉长距离！
>
> 不！外来的拳头打动了一切，
> 醒了的已经给醒了的添一桶小米粥；
> 你们的黑夜也已经缩短了一节，
> 每天腾出了三小时听讲学读，
> 打从文字的窗子里眺望新天下；
> 要武装起来，你们还打造"曲把"。
>
> 此刻也许重新卷来了逆流，
> 你们在周旋，以潮浪压退潮浪；

要不然一定在加紧挥动铁锹,
因为你们已经摸到了方向。
小雏儿从蛋里啄壳。群星忐忑
似向我电告你们忍受的苦厄。

由"开窗"引出黑暗的消失与早晨的来临。"光"的意象主导了诗的进展。第20—24行两处玻璃窗外的"浓烟"暗示煤正发出"热和力"(第2行),此为工作引来物质的光;第27—29行"听讲学读"使黑夜"缩短了一节",此为学习引来知识的光;第30行"打造'曲把'"武装起来,此为战斗引来自由的光。无论工作、学习、战斗,都是"开窗"的行为,而"开窗"也同首节婴孩从"母亲""子宫"挣扎"投生"和末节"小雏儿从蛋里啄壳"的喻意一致。其余则有"引了我去"(第1行)、"挖前去"(第19行)、"愈挖愈深"(第23行)、"摸到了方向"(第34行)的串联,以及"黑脸上一对星"(第11行)与"群星忐忑"(第35行)的呼应。全诗从光明产生于黑暗,"黑夜"孕育了"早晨"这一"反比例"立意,处处扣牢"煤窑的工人"。黄永武曾将诗的有机结构分为"一字作纲"、"两股交综"、"多方照应"等数种[36],都集中体现在卞之琳这首诗中。

直到晚年,卞之琳依然保持了这种结构精巧、质地细密的特点。《飞临台湾上空》是他近四分之一世纪的停顿后重拾诗笔所写的第一首诗。全诗共4节,依起承转合的格局,起于"鸟瞰"宝岛风光,结于"长看"世界大同,中间两节如下:

难道一片水真能分隔
大陆和它的岛？试想海底
深藏着浑成的岩石胶合，
血浓于水，再加上印记，
更有了人间的千丝万缕！
我冥想有一天，任波涛汹涌，
像一条海底隧道凿通。

心不能永远裂成两半；
割掉又恢复，是我们的血肉！
我可为什么不能对这片
怀乡的苍翠伸手一摸？
人因水相隔也凭水相依，
看点点渔帆却早已明晓；
我们要自由，该顺应天理：
"生生之谓易"，是世间常道。

  同上一首诗一样，这首诗也由"分"与"合"两股对立的线索纠缠而贯穿了全篇。"分隔"（第9行）、"裂"（第17行）、"割"（第18行）、"相隔"（第21行）都是表面的、暂时的，因此是受到质疑和否定的（"难道真能"，"不能"，"为什么不能"），于是"合"的主题总是突出而压倒了"分"："浑成的岩石胶合"（第11行）、"血"缘和种族"印记"（第12行）、"人间的千丝万缕"（第13行）、幻想中的"海底隧道"的凿通（第16行）、"血肉"联系的"恢复"（第18行）、"点点渔帆"的来往（第22行）等，分写过去、将来和现在，在在显示"合"的必然性、永久性。到第4节，笔锋从大陆与宝岛拓开，而转向美国，终以全球作结：

> 从长看：
> 四海为家总有此一日；
> 崎岖的尘寰总归于浑圆。

这是更大范围、更高境界的"合"。从"崎岖"而"归于浑圆"，令人联想及第11行海底"深藏着浑成的岩石胶合"。无论"分""合"，皆从"水"的意象翻出："人因水相隔也凭水相依"。从第1节岛上的"河流"，到第2、3节两岸的海峡，以至于第4节的"四海"，水的意象统摄全篇，即使提及某些制造隔阂对立的人，也以"一滴坏水"为喻。此外，人体的意象也不断重复出现：第6—7行"是河流、葱茏的山顶山坳，/是一个手掌，久经爱抚！"伏下第19—20行的"对这片/怀乡的苍翠伸手一摸"，第12行"血浓于水"伏下第17—18行"心不能永远裂成两半；/割掉又恢复，是我们的血肉！"此诗缀语成章，一如其运思立象，相隔的意象处处相"通"相"依"，如"丝缕"牵连，如"水流来去"，真正织就了一片"浑成"的"胶合"。

注 释

〔1〕 冯文炳（废名）：《谈新诗》，人民文学出版社，1984年2月1版，第170、171页。

〔2〕 卞之琳：《〈冯文炳选集〉序》，见《人与诗：忆旧说新》，生活·读书·新知三联书店，1984年11月1版，第52、53页。

〔3〕 卞之琳：《福尔的〈亨利第三〉和里尔克的〈旗手〉》，见《沧桑集（杂类散文）1936—1946》，江苏人民出版社，1982年8月1版，第135页。

〔4〕 例如周兆祥认为："卞之琳不单被动地逐字对译，仿照原文形式，还时常按照汉语句式的习惯，很富有想象力，刻意求工地模仿。"见周兆祥著《汉译〈哈姆雷特〉研究》，香港中文大学出版社，1981年，第310页。又如黎翠珍在比较了《里亚王》（King Lear）一段原文与卞之琳译文后，也"佩服卞之琳把那么复杂的句子拆开，而且拆得那么通顺""格律很工整，音韵节奏都能兼顾，实在到家"。见黎翠珍《谈西方戏剧汉语演出本的翻译》一文。（孔慧怡、朱国藩合编：《各师各法谈翻译》，香港中文大学中国文化研究所吴多泰中国语文研究中心，1993年8月1版，第131页。）

〔5〕 卞之琳：《雕虫纪历·自序》，见《雕虫纪历1930—1958》增订版，人民文学出版社，1984年6月2版，第15页。

〔6〕 李广田：《诗的艺术：论卞之琳的〈十年诗草〉》，见《诗的艺术》，开明书店，1943年12月初版；汇文阁书店，据1947年7月3版重印，第29页。

〔7〕 张志公主编：《现代汉语》，中册，人民教育出版社，1982年1月1版，第112页。

〔8〕 李广田：《诗的艺术：论卞之琳的〈十年诗草〉》，见《诗的艺术》，

开明书店，1943年12月初版，第46页。

〔9〕某些语法书将呼告语、感叹语与插入语分开，同归入"独立成分"，见张静主编：《新编现代汉语》，上册，上海教育出版社，1980年6月1版，第157—161页。

〔10〕只有徐志摩曾以相同的比例使用了括号式插入语（其他诗人如闻一多、戴望舒、何其芳等，都不足十分之一）。废名说"卞之琳的文体完全发展了徐志摩的文体"（《谈新诗》，人民文学出版社，1984年2月1版，第166页），这正是证据之一。

〔11〕第2行括号原为《慰劳信集》与《十年诗草》所无，乃作者编入《雕虫纪历》时所加。

〔12〕卞之琳：《完成与开端：纪念诗人闻一多80生辰》，见《人与诗：忆旧说新》，生活·读书·新知三联书店，1984年11月1版，第6页。作者说他是"不自觉的加了括号里的"插入语，如果不是出于一贯的自谦，那也只在他"大学毕业前"的写诗阶段，其时他曾面聆闻一多"写诗方面的不少教言"，此后他应该是高度自觉地使用这一句法手段。

〔13〕司马长风：《中国新文学史》，中卷，昭明出版社，1976年3月初版，第204页。

〔14〕卞之琳：《雕虫纪历·自序》，见《雕虫纪历1930—1958》增订版，人民文学出版社，1984年6月2版，第16页。

〔15〕卞之琳：《莲出于火：读古苍梧诗集〈铜莲〉》，见《人与诗：忆旧说新》，生活·读书·新知三联书店，1984年11月1版，第112页。

〔16〕蔡宗阳：《陈骙〈文则〉新论》，文史哲出版社，1993年3月初版，第420—429页。

〔17〕陈望道：《修辞学发凡》，上海教育出版社，1979年9月版，第

69页。

〔18〕李广田:《诗的艺术:论卞之琳的〈十年诗草〉》,见《诗的艺术》,开明书店,1943年12月初版,第35—37页。

〔19〕卞之琳:《安德雷·纪德的〈新的粮食〉》,见《沧桑集(杂类散文)1936—1946》,江苏人民出版社,1982年8月1版,第162页。

〔20〕蔡宗阳:《陈骙〈文则〉新论》,文史哲出版社,1993年3月初版,第420页。

〔21〕李广田:《诗的艺术:论卞之琳的〈十年诗草〉》,见《诗的艺术》,开明书店,1943年12月初版,第14—27页。

〔22〕沈德潜:《说诗晬语》,卷上,第8条,见《原诗 一瓢诗话 说诗晬语》,人民文学出版社,1979年9月1版,第188页。

〔23〕卞之琳:《雕虫纪历·自序》,见《雕虫纪历 1930—1958》增订版,人民文学出版社,1984年6月2版,第1页。

〔24〕傅与砺、杨仲弘撰:《诗法源流》,见《诗法源流 名家诗法 作诗体要》,广文书局,1973年9月初版,第19、21页。

〔25〕杨仲弘:《诗法家数》,见何文焕辑:《历代诗话》,中华书局,1981年4月1版,第732页。

〔26〕卞之琳:《雕虫纪历·自序》,见《雕虫纪历 1930—1958》增订版,人民文学出版社,1984年6月2版,第17页。

〔27〕卞之琳:《人尚性录,诗通神韵——追忆周煦良》,见《新文学史料》,1990年第2期,第22页。

〔28〕卞之琳:《雕虫纪历·自序》,见《雕虫纪历 1930—1958》增订版,人民文学出版社,1984年6月2版,第17页。

〔29〕这17首分别是:《记录》、《大车》、《倦》、《对照》、《旧元夜遐思》、《寂寞》、《雪》、《雨同我》、《无题》、《修筑公路和铁路的工人》、《采菱》、《向水库工程献礼》、《防风镜和望远镜》等。其中《倦》、

《无题一》、《无题四》、《无题五》未押韵。

〔30〕李广田:《诗的艺术:论卞之琳的〈十年诗草〉》,见《诗的艺术》,开明书店,1943年12月初版,第15页。

〔31〕卞之琳:《雕虫纪历·自序》,见《雕虫纪历1930—1958》增订版,人民文学出版社,1984年6月2版,第17页。

〔32〕方平:《两首优美的抒情十四行诗——兼谈十四行诗的艺术特点》,见《名作欣赏》,1982年第2期,第27页。

〔33〕卞之琳:《关于〈鱼目集〉》,见《大公报·文艺》,1936年5月10日。

〔34〕钱钟书:《谈艺录》增订版,中华书局,1984年9月1版,第112页。

〔35〕杜甫著,仇兆鳌注:《杜诗详注》,第四册,中华书局,1979年10月1版,第1717页。

〔36〕黄永武:《中国诗学·设计篇》,巨流图书公司,1976年6月初版,第133—136页。

第四章　音韵与体式

比诸其他的文学体裁，诗更是意义与声音的有机统一体，这是卞之琳论诗的一个基本观点。虽然持这样观点的人很多，但从20世纪中国新诗发展史来看，他却属于既形成了相当完整的理论，又进行了高度自觉的实践的少数人之一。

卞之琳坚持诗是听觉的艺术。虽然他被视为格律诗人的代表，但他认为格律与建筑无涉而与音乐有关。[1] 在他看来，闻一多从视觉观点谈论诗的"绘画的美"和"建筑的美"，乃是混淆了听觉艺术与视觉艺术的根本区分。[2] 他自己的格律理论与实践，以及他各种各样的声韵技巧，都是从"基于言语本身的音乐性"[3] 出发的。李广田论卞之琳诗的艺术，于"章法与句法"之后，接以"格式与韵法"。他说：

> 我们在前边曾讲过了卞之琳所用的章法与句法，那已经是相当复杂了，假如说他在那一方面贡献了很多，那么他在格式与韵法方面也许贡献得更多，更可贵，因为，格式与韵法在形式方面说才是诗的要害，至于章法与句法，在散文中又何尝不该讲求。[4]

这个判断，很准确但是有局限。李广田的"格式"只相当于"体式"（form），至于据以形成这些"体式"的深层的"格律"，虽然他有所涉及，但由于当时卞之琳尚未加以理论阐述，所以远不够充分。笔者认为，卞之琳贡献于中国新诗尤著者，是他对于现代汉语基本规律的深刻认识，以及基于这种规律的精彩演示。

本章拟结合卞之琳的格律理论，深入探讨卞诗的音韵——用卞之琳自己的界定，即"诗格律的音（metre）韵（rhyme）安排"[5]——与体式（form，包括格律体和自由体）。虽然他的"顿法"和"韵式"都属于音律的范围，但诸如谐音、拟声等技法并未"律"化，只是因为与固定的用韵方式关系密切，又不宜别立一章加以处理，遂附入第2节中一并论述。

第一节　顿

有论者说："卞之琳关于新诗格律节奏形式的论述显得不大集中，但当我们将它归总为'顿法'论时，它实际上比任何关于新诗节奏形式的理论都更全面，有些地方也更深刻。"[6] 卞之琳的格律理论，乃是总结了闻一多等前辈诗人、学者的研究成果，汲取其建设性意见，澄清其这样那样的迷误，然后逐步完善起来的。而且，他在写诗、译诗时已经有意识地多方实践，有了感性的认识，再作理性的归纳，所以卞之琳的格律主张显得瓜熟蒂落，水到渠成。20世纪中国新诗格律理论的建设本已不足，但尤为不足的还是实践的成果。如果说卞之琳是这一进程中兼具完备的理论与充分的实践的第一人，应该是恰如其分的。

一 作为格律基础的顿

卞之琳新诗格律理论的核心，是他以"顿"建行的主张。他认为，字数在新诗格律中不起决定作用，正如用韵在新诗格律里不是中心环节一样。从1953年的《哼唱型节奏（吟调）和说话型节奏（诵调）》，到1992年的《重探参差均衡律——汉语古今新旧体诗的声律通途》，卞之琳在一系列文章中对此加以阐述。下面这两段话，概括最为集中而简约：

>   我们用汉语说话，最多场合是说出二、三个单音字作一"顿"，少至可以到一个字（一字"顿"也可以归附到上边或下边两个二字"顿"当中的一个而合成一个三字"顿"），多至可以到四个字（四字"顿"就必然有一个"的""了""吗"之类的收尾"虚字"，不然就自然会分成二二或一三或三一两个"顿"）。这是汉语的基本内在规律，客观规律。

>   由一个到几个"顿"或"音组"可以成为一个诗"行"（也像英语格律诗一样，一行超过五个"顿"——相当于五个英语"音步"，一般也就嫌冗长）；由几行划一或对称安排，加上或不加上脚韵安排，就可以成为一个诗"节"；一个诗节也可以独立成为一首诗，几个或许多个诗节划一或对称安排，就可以成为一首短诗或一部长诗。这很简单，可以自由变化，形成多种体式。[7]

卞之琳自谓除了初期，除了少数自由诗，就一直有意识地这样写诗。[8] 这个"初期"，应该是指最早的两年。1930年与1931年，卞之琳受新月派格律诗的影响，以字数的划一寻求诗行、诗节的整齐、匀称，虽然不少时候恰巧能做到字数与顿数一致，但不一致的情况在所难免。如写于1931年9月的《酸梅汤》，通篇每行9字，而以顿数分析，则有些行4顿，有些行3顿：

可不是？｜这几杯｜酸梅汤
怕｜没有人｜要喝了，｜我想，
你得｜带回｜家去，｜到明天
下午｜再来吧；｜不过｜一年
到底｜过了｜半了，｜快又是
在这儿｜街边上，｜摆些柿，
摆些｜花生的｜时候了。｜哦
今年｜这儿的｜柿，｜一颗颗
总还是｜那么红，｜那么肿；
花生和｜去年的｜总也同
一样黄，｜一样瘦。｜我问你……

此诗收入《十年诗草》时，作者只于3顿行中添改一两个字，如"可不是？｜(你)这｜几杯｜酸梅汤‖(只)怕｜没有人｜要喝了，｜我想"，就成为通篇统一为4顿的标准的格律诗了。

经过只写自由诗的两三个年头后，卞之琳于1935年所写的《圆宝盒》一诗，各行字数虽然参差不齐，多则9个字，如首行

"我幻想在哪儿（天河里？）"，少则5个字，如末行"珍珠——宝石？——星？"但顿数统一为3顿，所以虽不押韵，却可以视为一首格律诗。同年另外一首《旧元夜遐思》，两节每行顿数都是4445，显然出于有意的对称安排，也符合卞氏的格律标准。这说明诗人已经走出了徐志摩、朱湘等新月诗人硬性以单音字数划一来建行的误区，初步形成了自己的格律主张。

二 "吟调"与"诵调"

更进一步，卞之琳对"顿上的讲究"作深入分析，以传统五、七言诗与四、六言诗为参照，归纳出"说话式"和"吟诵式"（或"歌唱式"）两种调式：

> 我们现在所见到的新诗，照每行收尾两字顿与三字顿的不同来分析，那么可以分出这样两路的基调。一首诗以两字顿收尾占统治地位或者占优势地位的，调子就倾向于说话式（相当于旧说"诵调"），说下去；一首诗以三字顿收尾占统治地位或者占优势地位的，调子就倾向于歌唱式（相当于旧说的"吟调"），"溜下去"或者"哼下去"。但是两者同样可以有音乐性，语言内在的音乐性。[9]

由于诗的基调取决于诗行的收尾顿（正如诗的音乐最关键也就在诗行的收尾字），卞之琳这一创见，论者评为"一语中的"[10]。两种调式解决了新诗与旧诗总体说来在音乐性可以感知而难以道出的差异问题。关键的"顿"又在起作用：一行诗读起

来像不像在旧诗中占压倒地位的五、七言诗,不在于字数,而在收尾是二字顿还是三字顿。如《白螺壳》中的两行:

  黄色｜还诸｜小鸡雏
  青色｜还诸｜小碧梧

调式近于七言旧诗。但接下去一行:

  玫瑰色｜还诸｜玫瑰。

听起来就风味大异,奥妙就在于上两行以三字顿收尾,这一行却以二字顿收尾。

  由于卞之琳是在50年代特定的气候中提出两种调式这一说,必须对以三字顿收尾的民歌体表示足够的尊敬,也同步创作了一组借鉴民歌形式、反映农村生活的诗,如《采菱》、《采桂花》、《叠稻罗》、《搓稻绳》等,主要以三字顿收尾。但是,正如卞之琳所说:

> 在以顿为格律基础的前提下,在吟诵式和说话式两路调子之间,我过去在理论上和实践上都偏重了说话式调子。[11]

  对照30年代中期和后期卞之琳有意识地以顿建行所写的格律诗,确实都倾向于说话式调子,每首诗基本上都由二字顿收尾占统治或优势地位,而参以三字顿收尾的诗行以调节节奏。有些时候，一节诗偶数行都以三字顿收尾，如《无题二》第2节：

> 杨柳枝｜招人，｜春水面｜笑人。
> 莺飞，｜鱼跃；｜青山青，｜白云白。
> 衣襟上｜不短少｜半条｜皱纹，
> 这里｜就差你｜右脚｜——这一拍！

看似两种调式并存而吟诵调稍占上风（因诗中偶数行地位比奇数行重要），但由于第1节的4行中，两个偶数行及一个奇数行均以二字顿收尾，从全诗整体上看还是由说话调主导，给人以现代感。

然而卞之琳诗的调式设计，偶也有失败的例子。比如《一位夺马的勇士》：

> 抓住了｜你的｜今日，
> 就带来｜你的｜明天，
> 你仿佛｜说明了；｜我祝你
> 幸运｜总跟了｜勇敢——
> 好啊，｜可谈何｜容易：
>
> 山沟里｜是顽抗的｜困兽。
> 夺他们的｜马呀，｜你着急。
> 也得算｜工夫｜结了果，
> 你扑下去｜骑转了｜一匹，
> 马后｜就奔来｜一头骡。

10行诗中，6行收尾以二字顿，4行收尾以三字顿，但三字顿收尾的诗行集中于第2节而占优，使读者在吟诵调与说话调之间无所适从，加上第2节四字顿较多，使节奏更形紊乱，同时全诗a-baba、cdcdc的韵式安排，也未能符合中国读者的听觉习惯，这些因素结合起来，遂造成此诗体卑格劣。当然，这一情形在卞诗中非常罕见。

三 "参差均衡律"

以"顿"为核心，以两种调式为基础，卞之琳更归纳出"参差均衡律"[12]，进一步完善了他的格律理论。

卞之琳从一开始就认为，在旧诗中起决定作用的平仄声和在大多数西诗中起决定作用的轻重音，在现代汉语诗律中都不是决定性因素。举卞之琳自己的诗为证，这一说法确有见地，《淘气》后6行是这样的：

> 我这｜八阵图｜好不好？
> 你笑笑，｜可有点｜不妙，
> 我知道｜你还有｜花样——
>
> 哈哈！｜到底算｜谁胜利？
> 你在我｜对面的｜墙上
> 写下了｜"我真是｜淘气"。

此6行均以仄声字收尾，而且5个字皆是去声；总共18顿中，除以"的"、"了"、"哈"收尾的3顿外，尾字几乎都是仄声加重音。因此，以平仄论，则平仄不粘；以轻重论，则轻重不调，但却无妨于有人称赏此诗"完全用口语写出，调子那么美，那么自然"[13]。

　　字音的平仄与轻重，既然都不在现代汉语诗节奏感的形成中起决定作用，那么，何种因素可以使新诗有以调谐变化其节奏呢？卞之琳从现代汉语中占压倒多数的二字顿和三字顿不同的组合中发现：

　　　　在新体白话诗里，一行如全用两个以上的三字"顿"，节奏就急促；一行如全用二字"顿"，节奏就徐缓；一行如用三、二字"顿"相间，节奏就从容。[14]

其中的奥妙就在于，除了刻意的拉长或缩短，人们总是倾向于在相对固定的时间单位里一顿一顿地说话，三字顿与二字顿既占同等的时间单位，那么前者密而后者疏，一行诗全密或全疏，自然造成缓急不同的节奏感。卞之琳曾以一连几个三字顿传达快速的感觉：

　　　　眼底下｜绿带子｜不断的｜抽过去。
　　　　电杆木｜量日子｜一段段｜溜过去。

或达到沉滞的效果：

以感谢│你必用│渗墨纸│轻轻的│掩一下

至于一连几个二字顿的诗行，卞诗中绝少，只有最初发表而未经修改的《远行》中有一行，读来节奏徐缓：

反正│我们│已经│烂醉

一行皆为三字顿或二字顿，除非为造成特殊效果，不宜多用。只有奇偶相间，三二错出，才能形成现代汉语诗的节奏之美。卞之琳所提出的"参差均衡律"，概括说来，就是要求将二、三字顿在各诗行间错落安排，相互调剂，彼此呼应，以造成节奏的常与变，以适应不同的诗情表达的需要。这是一个非常简单而富有弹性、便于操作的定律，事实上，在卞之琳诗中已见其种种妙用。比如《白螺壳》：

空灵的│白螺壳，││你，
孔眼里│不留│纤尘，
漏到了│我的│手里
却有│一千种│感情：
掌心里│波涛│汹涌，
我感叹│你的│神工，
你的│慧心啊，││大海，
你细到│可以│穿珠！
我也│不禁要│惊呼：

"你这个│洁癖啊，│唉！"

袁可嘉对此一诗节有全面而精到的解说：

　　本诗节每行都有三顿，就顿内一字顿、二字顿和三字顿的排列说，既有呼应（如首尾两行均为331，第4、7、9行均为232），有连续重复（如第2、3行，第5、6行均为322），整齐中有变化，有规则又不呆板。全诗4节每行一律3顿，韵式整齐，又各有内部不同字数顿的安排。全诗节10行有8行是二字顿收尾，以保持说话调。这显示出诗人严谨的格律意识和在规则中求变化，大一统中求小自由的创新精神……[15]

　　从《白螺壳》整首诗4节40行来看，顿数排列更为灵活，变化更为丰富。诗长不具引，只以数字标示各节各行的顿数安排如下：

331	232	331	322
322	322	232	232
322	322	223	232
232	322	232	232
322	322	322	223
322	223	313	223
232	232	232	322

322	232	232	232
232	322	331	322
331	223	322	322

细加分析，此诗一、二、三字顿不同的排列组合，以二字顿和三字顿为主体，322 排列占 16 行，232 排列占 14 行，决定了整首诗的说话调式。此外，有 5 行为 223 排列，近于吟诵调式的七言诗句；有 4 行为 331 排列，更有 1 行为奇特的 313 排列，它们丰富了节奏变化的层次，使一首整饬的七言新诗既有别于传统的七言诗的调式，又实现了平仄粘对律在传统七言律诗中所实现的完美的节奏，这就是参差均衡律的特点与优点。

卞之琳认为，新诗的语言音乐性并不系于格律，自由诗也可以有语言音乐性，也必须有对语言规律性的感觉。那种节随情配、行随意转的平衡、匀称、起伏或变化的内在需要，在自由诗中也一样得求满足。卞之琳自己的自由诗，节奏一样收放自如、调控有度，这与他对现代汉语内在规律的深入领会是分不开的。试以《古镇的梦》末段为例：

是深夜
又是｜清冷的｜下午：
敲梆的｜过桥，
敲锣的｜又过桥，
不断的｜是桥下｜流水的｜声音。

一共5行，各行顿数分别为13224，伸缩有致；每行顿数又交织以二、三字顿，奇偶错出。最后1行又连用3个三字顿再收束于1个二字顿，节奏上也吻合了"不断的"、"流水的"情势，而不脱说话的调子。

卞之琳对现代格律的探索，乃基于"从混乱里追求秩序的建立"[16]。他对现代汉语的基本因素进行科学的分析，总结出它的本质规律，给变化出种种具体的诗歌形式奠定了基础。卞之琳说：

> 看来还是循现代汉语说话的自然规律，以契合意组的音组作为诗行的节奏单位，接近而超出旧平仄粘对律，做参差均衡的适当调节，既容畅通的多向渠道，又具回旋的广阔天地，我们的"新诗"有希望重新成为言志载道的美学利器，善用了，音随意转，意以音显，运行自如，进一步达到自由。[17]

第二节 韵

卞之琳以"顿"的参差均衡构成了诗的节奏特征，以"韵"的呼应变化造成了诗的音响效果。他非常重视诗作为意义与声音的有机结合体在声音层面的重要性，基于这样的认识，他在诗创作中匠心独运，不仅应用了变化多端的中西韵式，而且使用了大量的拟声和谐音手段。这种种努力，使得他成为新诗人中最富于音乐性的极少数人之一。

一 繁富的韵式

卞之琳多样化的韵式设计，在上引《白螺壳》一诗中达到繁富工巧的极致。他有意识地套用了瓦雷里《棕榈》（*Palme*）一诗的复杂韵式，每节10行，韵脚排列为ababccdeed，兼用了"交韵"（abab）、"随韵"（cc）和"抱韵"（deed）。

这三种西洋常见的韵式，亦为卞诗所常用。仅以他作品中所占比例较大的八行格律诗为例，《大车》、《无题二》、《向水库工程献礼》、《纽约看〈第十二夜〉演出》、《香港小游长洲岛》等，用交韵；《寂寞》、《采菱》、《纽海文游私第废园》、《波士顿水轩晚眺》等，用随韵；《对照》、《芝加哥登楼遐思》等，用抱韵。卞之琳倾向于用严格的西洋韵式押韵是很明显的，因为他近于中国传统的只于偶行押韵的八行格律诗，只有6首而已。

卞之琳这种倾向，不仅出于个人艺术上的考虑，而且另有一番良苦用心。他说：

> 交错押韵，在我国也是古已有之，只是稀有，后来在旧词里，特别在较早的《花间集》里就常见。今日我们有些人，至少我自己就常用，甚至用很复杂的交错脚韵安排，至于听众能不能听得出来，我看还是我们的听觉习惯能否逐渐改变的问题。[18]

可见，卞之琳偏于严格的押韵方式，一来是有心恢复一个久已弃绝的传统，二来是有意改变中国新诗读者的听觉习惯。不仅写诗如此,译诗也是如此。他赞赏"朱湘译西方格律诗,在认真的场合,能做到:原诗每节安排怎样,各行长短怎样,行间押韵怎样(例如换韵,押交韵、抱韵之类),在中文里都严格遵循"[19]。而他自己的严格更在朱湘之上,因为当原诗用近似韵、假韵的地方,他也并不随之而变通,正是为了可以给中国读者以正确的借鉴,从而逐渐改变其听觉习惯。

卞诗押韵方式的多样化,还见于对阴韵、复韵及内韵的诸多讲究上。

阴韵在《诗经》、《楚辞》里也并不鲜见(连虚字"兮"、"些"一起押韵)[20],但在后来的诗词中就几乎绝迹了。白话新诗受西洋诗影响,也曾通行这一韵式,如胡适《尝试集》就很喜欢押阴韵。但问题是,阴韵在汉语新诗中若用之不慎,容易造成谐谑甚至滑稽的感觉。《尝试集》中就不乏这种误用的例子,以至被人讥称"好了歌"。卞之琳早期也喜用阴韵营造一种特别的效果:

> 驮着老汉的瘦驴,
> 匆忙的赶回家去
> 脚蹄儿敲打着道儿——
> 枯涩的调儿!
>
> ——《傍晚》

> 月亮已经高了,
> 回去吧,时候

真的是不早了。
　　摸摸看，石头
简直有点潮了，
　　你看，我这手。

　　　　　　　　　　　　　　——《月夜》

前者是着意模仿那"调儿"，后者则在三次重复中透露出无聊的心境。

　　阴韵进一步发展为复合韵，在卞诗中也颇有几例，如《叫卖》中"小玩意儿，/好玩意儿"，又如《原子瘤》中"要拔也拔不出，/要挖也挖不出"。前者是直接模仿那"叫卖"声，后者则表现出对敌人的徒劳无功的嘲弄意味。内韵在卞诗中更有各种各样的安排。有一行之中两音相叶：

　　弓了背，弓了手杖，弓了腿。

　　　　　　　　　　　　　　——《道旁》

　　不甘淡如水，还要醉

　　　　　　　　　　　　　　——《灯虫》

有两行之间两字相应：

　　你是我的家，我的坟，

第四章　音韵与体式　　173

> 要看你飞花，飞满城，
>
> ——《春城》

> 男女老少的，甚至背面
> 多汗毛的，拿着锄头，铁锹，
>
> ——《一切劳苦者》

还有隔行在相同位置的两个字音的联系：

> 窗子在等待嵌你的凭倚。
> 穿衣镜也怅望，何以安慰？
> 一室的沉默痴念着点金指，
> 门上一声响，你来得正对！
>
> ——《无题二》

以上这些押韵技巧，既出于表达某种特殊的情味的需要，也是对现代汉语音乐性上之种种潜在可能的探索。从主观上说，卞之琳有一种因难见巧的心理，有意识地在诗中设置并克服一些困难的条件，从中获得艺术的满足。

二 谐音与拟声

以上这些繁富的韵式，都属于比较固定的安排，虽然不是格律的中心环节，但却是重要的形式因素。此外，卞之琳诗中非常灵活的谐音、拟声等运用，因更加依赖于作者的艺术个性，所以应视为独特的技术因素。在这一点上,卞之琳也极具匠心,使诗篇成为意义与声音巧妙结合的有机体。如果说通常的押韵单凭眼睛也可以找到,那么更微妙的音响的呼应就只有用灵敏的耳朵才能够捕捉。

笔者在讨论卞诗句法时,已经举出了大量使用"复辞"的例子。复辞当然也是谐音,易于造成声音的圆转流美。但除了同一字的重复外,卞诗也不乏同一音的重复。例如《一个和尚》的一行:

厌倦也永远在佛经中蜿蜒。

连用五个[an]音,从单调里显出了"厌倦"的情态。而且,在此之前,各行已有许多相同的[an]音:"天"、"年"、"片"、"殿"、"漫"、"伴"、"烟",一路"蜿蜒"下来,形成大范围的和谐。

谐音总是配合特定的情思。例如《白石上》的两行:

用颤抖的手儿
揉揉酸溜溜的倦眼

"抖"、"手"、"揉"、"溜",一系列[ou]音正好形容了那犹疑不决的姿态和心情。又如《候鸟问题》的两行:

叫纸鹰、纸燕、纸雄鸡三只四只

飞上天——上天可是迎南来雁？

上一行密集的［i］音仿佛让人看见各式各样的风筝飞起来的动作，到了下一行的几个［an］音，就像是已在天上的样子了。

卞之琳如此重视谐音的经营，在一般作者和读者所轻易滑过的地方，他往往都造出声音的迷宫：

我这八阵图好不好？
你笑笑，可有点不妙，
我知道你还有花样——

——《淘气》

诗充满喜悦或轻松的情调，诗人也特别安排了许多［ao］音，置于变化不定的位置上，有机地配合了那种喜气和"淘气"。

由于语音本身与特定的心理效果之间的对应性（如［ou］音较柔而［ang］音较亮等），谐音严格说来也属于拟声，只是意图不甚鲜明而已。卞之琳经常使用拟声手段，使声音与意义之间构成更实在的对应关系。他自己就主动指出，《长途》中"几丝持续的蝉声"与瓦雷里《海滨墓园》中同是写蝉声的名句相像；又指出《一个和尚》多用［ong］音"来表现单调的钟声"[21]。这些都是典型的拟声。李广田曾敏锐地发现《十年诗草》中多处地方以声音来模拟事物或情态，其中一个佳例是《灯虫》第2节第1、2行：

>   多少艘艨艟一齐发,
>   白帆篷拜倒于风涛,

他说:"在这两行中'艨''艟''发''帆''风''篷''拜''倒''涛'诸字,就足以使我们听到了海上的声音。"[22]

仔细分析起来,此类成功的拟声在卞诗中尚有不少。比如《候鸟问题》中的两行:

>   我的思绪像小蜘蛛骑的游丝
>   系我适足以飘我。

这么多[si]、[zhi]、[shi]与[qi]、[ji]、[yi]音,分布在两行的各顿中,似断又续,若"系"还"飘",效果非常精确。又如《足迹》整首诗:

>   蜜蜂的细腿已经拨起了
>   多少只果子,而你的足迹呢,
>   沙上一排,雪上一排,
>   全如水蜘蛛织过的水纹?

又以大量的[s]、[z]、[sh]、[zh]声母与[i]韵母交织成数行,以细致的声音摹写了若有若无的足迹。再如《落》中的这行:

>   嘘一口长气,倚一丛芦苇

秋风的消息似从这些唇音、齿音、舌音上表现出来。

卞之琳显然喜欢用很轻很细的［i］音描状轻细的感觉。然而他的拟声层次很丰富，并不限于某个音。比如，他以一连串［ang］、［eng］、［ong］音来写"心跳"：

> 曾经弹响过脆弱的钢丝床，
> 曾经叫我梦到过小地震，
> 我这串心跳，我这串心跳，
> 如今莫非是火车的怔忡？
>
> ——《车站》

又比如，他用几个［eng］、［ong］音与一个［ang］音的对比来写"声波"：

> 我要问你钟声啊，
> 你仿佛微云，沉一沉，
> 荡过天边去。
>
> ——《中南海》

卞之琳的诗，堪称声音的"肢体语言"。只要细味他这样一些诗句：

> 墙头草长了又黄了。
>
> ——《墙头草》

> 莫非在自己圈子外的圈子外？
>
> ——《归》

> 穿过亭，穿过桥，停！
>
> ——《路》

便能体会这一点。他甚至在将自己的诗译为英文时，也不放弃声音上的讲究，如《第一盏灯》的第 3 行：

> Blessed are those who arise at sunrise and sleep at sunset,

[s]、[z] 音不断复现，可见他在音韵上的一贯的匠心。[23]

尤为奇诡的是，卞氏往往在做声韵设计的同时，将那设计的奥秘一并托出：

> 是利刃，可是劈不开水涡：
> 人在你梦里，你在人梦里。
>
> ——《旧元夜遐思》

> 百转千回都不跟你讲，
> 水有愁，水自哀，水愿意载你。
>
> ——《无题一》

前例第 2 行的字与音的反复，有如"水涡"；后例第 2 行的复辞与谐音，也正是"百转千回"。笔者并非在作毫无根据的推测，有一个例子可以证明卞之琳诗的音义设计的"自喻"特色。废名在讲到《无题二》时，说：

> 作者送我一本《十年诗草》的时候，曾把这首诗指给我看，生怕我不懂最后一行破折号后面的"这一拍"，他说"这一拍"的地位是所差的右脚已经到了，诗的韵律虽差一拍，而人到了。[24]

诗人的用心之慧黠，确实异于常人。而且，笔者认为，《无题二》的声音与意义的有机结合以及其自喻性质，不止废名所说的这一个地方。事实上，上一节中内韵的安排，同样配合了语意。"穿衣镜也怅望"的"怅望"，与"门上一声响"的"响"，语音上是一呼而一应，正如语意上是一问又一答："何以安慰？"、"来得正对！"

这当然是个极端的例子，但却可以证明卞之琳在用声音配合意义方面走得是多么远。大凡一位诗人十分在意谐音、拟声的运用，总有点游戏意味，不脱形式主义之嫌。这显然是个误解。有论者认为：

> 凡是重言，双声，叠韵等等，其价值都不是在它本身，诗中不是有此便算好，而要看它使用时与全篇各部所生的有机（organic）作用，即与贯彻全篇的基本情意"姿态"之适合。[25]

卞之琳虽以精巧的声韵设计为能事，但它们并非纯粹自足的因素，而是紧密配合着诗的意义。他对声音层面的关注，是以对意义层面的关注为前提的。每个字的音色和音质以及它们在诗中呼应、对比、变化的效果，总是服务于诗人表情达意的需要。无论是脚韵、内韵、复韵，还是复辞、谐音、拟声，对于卞之琳来说，并不只属于诗篇的外在装饰。这样一来，若对卞诗擘肌分理，就不能只限于意义的结构，还要加倍留意那些微妙的声音图式。

第三节　体

有了"顿"的参差均衡作基础，有了"韵"的呼应变化为配合，卞之琳进行了新诗史上最繁富的诗体实验。上一章讨论他的章法时，笔者归纳了最常见的三种，即"起承转合法"、"首尾圆合法"和"上下钩挑法"，以见其脉络谨严、肌理细密的一般特点，但具体到每首诗，局部的变化又各有不同。与此相似，在讨论卞之琳诗的体式时，虽然可以大致划分为"格律诗"与"自由诗"两大类别，然而这并不能说明诗人在形式上所凝聚的心力，因为不仅他的格律诗各有各的形式，或同一个形式各有各的韵式，而且他的自由诗也多种多样。李广田论《十年诗草》，就说：

> 大致说起来，在全书 76 首诗中，实在只有很少的诗是不大讲究格律的，而那些格式与韵法的变化又是那么繁富，几乎每一首诗都看出作者在这方面的功夫，也几乎是每一首诗都有它特有的格式与韵法，我们简直很难得把它完全

说出。[26]

正由于这种多样化,在本节中,笔者无意于对卞之琳 170 首诗的体式详加说明,只拟就几个关键问题展开讨论,以见证卞之琳对诗的体式要求之严、运用之妙。

一 无韵的格律诗

首先,就卞诗而言,格律诗与自由诗之间很难划出一条清楚的界限。这主要是因为,他把"顿"而不是"韵"看作是格律的决定性因素,这样一来,他有一些虽不用韵却讲究顿的均齐的诗作,就不能以通常的自由诗来看待了。

李广田列举《十年诗草》中的自由诗,共有 27 首,尽管他补充说,"这些虽然是自由体,但也还是相当整齐调和的"[27],但是,他把《登城》、《圆宝盒》、《半岛》、《车站》、《睡车》、《无题一》、《实行空室清野的农民》都列入自由诗,却值得商榷,因为这些都是各行顿数完全一致的诗。例如《车站》:

　　抽出来,｜抽出来,｜从我的｜梦深处,
　　又一列｜夜行车。｜这是｜现实。
　　古人｜在江边｜叹潮来｜潮去;
　　我却像｜广告纸｜贴在｜车站旁。
　　孩子,｜听蜜蜂｜在窗内｜着急,
　　活生生｜钉一只｜蝴蝶｜在墙上
　　装点｜装点我｜这里的｜现实。

曾经｜弹响过｜脆弱的｜钢丝床，
曾经｜叫我｜梦到过｜小地震，
我这串｜心跳，｜｜我这串｜心跳，
如今｜莫非是｜火车的｜怔忡？
我何尝｜愿意做｜梦的｜车站！

虽从外形上也看得出诗行的整齐，但更为重要的是，全诗每行统一为4顿，绝无破格，那么，如果用韵与否并非格律的充要条件，则这首诗应视为格律诗无疑。

中国古典诗几乎无不用韵，所以卞之琳说无韵的自由诗是舶来品。使情况变得复杂的不是有韵的自由诗的普遍存在，而是无韵的格律诗在西方的存在。卞之琳说：

> 希腊、罗马诗有格律而不押韵，英国诗有一种体叫"无韵体"（或译为"素体"或"白体"），例如莎士比亚等在诗剧里用的，米尔顿在《失乐园》长诗里用的，也是有格律而不押韵。……西方千变万化的格律诗体也都离不开"节"或"步"的基础。[28]

由于中国新诗在形式上根本就是从西方移植过来的，所以在界定格律诗与自由诗这个问题上，也应以西方诗为主要参照。卞之琳译莎士比亚悲剧，一依原样，严格用汉语每行5顿对应"素体诗"（blank verse）的每行5步（feet）。他说："我却无意于要引进这种体式来学习，在我国汉语创作中加以运用，自己也从没有在写诗中加以实验。"[29] 之所以如此,只因5顿在汉语中已觉冗长。那么,每行3顿或4顿而无韵的形式,无疑不能够因其较短就不视为格律体。

前面提到的7首诗,《圆宝盒》与《半岛》均为3顿,其余均为4顿,尤其是《实行空室清野的农民》,6行一节共4节24行,统一为每行4顿,既实现了"节的匀称",也讲究了"句的均齐"(以顿数而不以字数计),再难说它是一首自由诗了。

虽然有些论者在自由诗与格律诗之间别立一种半格律体,以容纳那些行式与节式稍葺而又并不划一的新诗体式,但是,在卞之琳那儿,却不能容忍两可的局面。他在"半格律体"与"庸俗化"、"空泛化"之间划上了等号。他说:

> 这种"像诗"的半格律体或半自由体一朝成为流行模式,就最便于作一般化、庸俗化的传导工具。[30]

他对格律的严谨遵守可以从一首小诗《归》的前后两个版本中看出来。《归》收在《十年诗草》中还是最初发表的面貌:

> 像一个天文家离开了望远镜,
> 从热闹中出来闻自己的足音。
> 莫非在自己圈子外的圈子外?
> 伸向黄昏去的路像一段灰心。

收入《雕虫纪历》时,则有了不少改动:

> 像观察繁星的天文家离开了望远镜，
> 热闹中出来听见了自己的足音。
> 莫非在外层而且脱出了轨道？
> 伸向黄昏的道路像一段灰心。

前后相较，诗人修改的意图非常明显：改动后 4 行统一为 5 顿，而且全为二字顿和三字顿，划分很清楚。而原来的版本只是字数均齐而顿数参差，第 1 行为 4 顿；第 2、3 行也为 4 顿，但都各包括一个四字顿；第 4 行就不能不划为 5 顿："伸向｜黄昏｜去的路｜像一段｜灰心"或"伸向｜黄昏去的｜路｜像一段｜灰心"。虽然照笔者看来，对此诗的修改算得上一个失败，但卞之琳晚年的"诗律伤严"，却是用心良苦。

总之，讨论卞诗的体式，应该以卞氏本人建立的格律标准为依据来进行分析。比如《断章》，虽然王佐良赞赏卞诗"形式完整、格律谨严"时就引到它，但他从此诗 8998 的字数整齐上着眼，并不正确。[31] 同样，李复兴认为它采用了"抱韵"[32]，也与卞之琳的用韵原则不符，因为诗人不允许用轻声的虚字"子"与实字"你"相叶。至于他也不会用"景"来叶"梦"，乃是出于以吴语的土音入韵的习惯，不足为训。卞之琳对"顿"和"韵"的规定十分严格，而这些正是他诗"体"的基础。

二 限制中的自由

对于格律诗体本身，卞之琳的看法与做法却又表现出相当的灵活。他不主张新诗格律化中的体式定型，但他又确实用了一些定型的体式写诗，表面的矛盾其实缘自内在取向的一致：新诗的规范应容纳一定的伸缩性，要在限制中允许自由。

针对有学者提倡"定型新诗体"，卞之琳认为不妥，因为新诗格律化"是顺应文学媒体入而出、出而入的演进规律的，不宜逆时代潮流，重试建任何定型格律体，使诗创作再成为填谱工作"[33]，一旦"按谱填词"，也就失去了"自由"，所以他说：

> 我的想法还是闻一多先生当年所提出的主张，掌握了格律，"相体裁衣"，可以翻出无尽体式（结果当然也可能只有若干种基本体式最广为大家"喜闻乐见"，便于运用，易于运用），因此可以在诗创作中达到进一步"自由"。[34]

卞之琳是从实践经验中得出这样的结论的。印证以他全部的诗作，可以看出他在体式上确实翻尽了花样。仅仅50年代初《翻一个浪头》中的二十几首诗中，就尝过许多种西洋韵式，蔚为大观：

《翻一个浪头》：abbaabbaabbbaaabbbaaab

《我们挺上去》：aabccb abcabc

《夜行》：aaabcccbeeebdddb

《认识美国货》：ababb cdcdd efeff

《步步高》：abbcc addee affgg

《恶开调：奉劝美国迷》：aabcbbcc ababccaa⋯

《得过且过大家都不得过》：aba bcb cdc ded⋯

这些韵式,被用于一部在艺术上总体说来失败了的诗集中,自无法充分体现其优点。但是依卞之琳晚年的成熟看法,它们恐非新诗读者所"喜闻乐见"的。他"相体裁衣"、匠心独运而成效卓著的,还属 30 年代的诗创作。

比如《白螺壳》,虽然是套用了瓦雷里韵式安排最复杂的形式,但这个形式与诗人的象征体和诗思发展的过程结合得非常完美。屠岸评论道:

> 这首诗的四个诗节的韵式,熔参差于整齐,铸活泼于严谨,奔流穿插,剔透玲珑,体现出白螺壳的坚实空灵,天工巧夺。[35]

又如《一块破船片》:

> 潮来了,浪花捧给她
> 一块破船片。
> 　　　不说话,
> 她又在崖石上坐定,
> 让夕阳把她的发影
> 描上破船片。
> 　　　她许久
> 才又望大海的尽头,
> 不见了刚才的白帆。
> 潮退了,她只好送还

    破船片

      给大海漂去。

这首诗的形式别无依傍,而是诗人独出机杼的创格。李广田分析道:

  这首诗一共九行,每行字数相同,除第九行外,前八行都是每两行一换韵。其中"破船片"共出现三次,而每次出现时那一整行便分成了两个半截,而第一个"破船片"之前有一行,第二个"破船片"之前有两行,第三个之前就有三行。这像什么呢?这正如流水,也正如那流水上浮沉着一块破船片,是整齐的,而整齐中又是差池的。[36]

再如《几个人》:

  叫卖的喊一声"冰糖葫芦",
  吃了一口灰像满不在乎;
  提鸟笼的望着天上的白鸽,
  自在的脚步踩过了沙河,
  当一个年轻人在荒街上沉思。
  卖萝卜的空挥着磨亮的小刀,
  一担红萝卜在夕阳里傻笑,
  当一个年轻人在荒街上沉思。
  矮叫化子痴看着自己的长影子,

> 当一个年轻人在荒街上沉思：
> 有些人捧着一碗饭叹气，
> 有些人半夜里听别人的梦话，
> 有些人白发上戴一朵红花，
> 像雪野的边缘上托一轮红日……

全诗韵式排列是aabbcddccceec，随韵与抱韵交替使用。"当一个年轻人在荒街上沉思"重复了3次，分别处于14行中第5、8、10行的位置上，看似单调，其实灵活地调节了诗的节奏，让人感觉到沉思者从舒徐一步步变得紧张起来的内心活动的过程，形式上正是整齐中有参差。

上述这三首诗的体式，因袭也好，独创也好，显然都是基于不同的情思之表达的需要而"相体裁衣"的结果，也显然不宜定型为常式。卞之琳从中国古典诗、词、曲的声调与格律的规范化中看到了优势，也见出了弊端：

> 历史、社会、语言的变化，促使完善规范一旦登峰造极了，也自然会从凝定中产生松动化的要求。[37]

从"凝定"与"松动"的统一出发，卞之琳对中西两种固定的诗体——十四行与七律——在现代汉语中可资利用的价值就有了不同的判断。他写过不少十四行诗，绝大多数是分为4节，各节诗行为4433的意大利式变体。这种形式，前两节诗行为偶数，后两节诗行为奇数，正好体现出整齐与参差的对比、凝定与松动的统一。反观七律，卞之琳一直想仿效此体，到晚年终于一试，写了一首八行诗《香港小游长洲岛》，每行4顿，中间4行大致上两两对仗，甚至平仄都做了适当安排，确有七律的风味，然而卞氏自己并不满意："要排除七律浓缩到喘不过气的凝练，对仗的优点（工整）和缺点（呆板）加以发挥或摆脱，都很难；韵式改成交韵，益发促不成松动的风姿。"[38]

如果将卞之琳详加阐述过的关于顿数安排的"参差均衡律"进一步推衍到行数与节数的安排上，笔者认为，就可以完整地说明他的新诗格律理论。

三　自由中的限制

卞之琳生平所创作的自由诗，只占他全部诗作不到五分之一。他对自由诗的论述也很少，可是却很清晰。如果说他对于格律诗讲求限制中的自由，则他对于自由诗就注重自由中的限制。他认为："自由泛滥，也就无法为用，需要疏导，给予适当的控制"[39]

像他的格律诗整齐中有参差一样，他的自由诗参差中也有整齐。例如《古镇的梦》，其2、3节的诗行安排完全一致：

> 敲不破别人的梦，
> 做着梦似的
> 瞎子在街上走，
> 一步又一步。
> 他知道哪一块石头低，
> 哪一块石头高，

>哪一家姑娘有多大年纪。
>
>敲沉了别人的梦，
>做着梦似的
>更夫在街上走，
>一步又一步。
>他知道哪一块石头低，
>哪一块石头高，
>哪一家门户关得最严密。

这是一个显例也是一个特例，更多的时候卞氏只是将一句话再三重复，让它起组织诗节的作用。例如《泪》，每隔一定诗行就结以"人安得无泪！"、"如珠贝含泪。"、"人并非无泪，"、"人不妨有泪。"虽然全诗各行长短参差不齐，却在混乱中建立了一定的秩序。

卞之琳喜欢使用叠句来整合自由诗的松散形式，比如《还乡》："眼底下绿带子不断的抽过去，/电杆木量日子一段段溜过去。"这偶韵双行在诗中数度穿插，模仿了火车行进的节奏，同时也造成了诗的形式的律动。《尺八》与《春城》也是同样的情形。

字句的重复之外，卞之琳还以音韵的呼应来维持自由诗的统一性。第2章曾引《春城》大部分而未引其1、2两节，下面仅以这两节为例：

>北京城，垃圾堆上放风筝，

描一只花蝴蝶,描一只鹞鹰
在马德里蔚蓝的天心,
天如海,可惜也望不见你哪
京都!——

倒霉!又洗了一个灰土澡,
汽车,你游在浅水里,真是的,
还给我开什么玩笑?

在《春城》声韵的呼应相当丰富的各节中,这两节表现已不算突出了,但起码可以从"城"、"筝"、"鹰"、"心"以及"澡"、"笑"这些近似韵中,看出诗人以声音来绾结诗行的用心。在某些最自由的诗作中,各节诗行的多少与长短看似了无规则,但细察之下,仍然见得出"统一性"与"平衡感"来。卞之琳曾说戴望舒有一个时期"形式的松散也易于助长一种散文化的枝蔓"[40],比如戴氏的一首《灯》,卞氏就认为:"尽管统一性还是有的,一种平衡感的欠缺似乎使整副机器摇摇欲坠。"[41] 而在他自己的场合,他会在各节之间加以适当调剂,以实现微妙的平衡。例如《古城的心》、《寄流水》和《芦叶船》,每首诗都由5节组成,各节诗行也多少不定,但其排列却颇见匠心:《古城的心》为32312,《寄流水》为35253,《芦叶船》为53462,尽可能避免前后不称、轻重失调。可见,即使在这些外形上相当自由的诗中,也不是起止无定、散漫无端的,而是在通盘考虑之下,用种种手段使诗篇以微妙的秩序展示出流动的美。

注 释

〔1〕卞之琳：《莲出于火：读古苍梧诗集〈铜莲〉》，见《人与诗：忆旧说新》，生活·读书·新知三联书店，1984年11月1版，第113页。

〔2〕卞之琳：《完成与开端：纪念诗人闻一多80生辰》，见《人与诗：忆旧说新》，生活·读书·新知三联书店，1984年11月1版，第11页。

〔3〕卞之琳：《〈徐志摩选集〉序》，见《人与诗：忆旧说新》，生活·读书·新知三联书店，1984年11月1版，第34页。

〔4〕李广田：《诗的艺术：论卞之琳的〈十年诗草〉》，见《诗的艺术》，开明书店，1943年12月初版；汇文阁书店，据1947年7月3版重印，第47—48页。

〔5〕卞之琳：《翻译对于中国现代诗的功过》，见《八方》文艺丛刊，第8辑（1988年3月），第68页。

〔6〕陈本益：《汉语诗歌的节奏》，文津出版社，1994年8月初版，第495页。

〔7〕卞之琳：《雕虫纪历·自序》，见《雕虫纪历1930—1958》增订版，人民文学出版社，1984年6月2版，第11页。

〔8〕卞之琳：《谈诗歌的格律问题》，见《人与诗：忆旧说新》，生活·读书·新知三联书店，1984年11月1版，第157页。

〔9〕卞之琳：《哼唱型节奏（吟调）和说话型节奏（诵调）》，见《人与诗：忆旧说新》，生活·读书·新知三联书店，1984年11月1版，第141页。

〔10〕许霆、鲁德俊：《新格律诗研究》，宁夏人民出版社，1991年6月1版，第136页。

〔11〕卞之琳：《谈诗歌的格律问题》，见《人与诗：忆旧说新》，生活·读书·新知三联书店，1984年11月1版，第158页。

〔12〕这一术语最早见于卞之琳《说"三"道"四"：读余光中〈中西文学之比较〉，从西诗、旧诗谈到新诗律探索》，见《人与诗：忆旧说新》，生活·读书·新知三联书店，1984年11月1版，第211页。

〔13〕纪馥华编著：《中国现代抒情诗一百首》，天地图书公司，1987年1版，第116页。

〔14〕卞之琳：《雕虫纪历·自序》，见《雕虫纪历1930—1958》增订版，人民文学出版社，1984年6月2版，第13页。

〔15〕袁可嘉：《略论卞之琳对新诗艺术的贡献》，见袁可嘉、杜运燮、巫宁坤编：《卞之琳与诗艺术》，河北教育出版社，1990年7月1版，第13页。

〔16〕王佐良：《一个莎剧翻译家的历程》，见袁可嘉、杜运燮、巫宁坤编：《卞之琳与诗艺术》，河北教育出版社，1990年7月1版，第67页。

〔17〕卞之琳：《重探参差均衡律——汉语古今新旧体诗的声律通途》，见《明报月刊》，1992年1月号，第138页。

〔18〕卞之琳：《雕虫纪历·自序》，见《雕虫纪历1930—1958》增订版，人民文学出版社，1984年6月2版，第12页。

〔19〕卞之琳：《译诗艺术的成年》，见《人与诗：忆旧说新》，生活·读书·新知三联书店，1984年11月1版，第196页。

〔20〕王力就曾于《诗经》中举出了12个用阴韵的例子，见王力：《汉语诗律学》，上海教育出版社，1979年11月新2版，第976—980页。

〔21〕卞之琳：《雕虫纪历·自序》，见《雕虫纪历1930—1958》增订版，人民文学出版社，1984年6月2版，第12页。

〔22〕李广田：《诗的艺术：论卞之琳的〈十年诗草〉》，见《诗的艺术》，

开明书店，1943年12月初版，第56页。

〔23〕王毅：《中国现代主义诗歌史论1925—1949》，西南师范大学出版社，1998年12月1版，第134页。

〔24〕冯文炳（废名）：《谈新诗》，人民文学出版社，1984年2月1版，第179页。

〔25〕陈世骧：《姿与gesture》，见《陈世骧文存》，志文出版社，1975年5月2版，第78页。

〔26〕李广田：《诗的艺术：论卞之琳的〈十年诗草〉》，见《诗的艺术》，开明书店，1943年12月初版，第47页。

〔27〕李广田：《诗的艺术：论卞之琳的〈十年诗草〉》，见《诗的艺术》，开明书店，1943年12月初版，第49页。

〔28〕卞之琳：《哼唱型节奏（吟调）和说话型节奏（诵调）》，见《人与诗：忆旧说新》，生活·读书·新知三联书店，1984年11月1版，第136、137页。

〔29〕卞之琳：《吴兴华的诗与译诗》，见《中国现代文学研究丛刊》，1986年第2期，第273页。

〔30〕卞之琳：《吴兴华的诗与译诗》，见《中国现代文学研究丛刊》，1986年第2期，第273页。

〔31〕王佐良：《一个莎剧翻译家的历程》，见袁可嘉、杜运燮、巫宁坤编：《卞之琳与诗艺术》，河北教育出版社，1990年7月1版，第68页。

〔32〕李复兴：《断章》"鉴赏"，见公木主编：《新诗鉴赏辞典》，辞书出版社，1991年11月1版，第325页。

〔33〕卞之琳：《重探参差均衡率——汉语古今新旧诗的声律通途》，见《明报月刊》，1992年1月号，第138页。

〔34〕卞之琳：《与周策纵谈新诗格律信》，见《人与诗：忆旧说新》，生

活·读书·新知三联书店，1984年11月1版，第166页。

〔35〕屠岸：《精微与冷隽的闪光——读卞之琳诗集〈雕虫纪历〉》，见袁可嘉、杜运燮、巫宁坤编：《卞之琳与诗艺术》，河北教育出版社，1990年7月1版，第96页。

〔36〕李广田：《诗的艺术：论卞之琳的〈十年诗草〉》，见《诗的艺术》，开明书店，1943年12月初版，第23页。

〔37〕卞之琳：《重探参差均衡率——汉语古今新旧诗的声律通途》，见《明报月刊》，1992年1月号，第135页。

〔38〕引自卞之琳1990年6月17日致笔者信。

〔39〕卞之琳：《重探参差均衡率——汉语古今新旧诗的声律通途》，见《明报月刊》，1992年1月号，第135页。

〔40〕卞之琳：《〈戴望舒诗集〉序》，见《人与诗：忆旧说新》，生活·读书·新知三联书店，1984年11月1版，第67页。

〔41〕卞之琳：《〈戴望舒诗集〉序》，见《人与诗：忆旧说新》，生活·读书·新知三联书店，1984年11月1版，第68页。

第五章　西方的影响

卞之琳从 20 世纪 30 年代开始诗创作，未尝间断地持续了 10 年。这 10 年，中国文艺界对西方文学的介绍空前活跃。人们密切追踪当代西方文坛动态，大量翻译和评论欧美时尚作家，流风所及，创作上也相应地出现了一个与西方文艺潮流几乎同步的短暂繁荣期。30 年代的诗人，关注的对象广泛地从 19 世纪前期的浪漫主义，转向后期的象征主义以及受其影响的现代主义。在这样的背景下，出身于北大英文系、以西方文学翻译与研究为业的卞之琳，受西方文学的影响既深且广。他所阅读和翻译的众多作家，在他各个时期的诗歌创作中打上了各种各样的烙印。

在《雕虫纪历·自序》中，卞之琳就影响过他的西方诗人，开列了一份长长的名单：

> 我前期最早阶段写北平街头灰色景物，显然指得出波德莱尔写巴黎街头穷人、老人以至盲人的启发。写《荒原》以及其前短作的托·斯·艾略特对于我前期中间阶段的写法不无关系；同样情况是在我前期第三阶段，还有叶慈（W. B. Yeats）、里尔克（R. M. Rilke）、瓦雷里（Paul Valéry）的

后期短诗之类；后期以至解放后新时期，对我也多少有所借鉴的还有奥顿（W. H. Auden）中期的一些诗歌，阿拉贡（Aragon）抵抗运动时期的一些诗歌。[1]

这份名单，如果再加上序中别处提及的魏尔伦（Paul Verlaine），和他一直没有提起的散文作家如西班牙的阿左林（Azorín）和法国的纪德（André Gide），就大致勾勒出卞之琳所受的西方影响的全貌。

对于卞之琳诗艺中的西方渊源，不同的研究者曾经在不同的程度上加以讨论。说作家之间的"影响"，卞之琳认为，除了"确实的"影响之外，还存在"不确定的也许仅只类似的所谓'影响'"[2]。他自己提出的西方诗人中，像叶慈和里尔克给予他的影响就"神似"多于"形似"而颇难指实。其余的那些，除了可以就显著的迹象一一举证外，也不可避免要就双方的类似之处作出某种推测。笔者认为，魏尔伦、艾略特、瓦雷里、纪德和奥顿，给卞之琳的诗提供了不可或缺的营养成分。下面，笔者一一作专节讨论。

第一节　魏尔伦

卞之琳出于"新月"是无疑的，然而他是否有一个清晰而纯粹的"新月"时期，或者说这一"新月"时期持续了好几年，殊难指实。笔者以为，卞之琳受"新月"诗风影响最深的不过是开始的一年，很快他就带着"新月"给他的营养而超越了"新月"。

帮助他作这一超越的是法国象征派诗人，特别是魏尔伦。

卞之琳说："恰巧因为读了一年法文，自己可以读法文书了，我就在1930年读起了波特莱，高蹈派诗人，魏尔伦，玛拉梅以及其他象征派诗人。我觉得他们更深沉，更亲切，我就撇下了英国诗。"[3] 卞之琳说波德莱尔写巴黎街头穷人、老人以至盲人的诗启发了他前期最早阶段写北平街头灰色景物，魏尔伦给他的启发就远过于此了。张曼仪曾讨论了卞氏1931年的《长途》与魏尔伦的《遗忘之歌》(*Ariettes Oubliées*) 第8首《在连绵不尽的》(*Dans l'interminable*)、1932年的《白石上》与魏尔伦的《三年以后》(*Après trois ans*) 的联系，指出后者对前者有明显的影响痕迹。[4] 赵毅衡、张文江比较了卞之琳的《夜风》和魏尔伦的《智慧集》(*Sagesse*) 第3部第6首后，也下了结论："卞之琳最早的诗作中，也有一些诗刻意追求魏尔兰式的密集音韵。"[5] 笔者还可以举出如下例子，以说明早在1932年节译尼柯孙（Harold Nicolson）《魏尔伦与象征主义》（原书《魏尔伦》最后一章的节选）之前，卞之琳就开始了对魏尔伦诗情的熔铸和技法的采纳。

1931年，卞之琳写有一首诗《胡琴》，曾收入《鱼目集》，但终未选入《十年诗草》和《雕虫纪历》，应属诗人"自行废弃"的习作。全诗共3节，这里是1、3两节：

  秋风里
  冷静的街头
  咿咿呀呀的一阵
  胡琴的哀愁

>　　低诉与
>　　脚踏落叶的行人。
>
>　……
>　　　我尽走,
>　　　不想买胡琴,
>　　　痴看衰草在墙上,
>　　　寒鸦在树顶,
>　　　　想寻求
>　　　算命小锣的当当。

这首《胡琴》,可作为魏尔伦影响的又一显例。魏尔伦有一首名诗《秋歌》(*Chanson D'automne*):

Les sanglots longs	秋之提琴
Des violons	弦弦声声
De l'automne	如怨泣,
Blessent mon cœur	单调漫长
D'une langueur	令我神伤
Monotone.	慵无力。
Tout suffocant	窒息难言
Et blême, quand	容颜惨淡
Sonne l'heure,	钟声鸣,

Je me souviens	令我追念
Des jours anciens	似水华年
Et je pleure;	泪沾襟。
Et je m'en vais	我遂出门
Au vent mauvais	恶风袭人
Qui m'emporte	行趔趄,
DeÇà, delà,	忽东忽西
Pareil â la	飘零无依
Feuille morte.	如落叶。[6]

持《胡琴》首节与《秋歌》相较，只见"提琴"换成了"胡琴"；"咿咿呀呀"的"低诉"如"呻吟"（sanglots）一样，听起来"哀愁""伤心"（blessent mon cœur）；"秋风""落叶"也完全一致，只是行路者一为"我"，一为"行人"而已。卞之琳对魏尔伦这首名作印象应该很深，而且接触此诗一定会早在1930年秋，因为其时所写的《黄昏》一诗，就明显袭用了《秋歌》的形式。试看《黄昏》2、3节：

    幸亏有寒鸦
    拍落几个"哇"
       跟随了风
    敲颤了窗纸，
    我劲儿一使，

第五章　西方的影响

> 推开了梦。
>
> 炉火饿死了，
> 昏暗把持了
> 　一屋冷气，
> 我四顾苍茫，
> 像在荒野上
> 　不辨东西。

首先，韵式完全一致，都是 aaxbbx, ccyddy；其次，音节也相似，法语的 43 音节交错变成了汉语的 54 字数交织；不仅如此，"四顾苍茫"、"不辨东西"之感与《秋歌》末节的"这儿，那儿"（Deçà, delà）却终不知"哪儿"的茫然也相通。《黄昏》是卞之琳平生最早的诗作之一，所以说，他受魏尔伦的影响，一直可以追溯到其写作生涯的起点。

　　1932 年 11 月，卞之琳在《新月》第 4 卷第 4 期上发表了他译的尼柯孙的《魏尔伦与象征主义》。这篇译文，对理解卞氏的诗风形成，特别是 1932 年至 1933 年中一些诗作的产生有着十分重要的价值。尼柯孙诠释的魏尔伦深获诗人的心，他遂在文前加上一段按语说："其实尼柯孙这篇文章里的论调，搬到中国来，应当是并不新鲜，亲切与暗示，还不是旧诗词底长处吗？可是这种长处大概快要——或早已——被当代一般新诗人忘掉了。"[7] 卞之琳的诗，却正好保持了这一长处。

亲切与暗示,既然也是旧诗词的长处,那么魏尔伦的影响的确是结合着中国古典诗学一起对卞之琳发生作用的。尼柯孙论魏尔伦这篇译文发表前的一两个月和发表后的一两年里,卞之琳所写的一些诗,大抵能摘引这篇译文中的某些话来加以描述。比如尼柯孙说:"我们只要把他发表过的许多诗里最后一行读一读,看他到底有多少次把他底梵哑林按捺到结尾上。他喜欢叫最后的回声发出响应底悸动,让听众底心弦为之一紧。"[8] 试看卞之琳这两年中大部分诗的最末几行:

> 我要问你钟声啊,
> 你仿佛微云,沉一沉,
> 荡过天边去。
>
> ——《中南海》

> 一边看远山
> 渐渐的溶进黄昏去……
>
> ——《白石上》

> 多少未发现的命运呢?
> 有人会忧愁。有人会说:
> 还是这样好——寄流水。
>
> ——《寄流水》

> 海外的远客

也厌看远帆了?

——《芦叶船》

你不会迷失吗
在梦中的烟水?

——《入梦》

这些诗行都能如魏尔伦那样,"能叫否则只是浮光掠影的诗情发出袅袅余音","使一首顶脆弱的诗带有远不可及的韵味"。[9]

篇终以淡出和空去而动人,也正是中国旧诗词的特长。难怪卞之琳那么自然地用了许多旧诗话的套语来迻译这一篇文字,也难怪他最受魏尔伦影响的1932年和1933年,诗风就最趋近古典一路。如《入梦》一诗,通篇仿佛一首讲神韵的旧诗名家之作的白话稀释,也真的实践了魏尔伦的"要惆怅,第一就得恍惚"[10]的信条。

在朋友的眼中,卞之琳是"15分执拗,25分温和,25分成人的矜持,35分孩子气"[11]的综合,是"遇事见其新鲜的人","是个热情的人"。[12]对照尼柯孙笔下的魏尔伦:

> 仿佛天真的小孩对陌生人饶舌,谈他的玩具,谈他的亲戚,魏尔伦自以为他经验里最小的事件也是了不得的有趣,差不多是天大的重要。[13]

秉性相似,所以"较为细心地处置亲切事物的手腕"[14]也相似。

卞之琳多少受到魏尔伦感染的、从有趣有灵的"小东西"（minor objects）写向"无限"的手法，成为他个人诗风的恒久标志：

> 云在天上，熟果子在树上！
> 仰头想吃的，凉雨先滴他！
> 谁教挤一滴柠檬，然后尝
> 我这杯甜而无味的红茶？
>
> ——《水分》

> 母亲给孩子铺床总要铺得平，
> 哪一个不爱护自家的小鸽儿、小鹰？
> 我们的飞机也需要平滑的场子，
> 让它们息下来舒服，飞出去得劲。
>
> ——《修筑飞机场的工人》

总之，卞之琳在1932年秋冬到1933年所写的诗，风格技巧上非常接近于魏尔伦式的"灰色的诗歌"。色调是淡淡的，常常是一片迷离惝恍。语调是缓缓的，在低沉的旋律中传达出微妙的情愫。魏尔伦主张"绞死雄辩"，卞之琳也从来与雄辩无缘。虽然魏尔伦从不写自由诗，而卞之琳这两年内写的几乎都是自由诗，两者的诗质却相似。何况像更早两年那种外在的借鉴也不是没有。比如，1932年秋的《路过居》，写北平街头一家老字号的茶馆，里面各色人等在喝茶、抽烟、谈天、唱曲，显然受魏尔伦那首场景一致的《客店》（*L'auberge*）的启发，因为这首"白墙、红瓦，这是清凉的客店……"就出现在那篇译文中。

第二节 艾略特

　　1933年7月，卞之琳所写的《还乡》一诗，叠句的使用很有魏尔伦诗一唱三叹的效果，但新的因素出现了：诗行的快速前进摹拟着火车的节奏，伴随了诗人意识的流动，瓦特、牛顿、哥伦布、儿时的玩伴、老祖父，一个个浮现心头，"蒙太奇"（montage）一样剪辑拼合。而那叠句本身：

　　　　眼底下绿带子不断的抽过去，
　　　　电杆木量日子一段段溜过去。

后面一句叫人联想起艾略特《阿尔弗瑞德·普鲁弗洛克的情歌》（The Love Song of J. Alfred Prufrock）中的诗句：

　　　　我用咖啡匙量走了我的生命；
　　　　（I have measured out my life with coffee spoons；）

赵毅衡、张文江就认为前者"可能化自"后者，而且和艾略特此诗也重复使用了一对叠句相似，"这押韵双行段在全诗大致无韵的背景上形成一种大段旋环节奏"[15]。
　　评论家举出了不止一个例子来证明卞之琳受到艾略特的影响。如汉乐逸和唐祈一致认为卞氏1937年的《车站》中的诗句"我却像广告纸贴在车站旁。/孩子，听蜜蜂在窗内着急，/活生生钉一只蝴蝶在墙上/装点装点我这里的现实。"同《普鲁弗洛克的情歌》中的"当我被公式化了，在钉针下趴伏，/当我被钉着在墙上挣扎……"（And When I am formulated, sprawling on a pin, /When I am pinned and wriggling on the wall...）非常相像，虽然卞诗又叫人想到庄子著名的蝶喻。[16]

此外，李广田指出卞氏《候鸟问题》最后3行与《普鲁弗洛克的情歌》著名的开头3行都用了相似的智性化意象。[17] 王佐良则比较了卞氏《归》的末句与《普鲁弗洛克的情歌》中的3行，都以道路喻示心理状态，显见吸收的痕迹而写得更为简约。[18]

有趣的是，论者谈及卞诗受之于艾略特的影响，多举《普鲁弗洛克的情歌》为证。其实，最集中反映这一点的，是卞氏《春城》一诗对艾略特《荒原》（*The Waste Land*）的技巧之借鉴。赵毅衡、张文江和张曼仪对此有所讨论，笔者在其基础上试作进一步的分析。

应艾略特在中国最早的知音叶公超之嘱，卞之琳于1934年翻译了艾略特的著名论文《传统与个人的才能》（*Tradition and the Individual Talent*），发表于该年5月1日出版的《学文》第1卷第1期上。而他写作《春城》的日期则在4月11日，应稍晚于文章的翻译。时间上的接近，也能说明卞氏这首诗受艾略特的启发有极大可能。

本书第2章第3节的第三部分已详细探讨了《春城》一诗在自我意识的客观化与主体声音的对话化方面所呈现出的极端复杂性，这里不再复述。此诗一会儿是洋车夫们的调侃，一会儿是流行歌曲的滥调,一会儿是痛心疾首的愤世哀叹,一会儿又像是丧心病狂的自我释怀,乍看之下,完全处于失序状态,找不到一般的诗所要求的统一性。如果读者不重新调整自己的焦点,将全诗看似零乱的片断情境作智性的观照,就无法读成一个整体,无法了解这些片断情境之间内在的密切呼应的关系。但对于熟悉了《荒原》的读者来说,这不是一个问题。《春城》本身隐藏了一句给读者的讯息:"那才是胡闹,对不住",这就像艾略特的《荒原》中也隐含了两处对读者的预警:"一堆破碎的印象"(a heap of broken images),"这些片断我用来支撑我的废墟"(These fragments I have shored against my ruins)。《春城》显然援引了《荒原》的"蒙太奇"手法,以内心的逻辑整合表面上零乱的场景与对话,而给读者的感觉也同样是:一个过于严肃而沉重的主题压塌了全诗而成碎片。

与《荒原》中城市的隐喻一样,卞之琳的《春城》描写的也是一座城市中人们普遍的精神麻木和堕落。千年的陈灰沿街滚扑,满城的古木徒然大呼,一如《荒原》中那些并无实体的城中弥漫着灰雾。"琉璃瓦"暗喻的昔日辉煌在"垃圾堆"中沦落,也似《荒原》里古希腊"白银与金黄"的荣华蒙尘于弃满空瓶、废纸、烟屁股的河旁。诗人没有正面批评,只是将他的意见通过一系列事物和景象曲折地传达出来,这就是艾略特所谓"客观对应物"(objective correlative)的手法。

本质上说,这是一种戏剧化的方式,不过与结构整一的传统戏剧不同,"《荒原》是一连串的景象:既无情节,也无主角。实际的主角,或者说诗人,并不是一个人物。有时他是个沉默的听者,有时是一个声音在发问,却得不到响应,或只是隐秘的响应。"[19] 在《春城》相激相生的众声之中,更难指认哪一个是诗人的声音,作者的意见更隐遁莫辨。这种冷静客观、不落言筌的抒情方式,正符合《传统与个人的才能》中著名的论断:"诗不是放纵情绪,而是逃避情绪,不是表现个性,而是逃避个性。"[20]

《春城》与《荒原》在语言和形式上也有不少相似之处。像《荒原》掺杂了多种外语一样,《春城》也将古语("悲哉"、"归去也"、"故都故都奈若何")、外语("歇斯底里")、京调("瓦片儿"、"鸟矢儿"、"今儿"、"明儿")和俗曲("我是一只断线的风筝")冶于一炉。形式上两诗都是表面最散漫的自由诗。《荒原》在艾略特的全部诗作中诗行的长短最不均匀,《春城》也是卞之琳诗句最参差不齐的一首,长的一行13字,短的只有两个字。但是,二位诗人都同样刻意地经营诗的节奏和结构。《春城》结构之工,已见于第3章第2节的分析。至于节奏,随着场景的转换和语气的变化,诗句进行的速度灵活地调配了情绪的张弛,而产生不同的变奏,这一点与《荒原》的音乐性是异曲同工的。就连自由诗散中见整的压韵法,两首诗也十分相像。艾略特认为"没有诗是真正自由的",卞之琳对此表示赞同[21],说明两人确实都深谙写诗之道。

"四月是最残忍的一个月"。1934年4月卞之琳写这首《春城》,脑中想必回响着《荒原》的这一名句。而他在跨过25岁的门槛时,译到《传统与个人的才能》的这么一句话,想必也会心有所感:"历史的意识,对于任何想在25岁以上还要继续作诗人

第五章 西方的影响

的差不多是不可缺少的。"两年后卞氏写作散文《尺八夜》的结尾一段话,这个片语又不期而然地浮现出来:

> 时候不早了。呜呼,历史的意识虽然不必是死骨的迷恋,不过能只看前方的人是有福了。时候不早了,愿大家今夜好睡,为的明朝有好精神。夜安![22]

可见艾略特影响的潜移默化。两处的"时候不早了"与最后的"夜安",也令人想起《荒原》里描写酒吧打烊、众女告别时不断重复的 It's time 和 good night。

"自鉴于历史风尘满面的镜子"的《尺八》一诗,写于1935年,也显见艾略特的影响痕迹。它的历史感,它的主体意识的分化,它的"霓虹灯的万花间/还飘着一缕凄凉的古香"的"并置"(juxtapose)手法——用《尺八夜》中自嘲的说法是"杂凑"、"瞎凑",在在让人想起艾略特的诗。再联系同年所写的《距离的组织》的灰色心境和智性化手法,穆旦的如下判断是可以认同的:艾略特等在一片"荒原"上苦苦繁殖,"把同样的种子移植到中国来,第一个值得提起的,自然是《鱼目集》的作者卞之琳先生。"[23] 准确的说,1934年与1935年的卞之琳的诗,集中体现了艾略特的深刻影响。

但卞之琳与艾略特的相通相应可以说到此为止——虽然潜在的影响直到卞之琳50年代初写《天安门四重奏》还有所反映。一些同样重要的歧异将他们分隔开。艾略特的诗受人诟病的地方,就在于有智而无趣、有感而无情,如果说这"情"与"趣"都应该带一点愉悦的因子的话,在30年代中期偏重思维的情趣的卞之琳看来,艾略特要求穿透"大脑皮层、神经系统和消化道"[24]的诗,恐怕是"慧眼可怕"而非"灵心可喜"[25]。艾略特诗思偏于枯冷,意象更少丰腴,宜乎卞氏虽然"小孩子学老头子"(语出《春城》),却一试而不再试。《荒原》缺水而多风,可卞之琳却堪称"千首湿",特别是1937年春他离开北平南下,在西湖边写《装饰集》的时候,水的意象更流动在每一首诗中,化作"一清似水,光风霁月式境界"[26]。卞之琳与艾略特诗情之不同,只要对比后者"干"、"渴"的意象与前者"水"的意象,就思过半矣。

第三节　瓦雷里

当班上一个学生问道:"你最喜欢哪一个西方诗人?"

"Valéry,"卞之琳毫不犹豫地回答说。[27]

卞之琳作出这一回答,时在1980年。此前一年,他翻译了瓦雷里的《海滨墓园》等4首晚期名作,并撰引言,发表于北京《世界文学》1979年第4期上。但是,他对瓦雷里的诗发生兴趣,一直可以追溯到他写诗和译诗生涯的起点。

最初是梁宗岱的译介吸引了他,他说:

直到从《小说月报》上读了梁宗岱翻译的梵乐希(瓦雷里)《水仙辞》以及介绍瓦雷里的文章(《梵乐希先生》)才

感到耳目一新。我对瓦雷里这首早期作品的内容和梁译太多的文言词藻（虽然远非李金发往往文白欠通的语言所可企及）也并不倾倒，对梁阐释瓦雷里以及里尔克的创作精神却大受启迪。[28]

最后这句话，对于理解卞之琳30年代中期诗作的一个中心思想相当关键。

1942年他在《福尔的〈亨利第三〉和里尔克的〈旗手〉》译序里说：

里尔克在1910年左右写的《布里格札记》里说的写一首诗要经过多久的准备，要经验、体会一切生活，然后才自然而然的迸发几行，这与瓦雷里在1920年光景发表的《棕榈》中以"忍耐"开始的那节著名的诗句，又能断然说风马牛不相及吗？[29]

卞之琳1937年的《白螺壳》，是这个密切相联系的思想序列所接上的牢固的一环。试对照卞氏提到的瓦雷里《棕榈》（*Palme*）中的那节诗与《白螺壳》的末节：

Patience, patience,
patience dans l'azur!
Chaque atome de silence
Est la chance d'un fruit mûr!

Viendra l'heureuse surprise:
Une colombe, la brise,
L'ébranlement le plus doux,
Une femme qui s'appuie,
Feront tomber cette pluie
Où l'on se jette à genoux!

(梁宗岱语译：忍耐着呀，忍耐着呀，在青天里忍耐着呀！每刹那的沉默，便是每个果熟的机会！意外的喜遇终要来的：一只白鸽，一阵微风，一个轻倚的少妇，一切最微弱的摇撼，都可以助这令人欣然跪下的甘霖沛然下降！)

我梦见你的阑珊；
檐溜滴穿的石阶，
绳子锯缺的井栏……
时间磨透于忍耐！
黄色还诸小鸡雏，
青色还诸小碧梧，
玫瑰色还诸玫瑰，
可是你回顾道旁，
柔嫩的蔷薇刺上
还挂着你的宿泪。

诗思的一脉相承是一目了然的。"时间磨透于忍耐"一句，堪为瓦雷里《幻美集》(Charmes)作一题记。此中的"透"字，呼应了前面各节"穿"、"透"、"通"、"脱"诸字，喻示付诸艰苦的劳动而终于一旦贯通。用卞之琳《风灵》一诗译注中的话说就是："苦功通神。"[30]《白螺壳》首节"我感叹你的神工，/你的慧心啊，大海，/你细到可以穿珠"，正是瓦雷里诗中反复申说的主题之一：

  使出苦炼的功夫
  打通了珠宝的隔墙。

——《石榴》

  神工呢碰巧？

——《风灵》

  微沫形成的钻石多到无数，
  消耗着精细的闪电多深的功夫

——《海滨墓园》

《白螺壳》和《棕榈》一样，都属"沉默、忍耐，而终底于有所成的生命史"[31]的记录，亦可视为艺术创造的经验总结。卞之琳"喜爱淘洗，喜爱提炼，期待结晶，期待升华"的创作态度，其背后的理论支持主要就是瓦雷里的诗教。后者拒绝承认一般人乐道的灵感，只愿将它看作辛劳的馈赠，看作使熟透的果子坠落枝头时微风的偶然一触。上引《棕榈》那节诗，描叙沛然的甘霖摇落于某一最微弱的颤动，也成为卞之琳1937年的《雪》诗思之所本：

> 不知道六出花如何结晶，
> 只见从早起一天的郁抑，
> 到晚来一杯过饱和溶液！
> 还等一声梆冷然的敲击？
>
> 任大家欣赏它的沉淀，
> 欣赏它随后展开的晴明，
> 天无言。善哉你临风感拜，
> 虽然我瞥见你清泪盈盈。

这首《雪》与《棕榈》和《白螺壳》都有很直接的相似点："清泪盈盈"之于《白螺壳》的"宿泪"，"临风感拜"之于《棕榈》的"顶礼"。卞之琳深喜"结晶"与"沉淀"这一精神现象学的物理性比喻。他在1941年发表的小说《一元银币》中再次引用过这一说法："有如一杯过饱和溶液，经过碗边轻轻的一句敲击，起了沉淀作用，混沌中重见了结晶的颗粒——他太厚重了。"[32] 1943年在散文《惊弦记：论乐》中再一次引用过这一说法。[33]《雪》的凝结与消融的过程，同精神产品的创造相似，就像瓦雷里《石榴》的结子和开裂象征人的智力活动一样。毫无疑问，瓦雷里酷爱以诗来表现人的心灵史与生命史，这一点在卞之琳《白螺壳》与《雪》中有着明显的影响痕迹。

与创作精神有联系也有区别，瓦雷里晚期诗作中的人生哲学，汇集了其他渊源不同而实质无异的思想，影响到 30 年代中期开始的卞之琳的人与诗。1936 年《成长》一文中，他引瓦雷里《海滨墓园》中的名句"像果实融化而成了快慰，/像它把消失变成了甘美/在它的形体所死亡的嘴里……"而品评道："既然不免于一吃，何况〔应作"妨"〕做一个可口的果子。"[34] 这就带出了他日后对人生之"得"与"失"的辩证关系的一再反思：

> 自然，基督教也明言想"得"的只有"失"，可是"得"也应不致认为正确。给了无所得，固然自强不息者也应不致认为失，可是给了且得了只有更增加、扩大和提高"给"。[35]

> 人生中之失，只要一表现在艺术里，无有不成其为得。[36]

写作《成长》之前的一个月，卞之琳发表了他译的瓦雷里《失去的美酒》。此诗"丢了酒，却醉了波涛！"的精神奇迹也说明了寓"得"于"失"的思想。从这个思路上看卞之琳的以下诗句：

> 黄色还诸小鸡雏，
> 青色还诸小碧梧，
> 玫瑰色还诸玫瑰。
>
> 天上星流为流星，
> 白船迹还诸蓝海。

其中"还"的观念,实与佛家的色空观念有一点微妙的差别。"还"未必纯属对虚无的献礼,因为"还"了之后,一切都有所改观了。这个想法,在《鱼化石》和《妆台》中也有反映。"满足于被折如花,消失如影,被吞没如雪片入海"[37],卞之琳并非消极的人生观庶几近此。更积极一点,卞之琳说:

> 瓦雷里《海滨墓园》的主旨就是建立在"绝对"的静止和人生的变易这两个题旨的对立上,而结论是人生并无智性的纯粹,人死后并无个人的存在,因而肯定现时,肯定介入生活的风云。[38]

对这种人生哲学的深刻解悟,事实上也为抗战爆发后卞之琳的思想行为与艺术活动的变化作了充分的准备。

在艺术上,瓦雷里嘉惠于卞之琳者尤多。这可以分为两方面说,借用卞氏对瓦雷里晚期诗艺的概括性描述,"格律谨严而运用自如"是一方面,"形象生动、意味深长而并非没有逻辑"是另一方面。[39] 卞之琳1935年与1937年的诗,各自侧重于对其中一方面影响的接受:

> 我自己在抗日战争以前也曾套用了瓦雷里晚期常用的一些诗的形式,写过一两首诗,但内容完全是中国的,甚至是我国古意的翻新,与瓦雷里的诗内容并不相干。话又不能说得绝对化了。我更早以前偶尔套用过瓦雷里晚期一些诗的方

式，不一定按格律形式，就有在内容上引起评论家议论纷纷，终于自认失败的明显例子。[40]

卞氏没有点明具体是哪一些诗。下面笔者就按照时间的先后，征引卞之琳相关的诗例，对他所汲取的瓦雷里形式上和技巧上的两方面影响加以阐述。

1935年以《距离的组织》和《圆宝盒》为代表的极富理智之美的诗作，明显具有瓦雷里智性与感性交融的象征主义技法的影响。瓦雷里善于从心智出发，因意立象，为观念披上的意象的外衣甚至带一点肉感，然而仍不过是他思辨活动的感性载体。卞之琳剔除了瓦雷里从马拉美继承下来并加以发展的、萦心于"纯粹"与"绝对"的诗学中形而上的成分，而吸纳了以可感的文字为观念的结晶、对不同的意象作智性的胶合的写作方法，所以《距离的组织》与《圆宝盒》等诗，都用一系列繁富的意象来提示微妙的心智活动，在一个个意象脱离平常关系的跳跃联缀中展开情思的脉络，结果便导致了"晦涩"。

卞之琳与瓦雷里一样，认为"晦涩"如果不是作者没能解决创造的困难，就是读者没能解决接受的困难。在《关于〈鱼目集〉》一文中，卞之琳就《圆宝盒》说：

这首诗我相信字句上没有甚么看不懂的地方，倘真如此，读者可以感受和体会就行了，因为这里完全是具体的境界，因为这首诗，果如你所说，不是一个笨谜，没有一个死板的谜底搁在一边，目的并不要人猜。[41]

在高度自觉的创造完成之后，瓦雷里也是这样，将严格的要求和充分的信任一齐给了读者：

> 我的诗具有人们借给它的意义的能力。我赋予它们的意义，只适合于我自身，但却又不排斥别人。宣称所有的诗都应与一种意义，一种与作者的思想相适应的、真正的、唯一的、千篇一律甚至同一的意义相一致，不仅有违于诗的本质，而且简直是诗歌的死亡。[42]

诗歌死于将它改写成散文，这个意思卞之琳与瓦雷里是相通的。瓦雷里说："如果意义与声音（或者是内容与形式）很轻而易举地分开来，那么诗歌也便成了散文。"[43] 卞之琳则说："我以为纯粹的诗只许'意会'，可以言传则近于散文了。"[44]

卞之琳"终于自认失败"，笔者以为，他是将原因归到读者一方的。根据可从1951年他的《关于"天安门四重奏"的检讨》一文找到。这个"检讨"依然故我地说"内容的线索在我自己是清楚的"，但问题是，"我当初以为《新观察》的读众大多数也就是旧《观察》的读众，只是刊物从本质上变了，读众也从本质上改造了。"[45] 瓦雷里所拥有的读者群，卞之琳却不曾有过，至少是有过又失去，这是后者深刻的悲哀。

1935年的《距离的组织》和《圆宝盒》以及1936年的《鱼化石》等诗均非格律体，而诗思偏于玄奥；1937年的诗则大多采用格律形式，而理路较为清明，显示出卞之琳借鉴瓦雷里重心的转移。瓦雷里卓绝的形式感，对于卞之琳的吸引力并不在象征技法之下，结果就出现了一场智慧的角力：他袭用瓦雷里的形式写自己的诗。《白螺壳》套用了韵脚安排最复杂的《棕榈》一诗的形式。每节10行为ababccdeed，兼用交韵、随韵、抱韵，极繁富工巧之至。这种因难见巧的心理亦见于两年后卞之琳的《空军战士》对瓦雷里《风灵》形式的拟仿。后者法语每行5音节，卞之琳用每行两顿5个汉字来建构一首同样的十四行，而又要凸显新诗与五言旧诗的本质区别，其难度实与《白螺壳》相当，唯一至简，一至繁耳。

卞之琳又用瓦雷里爱用的十四行体写出了精圆的《淘气》和《灯虫》。至于他所说的借瓦雷里的形式从事古意的翻新，无疑是指《妆台》，拟仿的对象应是瓦雷里的《脚步》（Les Pas），都是每首4节，每节4行，每行汉语4顿、法语8音节，只是没有于奇数行压韵，但卞氏的《水分》就在交韵这一点上也紧随《脚步》。卞之琳步趋瓦雷里的格律，踪迹历历可辨。

无怪乎卞之琳在《新译保尔·瓦雷里晚期诗四首引言》里，要为形式正名，要谈论格律对于诗的意义，要申说自由乃基于必然的认识。也无怪乎他在多少年后纪念梁宗岱的文章中，表现出对瓦雷里这位中国弟子有关诗的见解的惺惺相惜。卞之琳特别引述了梁宗岱的下面一段话：

> 没有一首自由诗，无论本身怎样完美，能够和一首同样完美的有规律的诗在我们的心灵里唤起同样宏伟的观感，同样强烈的反应。[46]

梁宗岱的这个说法，差不多是瓦雷里相关比喻的意译：

>　　一百个泥像，无论塑得如何完美，总比不上一个差不多那么美丽的石像在我们的心里所引起的宏伟的观感。前者比我们还要易朽；后者却比我们耐久一点。[47]

在20世纪自由诗一步步确立其主导地位的大趋势中，卞之琳所做的努力与瓦雷里近似。有论者说，"正当大家力图把诗歌从形式的约束中解放出来的时候，瓦雷里却从这些约束中看到诗歌的本质；他正是利用这些约束把诗歌从内容的要求中解放出来。"[48]这样的评语，完全适用于中国新诗发展中的卞之琳。

用瓦雷里的散文诗《年轻的母亲》中的语句来形容，卞之琳1935年至1937年间乃处在他个人"一年中的最佳季节"，他的诗遂像一只只"熟意毕露的橘子一样的丰满"。[49] 在这些诗的酝酿过程中，瓦雷里的诗与思是起了酵母的作用的。有很多明显的例证可以说明前者受到了后者的点化。卞之琳自承他的《鱼化石》中一句"我往往溶化于水的线条""令人想起瓦雷里的《浴》"。也自承《圆宝盒》的起句"我幻想在哪儿（天河里？）/捞到了一只圆宝盒"有意仿效了瓦雷里《失去的美酒》的开篇：

>　　有一天我向海洋里
>　　（不记得在什么地方）
>　　作为对虚无的献礼，

倒掉了宝贵的佳酿。

连括号的使用也如此逼肖。而他不自觉地化用瓦雷里的地方还有不少，如《妆台》那一警拔的末句"我完成我以完成你"，与瓦雷里《年轻的母亲》中这一句"照自己所应该的完成了自己"[50] 分明有着血缘关系，但出脱得更漂亮，因妙用复辞而使音义更佳。笔者很自然地想到，卞之琳《妆台》与《水分》中出现的果实的意象：

世界丰富了我的妆台，
宛然水果店用水果包围我，

云在天上，熟果子在树上！
仰头想吃的，凉雨先滴他！

其实也是瓦雷里最爱用果实作为象征的下意识浮现。总之，30年代中期卞之琳的一批最丰硕的成果中，灌注了他从瓦雷里那里吸取的思想与艺术的液汁。[51]

第四节　纪　德

在卞之琳所受的西方影响中，法国散文作家纪德的分量相当之重。纪德是瓦雷里的挚友，后者沉默20年后重回诗坛的第一首风靡全欧的长诗《年轻的命运女神》（*La Jeune Parque*）即题献给纪德。他在30年代的中国知识界"是一个较为熟识的名字"[52]。

卞之琳对纪德其人其文的兴趣明显保持了15年之久。1933年他就开始阅读纪德。1934年他首次译出纪德的《浪子回家》一文。1935年译齐《浪子回家集》（作为《文化生活丛刊》之一出版于1937年5月，初名《浪子回家》）。1936年译出纪德唯一的一部长篇小说《赝币制造者》（全稿抗战中遗失，仅刊出一章）。1937年译《赝币制造者写作日记》、《窄门》和《新的粮食》。1941年为重印《浪子回家集》撰写译序。1942年写作长文《纪德和他的〈新的粮食〉》，翌年由桂林明日社印行单行本，以之为序。1946年为次年由文化生活出版社出版的《窄门》撰写译序。

在十几年的时间里，对一位作家保持恒久的兴趣，并孜孜不倦地加以迻译，而且每当结集印行时又总是用心写作序文——并非泛泛介绍，而是深入剖析其艺术，总结其思想，引申其现实意义，那么，纪德对卞之琳的影响是毋庸置疑的。但是，由于文类的不同，一位散文家对一位诗人的影响往往表现得更隐秘而不易明确指认，因此，在谈论卞之琳作品的西方影响时，评论家甚至作者本人都忽略了纪德这个名字，只有张曼仪提到过纪德的思想观念在卞之琳小说《山山水水》中留下的印痕[53]，但稍加引述后也未曾作深入而广泛的抉发，所以也未尝断言卞氏受纪德多方面影响这一事实。

但是，笔者认为，纪德的影响事实上构成了卞之琳的人与诗的某些堪称核心的东西，比诸阿左林要来得深入，比诸艾略特、瓦雷里等又要来得广泛。这影响，大体也可分为思想和艺术两方面。

由于长期浸淫于纪德的作品中，卞之琳在历史观和人生观上受其影响甚深，纪德一整套进步哲学在卞之琳的文字中打上了相当鲜明的烙印。卞之琳说："纪德的价值也就在他的演变上，在他出名的不安定（inquiétude）上。"[54] 他一再提到这一点："纪德的变化太多端了"，"他又变得那么快"。[55] 这"多变"二字，正是纪德的研究者得出的共识。

在纪德的普洛透斯式（insaisissable protée）的一生中，最引人注目的是他50岁之后政治思想上两度"转向"，在当时世界上引起了强烈的反响。然而，卞之琳从如此激变中却看到有不变者在："'转向'也罢，'进步'也罢，他还是一贯。"[56] 于是，卞之琳从此中提取出一个"螺旋式上升"的模式，作为对事物进步与发展过程中不断修正、不断扬弃、既有重复、又在超越的形象化说明。他酷爱这一外形明快、内涵丰富的观念的象征，并以此作为自己一生坚执的信念。在《纪德和他的〈新的粮食〉》一文中，他重复提到这一说法：

"一堆观念和情感"……其中还是有进行（progress），只是一种波浪式差池的进行，或者螺旋式的进行而已。[57]

因为"超越前去"也就正是"进步"。这也就是纪德的进步，螺旋式的进步。[58]

实在顺着一条螺旋式的道路走去，在一条曲线上，我们能说到哪一点才算是"转向"呢？也许他只是走快了一点而已。[59]

在卞之琳以后长时期的思想道路上,他将这一"螺旋式上升"的发展模式,糅合了"生生之谓易"的思想与辩证唯物主义的对立统一规律,一再用于对事物继承与发展问题的解释上。无论忆旧说新、论诗衡文,他都流露出这一萦心之念。特别在他晚年,"螺旋式上升"一语出现的频率相当高。即使不直接用"螺旋"这个词,他也仍在使用它的意义,所以他爱说"曲折地进步","拐弯","翻筋斗"。凡此种种,都可溯源于卞之琳所理解的纪德。

这样看来,纪德对卞之琳的世界观人生观所产生的影响,怎么强调也不会过分。正是基于对纪德式"转向"所作的意义的阐发,卞之琳从此深信了自我扬弃中所实现的更生。对于真心地抱持这种纪德式观念的诗人来说,他后期诗风上的转变来得相当自如,而他对身边的历史性变化也并无惊诧和惶恐。1949年后使知识分子往往感到不适应的思想改造运动,并不让卞之琳觉得难于接受,那是因为堪称他精神导师的纪德已经早早给他上了一课。纪德不是早就说过"对自我的最高肯定寓于自我的否定中"、"个人的胜利在于个性的放弃之中"[60]吗?卞氏本就是耽于哲思的诗人,也很早即具有自我否定的气质。1937年他以《灯虫》的两行诗"待我来把你们吹空／像风扫满阶的落红"而结束了"小我"的写诗阶段;50年代初又因不满于自己"主要写了一群知识分子而且在战争的风云里穿织了一些'儿女情长'"而焚毁了当年所写的一部长篇小说《山山水水》的全稿。[61]他真心地将自己融入"大我"的潮流中,热诚地拥抱中国大地上发生的变化,将这一切毫不迟疑地视为进步。他深信明日乃孕育自昨天。1946年他曾批评纪德有时将转变绝对化了：

> 他喜欢叫青年一笔抹杀了过去，过去在现在与将来中的位置。这实在是忽略了传统的价值，缺少了历史的认识。修养里深为得力于传统，个人历史又最富有历史意义的纪德，竟时或表现了这种另一极端的思想，似乎不能说出于自然，虽然他如此抱了自然史的人生观。[62]

这样的理念自然不会不反映到卞之琳的诗中来。第1章有3节的讨论，都说明了推陈出新的进步观念如何成为卞之琳诗思的核心。的确，他从《慰劳信集》开始的一大主题，就是过去、现在和将来三者相依相违的关系。诗例俯拾即是，兹各举一例如下：

> 不怕进几步也许要退几步，
> 四季旋转了岁月才运行。
> ——《一切劳苦者》（1939年）

> 踢过了山头见平川，
> 从冬天踢出来春天！
> ——《从冬天到春天》（1951年）

> 迎明天，且共祷多福少愁，

> 终点与一个新起点相通
>
> ——《午夜听街车环行》（1996年）

这样，卞之琳用自己的作品证明了纪德先行证明的这句话：

> 这个进步的观念在我的脑袋占了位置，和别的观念结合了，或者把它征服了。[63]

妙的是，由于纪德的人格与文体具有极为特殊的同构现象，其思想上的影响连同了其艺术上的影响而对卞之琳的创作发生了作用。那一核心的螺旋形上升的进步观，那一变中有常、异中复同、彼此起伏消长的思维形式，在作品的运思行文上相应地得到反映。卞之琳曾引纪德下面这段文字，作为一个"公式"，来说明纪德从思想感情到章法文体的全部构成：

> 在枝头雀跃的斑鸠，——在风中摇曳的枝条，——吹侧小白帆的海风，——在掩映于叶间的海上，——顶上泛白的波浪，——以及这一切的欢笑、蔚蓝、光明，——我的妹妹，是我的心在对自己讲述，——在对你的心讲它的幸福。[64]

前5句的安排都是一呼一吸，一放一收，新的意象一点点加进来，旧的意象一点点退出去，是标准的螺旋式运动。对比卞之琳《山山水水》中的一段：

第五章　西方的影响

草和荆棘的根交织得全然是一张网，罩住了黄土，像是一种秘密的勾结，被翻过来的黄土揭发了。而每一块黄土的翻身，就像鱼的突网而去似的欢欣。正如鱼跳出了网就不见了，隐入了水中，每一块黄土一翻身也就混入了黄土的波浪里。这一片松土正是波浪起伏的海啊！而海又向陆地卷去，一块一块的吞噬着海岸。不，这是一片潮，用一道皱边向灰色的沙滩上卷上去，卷上去……[65]

句与句，词与词，彼此勾结，逐渐递进，也织成了网状的一片。卞之琳对纪德人格与文体的理解和欣赏，似乎使得自己本来就长于作绵密精深的思虑的天性，更自然地结合了对文字的巧妙组织和对感觉的细致安排。小说如此，诗也一样。

　　上面这个片断的最后一句"卷上去，卷上去"，使人联想起《慰劳信集》中的如下诗行：

　　　　如今你们把一条支线
　　　　扭转了方向，断断又连连，
　　　　十里，十里，又九里十八盘，
　　　　转上去，转上去……
　　　　　　　　　　　——《抬钢轨的群众》

读卞之琳的诗，常给人一圈一圈卷转上去的感觉。废名认为卞之琳的句子"很别扭，很自然"[66]，"别扭"就在于那蜷曲之趣，"自然"就在于那上升之势：

> 而我的圆宝盒在你们
> 或他们也许也就是
> 好挂在耳边的一颗
> 珍珠——宝石——星
>
> ——《圆宝盒》

> 我仿佛一所小楼,
> 风穿过,柳絮穿过,
> 燕子穿过像穿梭,
> 楼中也许有珍本,
> 书叶给银鱼穿织,
> 从爱字通到哀字——
> 出脱空华不就成
>
> ——《白螺壳》

相依相违的意象,一呼一应的音韵,仿佛构成了一圈圈螺纹,最后绕到以问号和惊叹号所标志的顶点。若将卞之琳前引的纪德的"公式"重作分行排列,就可见两者的文体是何等相似。

字句的巧妙组织之外,卞之琳与纪德对感觉的细致安排也十分相似。兹举卞诗《距离的组织》为例:

> 想独上高楼读一遍《罗马衰亡史》,
> 忽有罗马灭亡星出现在报上。
> 报纸落。地图开,因想起远人的嘱咐。

寄来的风景也暮色苍茫了。
("醒来天欲暮,无聊,一访友人吧。")
灰色的天。灰色的海。灰色的路。
哪儿了,我又不会向灯下验一把土。
忽听得一千重门外有自己的名字。
好累啊!我的盆舟没有人戏弄吗?
友人带来了雪意和五点钟。

这首诗,叶维廉认为"卞之琳想做的是所谓玄思感觉化"[67],与作者自注所说的非表达玄思乃表现心境恰好相反,但它通过感觉的徐徐扩展以唤起情绪上的反应,这一点是无可置疑的。袁可嘉对此分析道:

特定形态的情绪渗透,已由前三句决定了方向。从第四句"风景也暮色苍茫了"起,我们可亲切辨知情绪渗透的轨迹;几乎没有一行不是由同质而不同量感觉单位构成,隐在感觉中的感情也逐渐由重现及扩展而获得足以由隐入显的分量。[68]

论者多将此种手法与艾略特的影响联系起来,笔者却认为纪德的熏染同样重要。一点一点地安排精细的感觉,然后是打成一片的整体的效果,这正是纪德在他的散文里最为人称道的手法。有论者说:

纪德的描写能表达他曾经经历过但渐进的感觉。他的描写充满活力，感觉同时也在进行综合。虽然已转换成空间的形式，但他的感觉仍然是综合的，因为句子没有破坏感觉的活动，感觉的渐进也可见于风格里。[69]

不仅情思的感觉化，而且对感觉的辨别与编织那种冷静的态度两人也十分相像。"在它的诗装之下也令人想起科学家和心理学家的精密的观察"[70]，卞之琳引用的这句对纪德的评语，正可以移评他自己。

作为三四十年代中国最用功于纪德的少数几个人之一[71]，卞之琳乐于省视并援引这份精神财富。常常，当他解说纪德的时候，看上去就像在解说自己，或者他本来就是借解说纪德而解说自己。结果，要想较彻底地理解卞之琳的思想与艺术的形成，就不能不把纪德作为一面镜子。

卞之琳关于诗所说的好些话，都隐约像是纪德的回声。比如他说《鱼化石》：

诗中的"你"就代表石吗？就代表她的他吗？似不仅如此。还有什么呢？待我想想看。不想了。这样也够了。[72]

这"够了"的说法，出处乃是纪德《纳蕤思解说》中那句"一点神话就够了"[73]。卞氏多次引过此语，来说明诗的象征之自足的存在。某种意义上说，纪德这篇题给瓦雷里的"象征论"，成了卞

之琳诗学的一份纲领性文件:

> 因为艺术品是一个结晶——一部分的乐园,那里,"观念"重新在高度纯粹中开花,那里,就如同在消失的伊甸里,正常而必要的秩序把一切形体安排到一种对称而相依的关联中……[74]

"结晶"、"观念"、"秩序"、"关联",这些全属于卞之琳诗的艺术的萦心之念。

即使纪德并非讲艺术的文字,卞之琳有时也不自觉地用了来谈艺。比如纪德说到"神":

> 这是一只无定形的瓶子,瓶壁可以伸张到无限,容得下各人随意放进去的东西。而也只容我们放了进去的东西。[75]

到卞之琳 1943 年《惊弦记:论乐》一文中,就以旧瓶装新酒,说"古乐":

> 它根本就顶多只剩了一个空壳。空壳有好处,可以叫人家莫测高深,让人家把自己想象的东西放进去,尤其叫本质好的把好东西扔进去给耍空壳的大受实惠。[76]

像这类几乎是潜意识层面的影响,所在多有,并不局限于艺术。比如《山山水水》中写道:

> "又该我们了，"纶年想，他的"我"也就消失于他们的"我们"。[77]

试对照纪德1939年发表的《日记》中的一则：

> 我甚至相信，个人愈是与众不同，当他消失在大众之中，失去对自我的意识时，他得到的快感就愈强烈。[78]

前者又像是后者的回音了。

类似的比较还可以继续做下去，但以上的分析，应该足以说明卞之琳受之于纪德的影响是如何广泛而又深刻了。在多年的翻译与解说中，纪德的思想文字已经化成了卞之琳的血肉，以至于叫人浑然忘却那个营养源。纪德与卞之琳的关系是一个例证，证明一位散文作家对一位诗人的影响，完全可以超越文类的不同而实现。

第五节 奥 顿

20世纪英语诗坛的30年代，人称"奥顿时代"。由于他1938年春天偕小说家衣修午德访问过中国并合著《战地行》(*Journey to a War*)，其中20余首十四行《战时》(*In Time of War*)被誉为他到那时为止最好的一部分诗，所以，将卞之琳绝大部分写于1939年秋天、借鉴西洋格律而尤多十四行的《慰劳信集》与之相提并论，是很自然的，何况卞之琳稍后又翻译了其中好几首。王佐良提到这些翻译时说:"他显然是带着喜爱和欣赏去译的,然而这是一个诗人对另一个诗人的欣赏,没有屈就,也没有高攀,而带着自信,因为这位中国诗人刚刚完成了一件困难的工作:用那谨严的西欧诗体写出了中国战场上的'感情的洪流'。"[79]

卞之琳读到1939年出版的《战地行》,已在自己的《慰劳信集》出版之后,所以两者并无直接联系。他自称30年代晚期受过奥顿的影响,亦并非着眼于奥顿的中国十四行。张曼仪对此分析道:

>《慰劳信集》的写作,没有直接受到《战时》组诗的影响,倒是奥顿30年代用来写人物的十四行体,跟卞之琳那些全部写人物的十四行体有相近之处,奥顿的《给福斯特》(To E. M. Forster)、《蓝波》(Rimband)、《郝思曼》(A. E. Housman)、《爱德华·里亚》(Edward Lear)等,每一首概括了篇中那位已故或当代文学家性格的成因和生命取向。卞之琳那四首奥顿式十四行体——《给委员长》、《给〈论持久战〉的著者》、《给一位政治部主任》、《给一位集团军总司令》,描写对象不是文坛翘楚,却是当前政坛的要人和军队的将领。这四首诗都能在十四行有限的篇幅内,勾勒出诗中人物在抗战中所表现的特质。[80]

此外,她又说:

>《慰劳信集》用浅白的口语,气定神闲地摆事实,说道

理,描述当前大事能语带幽默和机智,在风格上与奥顿不无共同之处。[81]

张曼仪分析了卞之琳与奥顿"实在的"或"不确定的"关系的各个方面。对此,笔者认为,还值得做几点补充。

卞之琳自30年代中期始,最服膺于"沉默、忍耐,而终底于有所成"的人类精神。而这种精神,正是他从里尔克、瓦雷里、纪德、奥顿的作品中所发现的彼此贯通的一点。卞之琳据此而认定:"他们在思想上和艺术的血统上有一个共通的祖先","他们都是亲戚"。[82] 在这一序列中,奥顿恰恰处在较后的、带有总结性的位置上。他的诗之所以打动卞之琳,首先在于他对"忍耐"精神的推重。卞之琳选译奥顿诗,也以此一精神为依归,比如:

> 他经过十年的沉默,工作而等待,
> 直到在缪佐显出了全部的魄力,
> 一举而让什么都有了个交代。
> ——《战时》第23首

> 而在他自己脆弱一身中,他必须
> 尽可能隐忍人类所有的委屈。
> ——《小说家》

> 而像农民一样的忍耐,等对手栽倒。
> ——《服尔太在斐尔奈》

以及《战时》第13首和第18首的"植物般的忍耐"等。《慰劳信集》中很多诗句,不约而同地表现了这一精神观念:

> 你们会知道熬过了一天,
> 不觉历史又翻过了一页。
> ——《实行空室清野的农民》

> 小雏儿从蛋里啄壳。群星忐忑,
> 似向我电告你们忍受的苦厄。
> ——《一处煤窑的工人》

"熬"、"忍受",这些都不是消极的无所作为,而是积极地创造历史的伟业。如果说卞之琳战前曾将"忍耐"视为一种美学上的要求,现在,他在更广泛的意义上看出了它的重要性。"由于特定的时代","由于特定的环境",卞之琳说:

> 我们也会随了奥顿而想起里尔克以身作则所表扬的德行——借用纪德的话来说,"第一个德行,忍耐"。[83]

《慰劳信集》的诗风,与30年代奥顿诗风比较近似。魏尔伦与瓦雷里并不直接描写对当前时代的感受,艾略特写时代却不写时事,只有奥顿,迅捷、敏锐地把握当前政治,将具体事件放在整个文明的大背景上加以省视,而对人类的境况作出思考与批判。卞之琳的《慰劳信集》,从题材和主题上就贴近奥顿这些有激情又有思辨的诗。而在语言和形式上，卞之琳说奥顿：

> 从这些诗里，我们可以看出，尽管通过翻译，不用风花雪月也可以有诗情画意；不作豪言壮语也可以表达崇高境界；不用陈腔滥调，当然会产生清新感觉，偶尔故意用一点陈腔滥调，也可以别开生面，好比废物利用；用谨严格律也可以得心应手、随心所欲而表达思想感情；遣词造句，干脆凝练，也可以从容不迫；出语惊人，不同凡响，固然也应合情合理，语不惊人，也可以耐人寻味；冷隽也可以抒发激情。[84]

而他自己的《慰劳信集》，也称得上是一部"亲切而严肃，朴实而崇高"的诗集：没有"诗化"的词语，不作豪迈的高调，历史的伟业体现于平凡的事实，"感情的洪流"出之以冷静的态度，松动的风姿见于谨严的形式，处处与奥顿相通。

当然，平易中仍有着奇警，奥顿式的奇警。例如：

> 从你参加了种植的树林
> 攀登了一千只飞鸟的翻翎。
> ——《一位政治部主任》

> 身体或不能受繁叶荫护，
> 树身充实了你们的手心，
> ——《一切劳苦者》

知性与感性、抽象与具象相结合,都令人耳目一新。至于《一处煤窑的工人》中的"群星忐忑/似向我电告你们忍受的苦厄",逼肖奥顿对现代工业意象的转化。而《空军战士》的"责任内逍遥",也属抽象观念与具体形象的嵌合,正是奥顿的惯技。这些特点,卞之琳50年代的诗作中仍时有体现,如"真理的舌头"、"欺骗的铁锁"(《联合国四章》第1首)和"钻进真空管宿营"、"交换种子,合作,竞赛"(《得过且过大家都不得过》)等,都是。

从30年代后期开始,经过50年代,直到80年代,奥顿的影响在卞之琳由内向转为外向的诗歌创作中是占着主导的地位的。原因很简单:奥顿一身而兼具两种天赋,即"对于语言的爱和对公众世界的体己观察"(a love of language and a private vision of the public world)。[85] 大胆地切入政治,敏锐地反映现实,同时既不放弃个人的视角,又要引入困难的形式,前期的奥顿不啻给后期的卞之琳提供了样板。只要看看《慰劳信集》和《翻一个浪头》中繁富的诗体实验,看看其中写邦家大事而保留着的或残留着的个人情趣,就不难察觉出奥顿的存在。直到晚年,卞之琳不多的诗作中仍时有"奥顿一路诗的风味"[86]。张曼仪指出《旅美杂忆》组诗中的《纽约看〈第十二夜〉演出》和《罗切斯特城内城外》两首叫人联想起奥顿,所言甚是。尤其前一首:

> 摩天楼森林的边缘隙地,
> 《第十二夜》有戏无台。
> 连扮管家的,皆大欢喜。

布鞋也正配合莎士比亚色彩。
"不惜歌者苦,"过来人慨叹,
"落花时节在异国重逢!"
小人物傻劲,与大局何干?
就这点也许会更新"美国梦"!

格律谨严,语言浅俗,调子轻快而带点调谐,但主旨又是一本正经的:"小人物"的埋头苦干,终将扭转"大局"。这又承接了卞之琳从里尔克、瓦雷里、纪德、奥顿那里归结出的"沉默、忍耐,而终底于有所成的"人类精神。这一场戏的演出,或会叫卞之琳想起衣修午德《紫罗兰姑娘》中的柏格曼导演一场电影的场面,想起自己曾加以评论道:

> 真的,这样的一种创造的行为——把一大堆人众点化成每个个体在其中都起作用的"一个单独有机体"的行为——这样的一种竟能叫参加者感激涕零的行为;这是神圣的,这差不多就是一切。[87]

第六节 结　语

以上笔者分节讨论了几位西方诗人与作家对卞之琳的思想与艺术所产生的重要影响。尚有一些看来比较次要的影响,笔者未作重点讨论。比如法国诗人阿拉贡对卞之琳50年代的《翻一个浪头""有一定程度的启迪",已由张曼仪在《卞之琳著译研究》中做过分析"[88]。但笔者认为,即使在此一时期,奥顿的影响也远为强烈。相比之下,西班牙作家阿左林对卞之琳30年代早期的心灵的感染,却不可忽略。

1934年12月,沈从文写过一首谐趣诗《卞之琳浮雕》,假借卞的口吻说:"我讨厌一切,真的,只除了阿左林。"[89] 被戴望舒称为"无匹的散文家"[90] 的阿左林,30年代曾风靡中国读书界。卞之琳着迷地集中翻译他的小品是在1934年初,但1931年就已译过他的一篇短篇小说《传教士》。阿左林让人倾心的地方是,他每每以亲切随便的笔调,从具体平常的事物,写出了西班牙人民,特别是小城镇上的各色小人物的灰色生活和不幸命运,其中渗透着浓重的忧郁:

> 这种忧郁,在一个冬天特别冷、食物少、房子没有顶的破城里,一世纪一世纪的承续下来,仿佛已经成为了一种悠久的陈金,一种参不透的氛围,包含了痛苦、任从、缄默、对于生命颤动力难堪的弃绝。[91]

这也就是30年代早期卞之琳眼中的北平和那些南北小镇,只要剔除些西班牙民族的那种悲惨的宗教气息,加上点中华民族的苦中作乐、故作达观。卞之琳曾经与阿左林一样,拥有那份"我们干枯的乡土"所产的"我们民族的忧郁"。[92]

在讨论卞之琳诗中的西方影响时,有一个现象是十分显著的,这就是王佐良所谓译诗与写诗的"同步"现象。他在比较了戴望舒在这两方面的密切联系后认为，这种"同步"乃是译者与所译对象"双向交流"的结果：

> （诗人）难道就不曾从翻译中得到新的感兴？当然，不译也可以从阅读里得到启发，但读了又去翻译，那深入程度就不是一般浏览所能比的了，何况在再表现的过程里译者还须用全部的本领去试着传达原作从内容到写法的所有特点呢？[93]

卞之琳的文学创作和翻译正是"同步开始"[94]。他的英法两种文学的高深造诣使他汲取的营养比别的诗人要来得广泛，他又倾向于选择那些能对自己的口味、能打动自己的心的作家来译，这样就不限于英法，而旁及德语和西班牙语作家，也就因此，要比机械的为翻译而翻译更容易产生心灵的感应。上述这些诗人与散文家，无一不是先后为卞之琳精心地译过并对他产生影响的。他与所译的对象之间秘密的交流，他的诗作与他的译作之间微妙的呼应，在有限的篇幅里是难以抉发净尽的。

举例说来，卞之琳所译《阿左林小集》有一个日记断片，其中两处文字是：

> 做酒囊的匠人在街上工作。天上的蓝；这些皮匠的缓慢、有规律的动作。独一无二的瞬间。另一个动深情的瞬间。这些匠人沉默的、平静的工作在鲜明的日光中，诗人则工作、

沉思在上边,在窗后。[95]

　　突然间,像诗人的生命似的,黑天上掠过去,划过去一颗流星。不知道为什么,我们在这一刹那间一心等待那颗横过大千世界的流星的回声,哪怕是极微小的一声。可是那颗星,像这位诗人的生命,如此优美、如此精致、如此高超的、默默的过去了。在天空里光明的一现,于是什么都没有了……[96]

后一节未必就是卞之琳《路》"天上星流为流星"的出处,但当初译它时想必深有感触,写作时下意识地流诸笔端也未可知。前一节情形更复杂一些。1932年秋卞之琳的小诗《工作的笑》已写到匠人们的工作,则他一年多以后译到这些"沉默的、平静的工作"也当加深一层理解,滥觞的情思渐成"好一片春潮":1938年春他在成都与友人合办刊物,遂名之为《工作》;1942年他译奥顿,又憬然于里尔克忍耐中的工作;1946年他译衣修午德,也还是赞美了"对于工作的献身"[97]。这其间,分明有草灰伏线式的联系。

　　这又说明了另一个现象,即"同步"中又有着不同步。一个心仪的作家所感动自己的一切,会长久地沉淀心头,而在某一特定时候不期然被唤醒,仿佛窖藏的情思突然发酵。在卞之琳的诗创作过程中,他所翻译的西方作家对他而言,常常此一时是酵母,彼一时是食粮。本章笔者分析从魏尔伦到奥顿给卞之琳思想与艺术所造成的影响,有几点是大抵相通的:形式感,观念象征的手法,沉默而忍耐的精神,等等。卞之琳用"化欧"而不用

"欧化"来描述自己同那些西方作家的关系[98]，更能准确说明交流的"双向"性。"化欧"一说，显示了诗人主体的存在，那些西方作家只有在能够唤起感应的情况下才会产生影响，而且，这些影响往往是微妙地混合着起作用，同时还必须结合其他一些影响，始能发生效力。

注　释

〔1〕卞之琳：《雕虫纪历·自序》，见《雕虫纪历 1930—1958》增订版，人民文学出版社，1984 年 6 月 2 版，第 16 页。

〔2〕卞之琳：《福尔的〈亨利第三〉和里尔克的〈旗手〉》，见《沧桑集（杂类散文）1936—1946》，江苏人民出版社，1982 年 8 月 1 版，第 144 页。

〔3〕卞之琳：《开讲英国诗想到的一些体验》，见《文艺报》，第 1 卷第 4 期（1949 年 11 月 10 日），第 31 页。

〔4〕张曼仪：《卞之琳著译研究》，香港大学中文系，1989 年 8 月 1 版，第 23、32、33 页。

〔5〕赵毅衡、张文江：《卞之琳：中西诗学的融合》，见曾小逸主编：《走向世界文学：中国现代作家与外国文学》，湖南人民出版社，1985 年 7 月 1 版，第 506 页。

〔6〕施康强译文，见《世界文学》，1983 年第 2 期，第 103 页。

〔7〕卞之琳译：《魏尔伦与象征主义》，见《新月》，第 4 卷第 4 号（1932 年 11 月），第 1 页。

〔8〕卞之琳译：《魏尔伦与象征主义》，见《新月》，第 4 卷第 4 号（1932 年 11 月），第 15 页。

〔9〕卞之琳译：《魏尔伦与象征主义》，见《新月》，第4卷第4号（1932年11月），第15页。

〔10〕卞之琳译：《魏尔伦与象征主义》，见《新月》，第4卷第4号（1932年11月），第9页。

〔11〕芦焚：《上海手札》，见《芦焚散文选集》，江苏人民出版社，1981年1月1版，第177页。

〔12〕冯文炳（废名）：《谈新诗》，人民文学出版社，1984年2月1版，第180页。

〔13〕卞之琳译：《魏尔伦与象征主义》，见《新月》，第4卷第4号（1932年11月），第8页。

〔14〕卞之琳译：《魏尔伦与象征主义》，见《新月》，第4卷第4号（1932年11月），第11页。

〔15〕赵毅衡、张文江：《卞之琳：中西诗学的融合》，见曾小逸主编：《走向世界文学：中国现代作家与外国文学》，湖南人民出版社，1985年7月1版，第516页。

〔16〕Lloyd Haft：*Pien Chih-lin：A Study in Modern Chinese Poetry.* p.58. 唐祈：《卞之琳与现代主义诗歌》，见袁可嘉、杜运燮、巫宁坤编：《卞之琳与诗艺术》，河北教育出版社，1990年7月1版，第32页。

〔17〕李广田：《诗的艺术：论卞之琳的〈十年诗草〉》，见《诗的艺术》，开明书店，1943年12月初版；汇文阁书店，据1947年7月3版重印，第62页。

〔18〕王佐良：《中国新诗中的现代主义——一个回顾》，见《文艺研究》，1983年第4期，第30页。

〔19〕Helen Gardner：*The Art of T. S. Eliot* (New York, E. P. Dutton and Co., Inc., 1959) p.89.

〔20〕卞之琳译：《传统与个人的才能》，见《学文》，第1卷第1期（1934年5月1日），第97页。

〔21〕卞之琳：《新译保尔·瓦雷里晚期诗四首引言》，见卞之琳编译：《英国诗选》，湖南人民出版社，1983年3月1版，第229页。

〔22〕卞之琳：《尺八夜》，见《沧桑集（杂类散文）1936—1946》，江苏人民出版社，1982年8月1版，第7页。

〔23〕穆旦：《〈慰劳信集〉——从〈鱼目集〉说起》，见《大公报·文艺》，1940年4月28日。

〔24〕T. S. Eliot: "*The Metaphysical Poets*", in *Selected Prose of T. S. Eliot*, edited by Frank Kermode (London, Faber and Faber Limited, 1975) p. 66.

〔25〕卞之琳：《成长》，见《沧桑集（杂类散文）1936—1946》，江苏人民出版社，1982年8月1版，第14页。

〔26〕语出卞之琳《难忘的尘缘——序秋吉久纪夫编译日本版〈卞之琳诗集〉》，见《新文学史料》，1991年第4期，第140页。

〔27〕木今耆：《湖光诗色——寄怀卞之琳》，见袁可嘉、杜运燮、巫宁坤编：《卞之琳与诗艺术》，河北教育出版社，1990年7月1版，第154页。

〔28〕卞之琳：《人世固多乖：纪念梁宗岱》，见《新文学史料》，1990年第1期，第27页。

〔29〕卞之琳：《福尔的〈亨利第三〉和里尔克的〈旗手〉》，见《沧桑集（杂类散文）1936—1946》，江苏人民出版社，1982年8月1版，第138页。

〔30〕卞之琳编译：《英国诗选》，湖南人民出版社，1983年3月1版，第182页。

〔31〕卞之琳：《福尔的〈亨利第三〉和里尔克的〈旗手〉》，见《沧桑集

（杂类散文）1936—1946》，江苏人民出版社，1982 年 8 月 1 版，第 146 页。

[32] 卞之琳：《一元银币》，见《沧桑集（杂类散文）1936—1946》，江苏人民出版社，1982 年 8 月 1 版，第 81 页。

[33] 卞之琳：《惊弦记：论乐》，见《沧桑集（杂类散文）1936—1946》，江苏人民出版社，1982 年 8 月 1 版，第 101 页。

[34] 卞之琳：《成长》，见《沧桑集（杂类散文）1936—1946》，江苏人民出版社，1982 年 8 月 1 版，第 18 页。

[35] 卞之琳：《桑敦·槐尔德的〈断桥记〉》，见《沧桑集（杂类散文）1936—1946》，江苏人民出版社，1982 年 8 月 1 版，第 125 页。

[36] 卞之琳：《凯瑟琳·坡特的〈开花的犹大树〉》，见《沧桑集（杂类散文）1936—1946》，江苏人民出版社，1982 年 8 月 1 版，第 128 页。

[37] 卞之琳：《成长》，见《沧桑集（杂类散文）1936—1946》，引英国小品家洛庚·史密士（Logan P. Smith）语，江苏人民出版社，1982 年 8 月 1 版，第 18 页。

[38] 卞之琳：《新译保尔·瓦雷里晚期诗四首引言》，见《英国诗选》，湖南人民出版社，1983 年 3 月 1 版，第 232 页。

[39] 卞之琳：《新译保尔·瓦雷里晚期诗四首引言》，见《英国诗选》，湖南人民出版社，1983 年 3 月 1 版，第 230 页。

[40] 卞之琳：《新译保尔·瓦雷里晚期诗四首引言》，见《英国诗选》，湖南人民出版社，1983 年 3 月 1 版，第 231 页。

[41] 卞之琳：《关于〈鱼目集〉》，见《大公报·文艺》，1936 年 5 月 10 日。

[42] 瓦雷里：《论〈幻美集〉》，见《瓦雷里诗歌全集》，中国文学出版社，葛雷、梁栋译，1996 年 9 月 1 版，第 277、278 页。

〔43〕瓦雷里：《关于〈海滨墓园〉的创作》，见《瓦雷里诗歌全集》，葛雷、梁栋译，中国文学出版社，1996年9月1版，第291页。

〔44〕卞之琳：《关于〈鱼目集〉》，见《大公报·文艺》，1936年5月10日。

〔45〕卞之琳：《关于"天安门四重奏"的检讨》，见《文艺报》，第3卷第12期（1951年4月10日），第32页。

〔46〕卞之琳：《人世固多乖：纪念梁宗岱》，见《新文学史料》，1990年第1期，第27、28页。

〔47〕引自梁宗岱《保罗梵乐希先生》，梁宗岱：《诗与真》，商务印书馆，1935年2月1版，第23页。

〔48〕郑克鲁《法国诗歌史》第18章引评论家皮埃尔·吉罗语，上海外语教育出版社，1996年11月1版，第290页。

〔49〕卞之琳译：《年轻的母亲》，见《西窗集》，商务印书馆，1936年3月初版，第32页。

〔50〕卞之琳译：《年轻的母亲》，见《西窗集》，商务印书馆，1936年3月初版，第33页。

〔51〕一如艾略特的影响虽在50年代也仍能从卞之琳诗作中看出来（如《天安门四重奏》这一诗名），瓦雷里在卞之琳50年代诗中亦至少留下了一两行痕迹。《从冬天到春天》中的"苹果吃完了留身上/汗毛孔都有苹果香"，显然化用了《海滨墓园》里的名句。

〔52〕鲁迅：《〈描写自己〉和〈说述自己的纪德〉译者附记》，见《鲁迅全集》，第10卷，人民文学出版社，1981年1版，第454页。

〔53〕张曼仪：《卞之琳著译研究》，香港大学中文系，1989年8月1版，第89页。

〔54〕卞之琳：《福尔的〈亨利第三〉和里尔克的〈旗手〉》，见《沧桑集（杂类散文）1936—1946》，江苏人民出版社，1982年8月1版，第

177页。

〔55〕卞之琳：《福尔的〈亨利第三〉和里尔克的〈旗手〉》，见《沧桑集（杂类散文）1936—1946》，江苏人民出版社，1982年8月1版，第184页。

〔56〕卞之琳：《福尔的〈亨利第三〉和里尔克的〈旗手〉》，见《沧桑集（杂类散文）1936—1946》，江苏人民出版社，1982年8月1版，第171页。

〔57〕卞之琳：《福尔的〈亨利第三〉和里尔克的〈旗手〉》，见《沧桑集（杂类散文）1936—1946》，江苏人民出版社，1982年8月1版，第162页。

〔58〕卞之琳：《福尔的〈亨利第三〉和里尔克的〈旗手〉》，见《沧桑集（杂类散文）1936—1946》，江苏人民出版社，1982年8月1版，第165页。

〔59〕卞之琳：《福尔的〈亨利第三〉和里尔克的〈旗手〉》，见《沧桑集（杂类散文）1936—1946》，江苏人民出版社，1982年8月1版，第167—168页。

〔60〕纪德：《难道你也?》，引自张若名：《纪德的态度》，生活·读书·新知三联书店，1994年3月1版，第20页。

〔61〕卞之琳：《山山水水》，山边社，1983年12月1版，第7页。

〔62〕卞之琳：《安德烈·纪德的〈窄门〉》，见《沧桑集（杂类散文）1936—1946》，江苏人民出版社，1982年8月1版，第157页。

〔63〕卞之琳译：《新的粮食》，见卞之琳译：《紫罗兰姑娘》，中国工人出版社，1995年8月1版，第412页。

〔64〕卞之琳：《福尔的〈亨利第三〉和里尔克的〈旗手〉》，见《沧桑集（杂类散文）1936—1946》，江苏人民出版社，1982年8月1版，第160页。

〔65〕卞之琳：《山山水水（小说片断）》，山边社，1983年12月1版，第86、87页。

〔66〕冯文炳（废名）：《谈新诗》，人民文学出版社，1984年2月1版，第170页。

〔67〕叶维廉：《语言的策略与历史的关联》，见《中国诗学》，生活·读书·新知三联书店，1992年1月1版，第235页。

〔68〕袁可嘉：《诗与主题》，见《半个世纪的脚印：袁可嘉诗文选》，人民文学出版社，1994年6月1版，第109页。

〔69〕张若名：《纪德的态度》，生活·读书·新知三联书店，1996年5月1版，第62页。

〔70〕卞之琳：《福尔的〈亨利第三〉和里尔克的〈旗手〉》，见《沧桑集（杂类散文）1936—1946》，江苏人民出版社，1982年8月1版，第163页。

〔71〕钱林森：《法国作家与中国》，福建教育出版社，1995年12月1版，第553页。

〔72〕卞之琳：《关于"你"》，见《大公报·文艺》，1936年6月7日。

〔73〕纪德：《纳蕤思解说》，见卞之琳译：《浪子回家集》，文化生活出版社，1937年5月初版，1947年6月再版，第1页。

〔74〕纪德：《纳蕤思解说》，见卞之琳译：《浪子回家集》，文化生活出版社，1937年5月初版，1947年6月再版，第18页。

〔75〕卞之琳：《新的粮食》，见卞之琳译：《紫罗兰姑娘》，中国工人出版社，1995年8月1版，第393页。

〔76〕卞之琳：《惊弦记：论乐》，见《沧桑集（杂类散文）1936—1946》，江苏人民出版社，1982年8月1版，第99页。

〔77〕卞之琳：《山山水水》，山边社，1983年12月1版，第97页。

〔78〕克洛德·马丹：《纪德》，生活·读书·新知三联书店，李建森译，

1992年7月1版，第211、212页。

〔79〕王佐良：《中国新诗中的现代主义——一个回顾》，见《文艺研究》，1983年第4期，第30页。

〔80〕张曼仪：《卞之琳与奥顿》，见台北《蓝星》诗刊，第16号（1988年7月），第46、47页。

〔81〕张曼仪：《卞之琳与奥顿》，见台北《蓝星》诗刊，第16号（1988年7月），第48页。

〔82〕卞之琳：《福尔的〈亨利第三〉和里尔克的〈旗手〉》，见《沧桑集（杂类散文）1936—1946》，江苏人民出版社，1982年8月1版，第138页。

〔83〕卞之琳：《福尔的〈亨利第三〉和里尔克的〈旗手〉》，见《沧桑集（杂类散文）1936—1946》，江苏人民出版社，1982年8月1版，第147页。

〔84〕卞之琳：《重新介绍奥顿的几首诗》，见《英国诗选》，湖南人民出版社，1983年3月1版，第225、226页。

〔85〕John G. Blair：*The Poetic Art of W. H. Auden*（New Jersey, Princeton University Press, 1965）p. 64.

〔86〕张曼仪：《卞之琳与奥顿》，见台北《蓝星》诗刊，第16号（1988年7月），第48页。

〔87〕卞之琳：《衣修午德〈紫罗兰姑娘〉》，见《沧桑集（杂类散文）1936—1946》，江苏人民出版社，1982年8月1版，第190页。

〔88〕张曼仪：《卞之琳著译研究》，香港大学中文系，1989年8月1版，第99—100页。

〔89〕《卞之琳浮雕》以笔名"上官碧"发表于《大公报·文艺》1934年12月1日。

〔90〕戴望舒：《记玛德里的书市》，见程步奎编：《戴望舒文录》，香港三

联书店,1987年11月1版,第9页。

〔91〕阿左林:《小哲学家自白》,见《西窗集》修订版,江西人民出版社,1981年11月1版,第64页。

〔92〕阿左林:《小哲学家自白》,见《西窗集》修订版,江西人民出版社,1981年11月1版,第68页。

〔93〕王佐良:《译诗与写诗之间》,见《香港文学》,1985年2月号,第24页。

〔94〕卞之琳:《从〈西窗集〉到〈西窗小书〉》,见卞之琳译:《紫罗兰姑娘》,中国工人出版社,1995年8月1版,第3页。

〔95〕阿左林:《日记断片》,见《西窗集》修订版,江西人民出版社,1981年11月1版,第139页。

〔96〕阿左林:《日记断片》,见《西窗集》修订版,江西人民出版社,1981年11月1版,第141页。

〔97〕卞之琳:《衣修午德〈紫罗兰姑娘〉》,见《沧桑集(杂类散文)1936—1946》,江苏人民出版社,1982年8月1版,第189页。

〔98〕卞之琳:《雕虫纪历·自序》,见《雕虫纪历1930—1958》增订版,人民文学出版社,1984年6月2版,第15页。

第六章　古典的影响

卞之琳既吸收了从法国象征派到英美现代主义诗歌的影响，又将中国传统哲学和艺术思想创造性地融会于一身，独辟蹊径，凝成了自己独特的诗的结晶。[1]

唐祈这段话，是研究者对卞之琳的诗善于调和中西的共识。他们一致指出，卞氏极具现代感的诗篇有一个中国古典传统的深层背景。废名说"卞之琳的新诗好比是古风"，"格调最新"而"风趣最古"[2]；王佐良认为是"传统的绝句律诗熏陶的结果"[3]；唐湜也从卞之琳诗中看到了古典诗词的色彩与节奏。[4]

在《雕虫纪历·自序》中，卞之琳说：

我写白话新体诗，要说是"欧化"，也未尝不"古化"。一则主要在外形上，影响容易看得出；一则完全在内涵上，影响不易着痕迹。[5]

诗人将中国古典传统对自己的影响完全规限在精神层面的"内涵"上，显然不够准确，但也道出了一个事实：分析卞诗的古典影响，往往难于指实。由于现代汉语与文言形态上的差异，也由于现代诗艺与旧诗词形式与技巧的差异，所有对于古典传统的吸收和利用，更有赖于诗人创造性转化的才能，而转化也就意味着不再执着于外形的相似。而且，现代诗人对古典传统的援引往往趋同，很难再具体地辨识其为《诗经》的传统抑或《楚辞》的传统，究属韩孟的影响还是元白的影响。这种笼统的情况很普遍地存在于新诗与旧诗的关系中。

卞之琳在描述里尔克与瓦雷里在"沉默"与"忍耐"的精神现象上的相似时，说：

> 我们多读些书也许会更发现他们在思想和艺术的血统上有一个共通的祖先，更多的共通的祖先，而他们都是亲戚，因此我们更不会大惊小怪。[6]

如果卞之琳的诗可以归入"新古典主义"，那么他与其他"新古典主义"诗人的相同之处，只说明一个"共通的祖先"赋予了他们一致的思想和艺术的血统。

本章拟在说明卞之琳对古典作品的一般修养和特殊兴趣后，从艺术与思想两个层面上厘清诗人与古典文学和哲学的关系。而每一层面也都有外形和内涵，或者说着实与务虚两种表现方式，笔者针对不同的情况，将相应地作出说明。

第一节　兴趣与修养

卞之琳尚在读小学时，他的曾教过蒙学的父亲就偶尔授以

《千家诗》之类,从而"引发"了他"对有限的家藏词章方面的书籍产生兴趣,暗自学诌过几句韵语"[7]。初小毕业后,卞之琳在一个国文专修学校念了一年变相的私塾,读了《孟子》、《左传》等。中学的国文课上,听老师讲过《逍遥游》、《齐物论》。其时他的几篇习作虽然稚嫩,却已见出他有良好的旧文学的根基,如下面这篇《秋郊晚眺记》:

  课余无事,乃闲步郊外,一赏秋野暮景。
  时西风摇树,田野寥阔,大半为萎黄之色;独菜畦麦垅含有青春之色;而农夫二三点缀其间。小溪则芦花如雪,覆冬其上。村落间枫树鲜妍,若欲与夕阳争红也。倏焉炊烟四起,袅袅于疏林之际。碧空中归鸟纷纷。斯时快心如何耶!而夕阳无情,已藏于远树影下矣!
  吾乡但平畴广野,无山川之胜,斯时之景趣若是。不知他地若何耶?

卞之琳日后流露出来的对旧诗词的偏爱,似都集中在晚唐与南宋这两个时代。由于身世的清寒,性格的内向,与在故都北平呼吸到的荒凉的空气,他对这两个时代的"末世之音"情有独钟。同时,温庭筠、李商隐与姜夔等人的写作风格以及后两人的爱情经历与卞之琳有相当接近的地方,遂成为他最喜爱的古典诗词作家。

李商隐。李义山的诗作精工、深隐,卞诗的风格非常相似。义山的很多爱情诗,凄美、迷离,而其情事不可捉摸,尤其是他的"无题"。卞之琳也有一组情诗,"无题"五首,有明显的承接关系,任继愈曾谓有李义山的风格[8]。卞之琳对自己感情生活中的一段经历,每欲语还休。这组"无题",深切感受爱情的悲欢,"在希望中预感到无望"[9],自然让人联想到李商隐"无题"诗的情调。卞氏的与这组作品写于同时的《淘气》、《灯虫》,设色秾丽,意象精致,在古典诗人中也最近于义山。卞氏一向深爱玉溪诗中那些繁华中透出凄凉的意境。1936年写作的散文《成长》中,他引过李商隐《春雨》的名句"红楼隔雨相望冷,珠箔飘灯独自归"。1937年他的诗《泪》,题词也用了李商隐《天涯》中的诗句"莺啼如有泪,为湿最高花"。1980年他访美的其中一首《纽海文游私第废园》中的两行"红蓼随金风萧疏,甘泉待新承玉露",也看得出李商隐的影子:"由来碧落银河畔,可要金风玉露时"(《辛未七夕》)。

温庭筠。废名一再指出,卞诗同温词是一路,同样持客观而冷静的态度,善于以一系列精心设计的意象隐藏起热情与个性。同时,两人都擅长作诗思的跳跃,从具体的场景迅速提升到更为广阔的境界,构成一种立体的诗。[10] 证诸一般论者对温词的看法,废名的见解是很正确的。如唐圭璋、潘君昭认为:"温词一向被称为'句秀',即是被认为在篇章结构方面显得脉络不够分明。"[11] 而胡国瑞也指出温词的结构和修辞方法形成了"晦涩"的问题:"作者只是在生活的片段过程中,选取最有特征的动态和物象,略加勾画,而省去彼此间的表面联系,让读者以自己的想象去补充。""由于词的语言精炼性和句形局限性的要求,平常需用一句话表达的内容,必须压缩到极简短的语辞内,而又显具其

所压缩的内容。"[12] 卞之琳也总是倾向于将自己的诗"压缩",比如他说:

  《圆宝盒》中有些诗行本可以低徊反复,感叹歌诵,而各自成篇,结果却只压缩成了一句半句。[13]

张曼仪亦指出《旧元夜遐思》中有"压缩"别的诗行的现象[14]。可见这正是卞氏的惯技。

  姜夔。卞之琳素爱姜白石,对其作品相当熟悉,常常随口道出,信手拈来。如40年代初卞氏的长篇小说《山山水水》中,男女主人公应对之间便引了姜词《齐天乐》"曲曲屏山,夜凉独自甚情绪"。[15] 晚年谈诗,论及双声叠韵技巧,他举的是姜白石《湘月》一词的名句"一叶夷犹乘兴"。[16] 回忆当年在杭州所写的几首情诗的灵感所自,他引了白石词《点绛唇》"太湖西畔随云去",而改"去"为"来"。[17]《访美杂忆》中《布鲁明屯小机场待发》中的"无心的燕雁",又是出自前引《点绛唇》的开头数字"燕雁无心"。《香港小游长洲岛》诗末附注中,亦引白石的诗句"西风门巷柳萧萧",且谓"无端想及",可见其浸淫之深。[18] 有一次因友人周煦良赏析姜夔绝句而引动夙好,深许周煦良是"稳重而解意的多情人",且对夏承焘认为姜白石早年在合肥的所恋"似是勾栏中姊妹二人"大不以为然。他并提及自己《灯虫》一诗末两句"让我来把你们吹空/像风扫满阶的落红",是有过与白石一样的"少年情事"(语出姜夔《鹧鸪天·正月十一日观灯》)的过来人的伤感语。[19] 由此推测,卞之琳深爱姜白石,乃因为自身的爱情遭际极为相似，于是产生深切的共鸣。当然，"清空"而不"质实"的姜词，对卞之琳善于由实入虚的诗风之形成，也应有不落痕迹的影响。

卞之琳最是中意于晚唐诗与南宋词，并不意味着他的古典诗词曲赋的修养是片面的，相反，他对整个中国古典文学以至文化艺术都有相当深入而全面的了解。如他的散文《惊弦记：论乐》中，从《战国策》、《韩诗外传》到《文选》李善注，都见引述。又如他的小说《山山水水》中，他对中国古代哲学、绘画、音乐、戏曲、舞蹈，都发表了不少精辟的见解。甚至在卞之琳的翻译中，也体现了他的古典文学修养。如50年代他翻译莎剧《哈姆雷特》，其戏中戏一场，就模仿古代戏曲末流中俗滥的词藻和语调迻译了近百行同样俗滥的剧词：

> 还记得当时真个是两情缱绻，
> 承月老作合，结下了金玉良缘。
>
> 好教人愁煞！所幸，我少见多怪，
> 夫君是明白人，大可以不必介怀；

凡此种种，足证卞之琳对中国古典的掌握绝非肤浅或狭隘的。他曾引用过胡乔木的一个说法，即五四之后的新诗人，第一代对中国旧诗知道得较多，第二代对外国诗知道得较多，第三代对两方面都知道一点。卞氏自认"似应属于这里所说的第三代"。他自谦并非对诗"博通中外"，事实上却无论对哪一方面，都不是只"知道一点"。[20]

第二节　艺术背景

一般谈到中国古典诗歌传统，相当笼统，似乎它只是个成分单一的整体。事实上，这个传统极其丰富多彩，有许多分流。《诗经》有《诗经》的传统，《楚辞》是《楚辞》的传统，乐府自成乐府的传统，而唐诗、宋词也各具相对独立的传统。比如，《楚辞》相对来说是直抒胸臆的，但它香草美人的象征手法经后人创造性的转化，而成为一种曲达情思的寄托，其传统于此就有了变化。

卞之琳的诗受传统诗歌艺术的影响，也应细加甄别，不可大而化之。他自认其诗有晚唐诗与南宋词的况味，论者也同意这一说法。那么，这两者影响到卞诗的，不光有风格和情调，而且有方法和技巧。准确说来，正如温庭筠、李商隐以及姜夔的典型风格一样，卞之琳的诗，一方面情境具体可感，另一方面意义又深隐难解，两者合成了他既亲切又含蓄的诗风。

卞之琳自谓写抒情诗而总是倾向于克制，"仿佛故意要做'冷血动物'"[21]。废名之所以将卞诗比温词，正因为在他看来，温庭筠"乃有一点为中国文人万不能及的地方"，即并非"多情"。[22] 诗人主体的情感，必须落实到客观而具体的形象上，否则就容易浮滥。卞之琳的诗，情虽寄八荒之表，言总在耳目之内；开花在时间之外，却永远植根于日常的现实的土壤之中。无论30年代早期的"浮世绘"，还是后期的"从军乐"，都是从身边平常的生活细节写起。即便是中期那些极富"理智之美"的作品，也还是从实实在在的感性经验出发,即景、即事、即人、即物。无怪乎卞之琳说自己"像我国多数旧诗一样,着重'意境'"[23]。

卞氏素享"晦涩"之名,其难于索解的原因与温庭筠、李商隐、姜夔颇为相像。比如温庭筠的连章词《菩萨蛮》、李商隐的《燕台》四首和姜夔的《暗香》、《疏影》等,一个个意象虽然精致而具体可感,但它们的组合并不依赖充分的叙述性粘接联系,像一盘乱珠,穿起来的那根线隐而不显。卞之琳的诗,正喜欢在最现实的层面上作种种飞跃,从客观具体的场景迅速地进入一个广阔的时空之中。这一升华过程,幅度大,节奏快,一般读者难以跟上他跳动的观念而往往脱节,甚至李健吾、朱自清等富于诗的修养的批评家也不能破解其旨。卞诗的语言,空白点多,跳跃性大,的确超出常人的跟踪能力。"友人带来了雪意和五点钟"(《距离的组织》),"伸向黄昏去的路像一段灰心"(《归》),这样的句子,完全改变了日常的语言逻辑,但究其实,对于熟悉了"碧瓦初寒外"、"月傍九霄多"这类无理而妙的表达的中国诗人来说,不难在其间找到共同点。所以,卞之琳诗语跳脱的技巧,既得益于西方现代诗人,也受到中国古典诗中由实入虚、虚实相生的一路诗的启发。

从整体上看,卞之琳的诗风近于晚唐与南宋。在具体的技巧上,有时也具有这两个时期诗的特长。比如,卞诗用字下语极尽工巧,有论者说:

> 《现代》诗群大多注意词句的锤炼功夫,如卞之琳,大有我国古代诗人津津乐道的"两句三年得"、"吟安一个字,

捻断数根须"的劲头，比起浪漫派和部分初期的象征派诗人的散漫作风，无疑表现出更严肃的创作态度。[24]

证诸下面这些例子，情况确实如此：

蝉声
牵住了西去的太阳

——《长途》

蟋蟀声早已浸透了
青纱帐

——《西长安街》

我的思绪像小蜘蛛骑的游丝

——《候鸟问题》

我的忧愁随草绿天涯

——《雨同我》

人迹仍描到门前

——《半岛》

窗子在等候嵌你的凭倚

——《无题二》

这些字眼，十分尖新别致，表现力很丰富。如果要具体指出是哪一路古典诗人的影响，自然会令人想及受江西诗法陶冶的南宋词家刻意求新求工的"炼字法"[25]。姜夔就常用这一手法："歌扇轻约飞花"、"嫩约无凭"、"数峰清苦，商略黄昏雨"等。

卞之琳认为"写新诗，不仅'化洋'不易，'化古'也有难处"[26]。这是经过了多番尝试后的甘苦之言。他30年代初期的一些诗，其意象的运用和意境的营造，颇能寻到古典影响着落于表层的痕迹。比如《入梦》，整首诗都可以视为讲求神韵的旧诗名家的"白话稀释"：

> 设想你自己在小病中
> （在秋天的下午）
> 望着玻璃窗片上
> 灰灰的天与疏疏的树影，
> 枕着一个远去了的人
> 留下来的旧枕，
> 想着枕上依稀认得清的
> 淡淡的湖山
> 仿佛旧主的旧梦的遗痕，
> 仿佛风流云散的
> 旧友的渺茫的行踪，
> 仿佛往事在褪色的素笺上
> 正如历史的陈迹在灯下
> 老人面前昏黄的古书中……

> 你不会迷失吗
> 在梦中的烟水？

　　值得注意的是，像这样对古典意象的选择与组合，只在卞之琳诗歌创作的第一个阶段偶尔有所表现。袭用古人成句，或化用旧诗意境，容易弄到反客为主而成优孟衣冠，从而窒息了作品中的现代感性，也妨碍了现代汉语鲜活的生机。而这两点，正是卞之琳认为新诗之成为新诗的最可贵的素质。三四十年代，林庚、吴兴华等人曾经直接从旧诗上嫁接新诗，试图最大程度地汲取古典的养分，恢复古典的荣光，但其取材造境、遣辞成句以至于体式，都拟古过度，虽然真的古意盎然，到底像是旧诗零件的重新组装，给人以"时代错误"的感觉。比如吴兴华的一首《绝句》：

> 仍然等待着春风吹送下暮潮
> 陌生的门前几次停驻过兰桡
> 江南一夜的春雨，乌桕千万树
> 你家是对着秦淮第几座长桥

卞之琳批评道：

> 在一首新诗的有限篇幅里实在容不下那么多意象，拥挤了一点，少了一点回旋的余地，除非多分出几行，有点像金粉山水那样的凝滞，"浓得化不开"，反而欠缺，少了一点中国诗传统常见的雍容或潇洒的风姿……[27]

但是，盘活古典诗歌的丰厚资产，使之在新的语言形式中获得新生，这种诱惑对卞之琳也同样强烈。他一直想仿效七律，去掉其中四句对仗而写成八行体，晚年终于一试，这就是《香港小游长洲岛》：

> 天涯、咫尺，翻尽了悲欢，
> 岛外岛好在有家常风貌。
> 孤庙独顾盼时空的转换，
> 双湾共排遣寂寥与尘嚣。
> 洲名送古梦回春日江南，
> 潮浪应秋深杨柳的萧骚。
> 岁暮空回首佳胜曾揽，
> 北窗风遥祝木棉花常好！

在这首诗中，作者将传统形式作现代转化的努力是显而易见的：中间4行，前5字都追求工整的对仗，后5字又有意不对，于整齐中求参差；大致照顾到了平仄粘对，但韵式又改为交韵，于相似中求相异。可是，卞氏对此诗并不满意，认为无论如何都摆脱不了七律浓缩到喘不过气的凝练。对于一位高明的诗人来说，"外形上"容易看得出"古化"痕迹，毕竟层次较低。关键的是要"化古"，这就要更多地从"内涵上"着眼了。

卞之琳曾经说，在文艺范畴里提倡"民族形式"固然有必要，但更重要的是有"民族精神"。[28] 而他所认为的"中国精神"，就是"以认真到近乎痴的努力来修养了功夫而表现出随兴的风

第六章 古典的影响 263

度"。[29] 如果从这个角度来看待卞氏在现代格律诗探索中所付出的心血和所获得的成就，看待他在诗的艺术上设置困难以期征服困难的写作方式，那么，他确实算得上一个"新古典主义"者。这个标识，不应片面理解为一味拮扯古人字面、因袭古人命意，而应将精严的艺术法度和节制的写作态度作为首要的条件。

总的说来，不像吴兴华对中国古典诗的借鉴"辞藻富丽而未能多赋予新活力，意境深邃而未能多吹进新气息"[30]，卞之琳于传统"入"而能"出"。具体的表现就是，他即使用了旧诗词的辞藻和意境的诗篇，新鲜的活力和气息仍一样让人欣悦。比如他的《路》："也罢，给埋在草里/既厌了'空持罗带'"，用了李煜《临江仙》的"空持罗带，回首恨依依"，但紧接着的"天上星流为流星，白船迹还诸蓝海"，就鲜明表现了溢出于古典框架的现代感性。又比如他"古意新拟"的《妆台》一诗，充满了鸳瓦、碧梧、弄喙的小鸟等旧诗词习见的意象，诗中女子"睡起的胃口太弱"，也令人想起宋词中那些形态纤弱、意态慵懒的女性形象，但全诗的中心，还是"装饰的意义在失却自己"与"我完成我以完成你"这一正一反近于理性思辨的命题，又是绝非古人所可能有的现代诗思。

第三节 思想渊源

中国现代知识分子，概莫能外地受着传统哲学思想的浸润与熏陶，不管是自觉还是不自觉。作为一个诗人，对于儒、道、佛三大体系，从终极关怀、人格修为，到认知与思辨方式，文字所染,往往已"化",这就不易清晰地加以说明。在卞之琳那里,虽然他确曾在其人生的某些阶段对三家典籍或多或少有过接触,但思维活动和创作过程毕竟深隐难明,要想探讨其思想渊源,除非有概念与语汇的直接运用,也只能言其大端。一旦着实,恐怕免不了有牵强附会之处。笔者深知这一危险,但仍想分析得尽可能具体。

一 儒

卞之琳1943年写有一篇论说文《巧笑记:说礼》,玩笑里出正经,借一位女子的口,阐发了"礼"的起源和作用。原为片断的对话,兹联缀如下:

> "礼近于义",可是出发点也应是"仁"。心里先存了"人"对"人"的态度,大家才可以讲礼,礼决不如他们所说的由征服者制定了约束被征服者,约束奴隶。为了那样才制定的,该是法,决不是礼。礼乐实在同源,都"管乎人情"。譬如父慈子孝,都本之于爱,人情所当然,也就是理所当然。礼该是公式化了,规律化了的爱的表现。要这样解说礼,才可以由礼来齐家,治国,平天下,才可以服人。正名也就是仪式的用意所在,仪式是做给社会看当事人已经取得了一种新身份,也提醒自己以这种新身份,从此不得乱来,不可含糊。礼起源于感情,于爱,还得靠感情,靠爱来赋予生命,要不然一切形式都无非具文而已。[31]

笔者引述这一番话，有两点用意。一是作者尽管说自己只不过是在"综合和发挥古圣先贤，时人名士，以及一些朋友的意见，见诸经典报章或闻诸口头"[32]，但他对孔子思想言论确实有深切了解和独到体会（部分原因参见第7章第2节）；二是作者对孔子"仁"、"义"、"礼"、"乐"这一思想体系的把握，重点乃放在"仁""爱"上，也十分吻合其诗作中的思想实际。

通观卞之琳的诗歌创作，占中心地位的是人与人的关系，而非人与自然、人与自我的关系，是对人生的投入而非超脱，是对社会的关怀而非弃绝，说到底，这是儒家文化的精神。他持一种好奇心，一种热心，来观照与思考个人在众生中的成长与变化过程，如同注视一株植物如何在自然风雨的催化作用下渐次发芽、开花、结果。在卞之琳看来，人际的互补与谐和远远多于对立与冲突，因此心中的欣喜与安慰也就常常平衡于惆怅与失落。《道旁》一诗中，那位树阴下的居人惋惜没有同远来的异乡人作深入的交流："后悔不曾开倦行人的话匣/像家里的小弟弟检查/远方回来的哥哥的行箧。"《睡车》上失眠的诗人觉得自己"仿佛脱下了旅衣的老江湖/此刻在这里做了店小二"，正以寂寞的情怀招待着那些做着好梦的同车厢旅客。人生如逆旅，陌路相逢的每一偶然都或多或少称得上是"有缘"，这个意思在《泪》那首诗中表达得非常别致。他用了一个冷冷的几何学上的比喻：人与人相逢的"缘"，如圆与线相切的"点"，理论上那一"点"虽不具空间而可以忽略不计，可它也正包容无间，为双方所共有，因而值得珍惜，如雨珠如露珠尤其如泪珠，是人间情热的结晶。

卞之琳经常在诗中流露出他对尘世的关怀，其最为亲切的表达应属《雨同我》：

>"天天下雨，自从你走了。"
>"自从你来了，天天下雨。"
>两地友人雨，我乐意负责。
>第三处没消息，寄一把伞去？
>
>我的忧愁随草绿天涯：
>鸟安于巢吗？人安于客枕？
>想在天井里盛一只玻璃杯，
>明朝看天下雨今夜落几寸。

人自有一己的关切，他又将这份关切由此类推到世间的一切人身上。这种民胞物与的精神，这种"万方有罪，汤曰在予；一人或溺，禹如由己"的心理，正是受"仁者爱人"的儒家思想长期浸淫的中国诗人典型的反应。无论是卞之琳30年代早期写北平街头小人物的生活，还是在他30年代后期给抗战中的军民写"慰劳信"，都非常强烈地流露出"先天下之忧而忧"与"风声雨声读书声声声入耳，家事国事天下事事事关心"的情怀。

卞之琳笔下常见水的意象，"水哉！水哉！"的咏叹是回响在他30年代诗中的主题音乐。他认为"我们多少有点真正的儒家的精神在血液里的中国人，总倾向于同意说生命无非像水似的东西"[33]，可见在对生命的变易这一问题上，他的萦心之所在，也还是"子在川上曰：逝者如斯夫，不舍昼夜！"

二 道

卞之琳上中学时听国文老师讲过庄子的《逍遥游》和《齐物论》,这对他日后造成了很深的影响。1933年所写的《倦》,就已直接见出这一影响:

> 忙碌的蚂蚁上树,
> 蜗牛寂寞的僵死在窗槛上
> 看厌了,看厌了;
> 知了,知了只叫人睡觉。
>
> 蟪蛄不知春秋,
> 可怜虫可以休矣!
> 华梦的开始吗?烟蒂头
> 在绿苔地上冒一下蓝烟?

后半第一行出自《逍遥游》,前半末一行则是化自《齐物论》,为什么这样说?因为"知了"在此既指蝉,又指"知"的行为。"知了只叫人睡觉"接下去就是"蟪蛄不知春秋",显见所谓"知了"其实还是"不知",这就涉及人类知识的有限性和相对性问题。作为庄子知识论集中表述的《齐物论》,主旨就是对知识的不信任和绝望:

> 啮缺问乎王倪曰:"子知物之所同是乎?"曰:"吾恶乎知

之?""子知子所不知邪?"曰:"吾恶乎知之?""然则物无知邪?"曰:"吾恶乎知之?"[34]

可以说,"知了只叫人睡觉",乃是对老庄"绝圣弃智"思想的形象说明。

30年代中期,庄子的相对观念更一度占据了卞氏心智活动的中心。1936年,他的两篇散文《"不如归去"谈》和《成长》,就是处理此一观念的妙文。特别是后一篇,往返寻绎了孔子与庄子思想的得失,显示了他同道家哲学的密切关系。"庄子不是绝顶聪明吗?他把'绝对'打个粉碎",但碎片到底拼凑不起一个世界,所以作者认同了孔子的"中庸之道",可他对庄子的欣赏之情仍溢于言表:"你扮起孙悟空,大闹'绝对'的天宫,虽然一个筋斗十万八千里,依旧翻不出如来佛的手掌,可你究竟演出了一出好戏。"[35] 受老庄影响,他的《距离的组织》、《旧元夜遐思》、《圆宝盒》、《断章》、《航海》等,全都沉入对时空与万物的相对关系的思考与表达。

耐人寻味的是,卞之琳此一阶段的诗歌,虽涉及抽象的哲理,却无一不是具体的形象表现。他玩赏着万事万物之间关系之奇妙,并上升到哲学的高度加以观照,然而,他绝不像西方主智倾向的一些诗人那样经常陷于抽象的说理。卞之琳的诗,并非一连串观念的展开,而是一系列意象的演出。他曾在《距离的组织》自注中说:"整首诗并非讲哲理,也不是表达什么玄秘思想,而是沿袭了我国诗词的传统,表现一种心情或意境。"[36] 这正与庄子哲学的表述方式相一致。不同于一般哲学家,尤其是西方哲学家的运用抽象的思维去作逻辑的推论,"庄子总是利用活泼泼的形象活动与戏剧情境演出"[37]。卞之琳也认为庄子"演出了一出好戏"。论者对卞氏"主智"诗风的特点也有所认知,如李怡认为卞诗并非以理性本身,而是以"理性的趣味性"取胜:"他的思想是睿智的,但思想本身又主要浸泡在若干生活的情趣之中,他很少被'思想'牵引而去。"[38] 废名对卞氏的了解深过常人,也曾认为"他只是天真罢了,'多思'罢了"[39]。

叶维廉曾经就卞诗与道家知识论的关系作过不少阐发。比如对于卞之琳的《断章》:

> 你站在桥上看风景,
> 看风景人在楼上看你。
>
> 明月装饰了你的窗子,
> 你装饰了别人的梦。

叶氏选取前两行加以分析道:

> 这是"主""客"两个透视同时兼顾,庄子所谓"两行"是也。"两行"所牵涉的便是现象的全面性的问题。中国传统的现象观,任物象各当其分的出现而不由"我"作选择单线行进的排列,其重点便是认为:要求得自然必须保持多重并发的现象,所以我们的旧诗里甚少叙述性,而着重事物的演出。[40]

他还认为《距离的组织》呈现神与物游的"丧我"状态外，也解决了"全面性"与"叙述性"的问题。[41] 这些看法，就卞诗与庄子之间的关系来说大体上是准确的，但他将中国旧诗简单地归结为取消叙述的直接呈现，就十分片面。叶氏论诗的一个基本误区，可以用钱钟书一篇文章的观点加以说明：中国传统诗评最重以杜甫为代表的"实"以及相联系的风格。"'神韵派'绝不能代表中国旧诗"[42]。

三　佛

笔者曾经分析了 30 年代中期卞之琳诗中所出现的佛家意象。这里只就两首诗——《距离的组织》和《圆宝盒》，讨论卞之琳与佛教思想的关系。这两首诗的思维方式，与佛教华严宗的一套玄妙理论颇为近似。以阐发《华严经》玄旨而在公元 7 世纪确立的此一本土化佛学思想，其独具特色的"六相圆融"、"十玄无碍"之说，是一种时空一体的全方位思维。[43] 这两篇作品的诗思，恰恰与之相通。

吕澂《中国佛教源流略讲》认为，"六相"、"十玄"的"观法"，不自觉地停止在静观的阶段，仅仅构成一"精致的图式"而已。[44] 卞之琳《距离的组织》一诗，与这种"互相涉入，重重无尽"的玄学图式存在多方面巧合。说来这首诗确实也是一个"精致的图式"，卞氏为它作过"现代世界上""比例最大"的自注[45]，就是说，10 行诗加了 7 条注，其中 4 条注明有关诗句分别涉及"时空的相对关系"、"实体与表象的关系"、"微观世界与宏观世界的关系"以及"存在与觉识的关系"。这些，正与"十玄门"之"同时具足相应门"(时空)、"托事显法生解门"(实相本质)、"秘密隐显俱成门"(微观宏观)和"唯心回转善成门"(存在觉识)相一致。[46] 卞氏自谓"整首诗并非讲哲理,也不是表达什么玄秘思想",但不可否认其中确有一种玄秘的组织,而它的组织方式,与华严宗的"十玄缘起"说有内在的联系。

将中国佛学里"一切现成"的思想发展到顶点的华严玄旨[47],在《圆宝盒》一诗里也有若合符契的表现:

> 我幻想在哪儿（天河里？）
> 捞到了一只圆宝盒，
> 装的是几颗珍珠：
> 一颗晶莹的水银
> 掩有全世界的色相，
> 一颗金黄的灯火
> 笼罩有一场华宴，
> 一颗新鲜的雨点
> 含有你昨夜的叹气……
> 别上什么钟表店
> 听你的青春被蚕食，
> 别上什么骨董铺
> 买你家祖父的旧摆设。
> 你看我的圆宝盒
> 跟了我的船顺流
> 而行了，虽然舱里人

> 永远在蓝天的怀里，
> 虽然你们的握手
> 是桥——是桥！可是桥
> 也搭在我的圆宝盒里；
> 而我的圆宝盒在你们
> 或他们也许也就是
> 好挂在耳边的一颗
> 珍珠——宝石？——星？

李广田曾就此诗作过深入的分析。他将全诗分为3节，即前9行、中4行、后11行，说：

> 第1节的圆宝盒是从静处看，第3节的圆宝盒是从动处看，第1节的圆宝盒是一个完整无缺的宇宙，是无限的，第3节的圆宝盒是一个有限的世界，其实有限之中体见出无限，静的也是动的。在这里，纵的时间，横的空间，主观的我，客观的你，都在层叠中统一在一致里。[48]

诗人幻想有一只圆宝盒，大到摄尽全世界的色相，却又小到可以是挂在耳边的宝石珍珠。一与多、小与大、暂与久，种种矛盾对立均系于此一圆融的意象中，确实超乎一般人的日常思维。但是，正如诗人所说的，"比较玄妙一点，在哲学上倒有佛家的思想"[49]，一旦读者熟悉华严宗"一一纤尘，皆具无边真理，无不圆足"、"小时正大，芥子纳于须弥；大时还小，海水纳于毛孔"

的玄学表达，这首诗其实可以比较容易解释的。

究竟卞之琳与佛家思想的关系如何建立起来，笔者将在第7章第2节中加以探讨，同时也将讨论卞诗中的"色空"观念。这里再补充说明一下卞诗中的"禅"。卞之琳自称30年代中期"一度迎合朋友当中的特殊一位的柔情与矫情交织的妙趣，而不免在语言表层上故弄禅悟，几乎弄假成真，实际上像玩捉迷藏游戏"[50]，证以此期的卞诗，确实常用了禅宗言语道断、思维路绝的话语方式。禅宗惯以"单刀直入"的机锋，让具体的形象作直接的呈露，不依赖于语言解说和论辩，以期使人"一击而悟"。卞之琳30年代中期"跳"得很大、空得很长的写作方式，其不落言筌、不着痕迹的观念象征，确实很有禅宗的风格。如《旧元夜遐思》：

> "我不能陪你听我的鼾声。"
> 是利刃，可是劈不开水涡：
> 人在你梦里，你在人梦里。
> 独醒者放下屠刀来为你们祝福。

正有禅家当头棒喝的痛快，语锋所指，正不待日常语言的逻辑演绎。又比如《无题一》：

> 百转千回都不跟你讲，
> 水有愁，水自哀，水愿意载你。
> 你的船呢？船呢？下楼去！

南村外一夜里开齐了杏花。

纯以物态活泼泼呈现，使人直接去感应了悟，保留了原生状态的开放性和丰富性。"不跟你讲"而即物见真，其咄咄逼人的语势也颇有禅家话头常有的峻急味道。

此外，像《无题二》中"青山青，白云白"的摒除理智回归本原而无障无碍的意象托出方式，以及像《对照》中"懒躺在泉水里"尝了新秋味，和《水分》中"云在天上，熟果子在树上！／仰头想吃的，凉雨先滴他！"的酸甜自知、温凉自晓、直从鲜活的感觉出发而体验的运思，处处显示出受禅宗思维与表达方式影响的迹象。

注　释

〔1〕唐祈：《卞之琳与现代主义诗歌》，见袁可嘉、杜运燮、巫宁坤编：《卞之琳与诗艺术》，河北教育出版社，1990年7月1版，第19页。

〔2〕冯文炳（废名）：《谈新诗》，人民文学出版社，1984年2月1版，第167页。

〔3〕王佐良：《中国新诗中的现代主义——一个回顾》，见《文艺研究》，1983年第4期，第30页。

〔4〕唐湜：《六十载遨游于诗的王国》，见袁可嘉、杜运燮、巫宁坤编：《卞之琳与诗艺术》，河北教育出版社，1990年7月1版，第46—49页。

〔5〕卞之琳：《雕虫纪历·自序》，见《雕虫纪历1930—1958》增订版，人民文学出版社，1984年6月2版，第15页。

〔6〕卞之琳：《福尔的〈亨利第三〉和里尔克的〈旗手〉》，见《沧桑集（杂类散文）1936—1946》，江苏人民出版社，1982年8月1版，第138页。

〔7〕卞之琳：《毕竟是文章误我，我误文章》，见《收获》，1994年第2期，第134页。

〔8〕冯文炳（废名）：《谈新诗》，人民文学出版社，1984年2月1版，第167页。

〔9〕卞之琳：《雕虫纪历·自序》，见《雕虫纪历1930—1958》增订版，人民文学出版社，1984年6月2版，第6—7页。

〔10〕冯文炳（废名）：《谈新诗》，人民文学出版社，1984年2月1版，第30—34页、第167—168页。

〔11〕唐圭璋、潘君昭：《论温韦词》，见华东师范大学中文系古典文学研究室编：《词学研究论文集》，上海古籍出版社，1982年3月1版，第145页。

〔12〕胡国瑞：《论温庭筠词的艺术风格》，见华东师范大学中文系古典文学研究室编：《词学研究论文集》，上海古籍出版社，1982年3月1版，第227、228页。

〔13〕卞之琳：《关于〈鱼目集〉》，见《大公报·文艺》，1936年5月10日。

〔14〕张曼仪：《卞之琳著译研究》，香港大学中文系，1989年8月1版，第46页。

〔15〕卞之琳：《山山水水（小说片断）》，山边社，1983年12月1版，第111页。

〔16〕卞之琳：《雕虫纪历·自序》，见《雕虫纪历1930—1958》增订版，人民文学出版社，1984年6月2版，第16页。

〔17〕卞之琳：《话旧成独白：追念师陀》，见《新文学史料》，1989年第

2 期,第 23—24 页。

〔18〕卞之琳:《香港小游长洲岛》附注 4,见《诗双月刊》,第 1 卷第 5 期(1990 年 4 月),第 4 页。

〔19〕卞之琳:《人尚性灵,诗通神韵:追忆周煦良》,见《新文学史料》,1990 年第 2 期,第 23—24 页。

〔20〕卞之琳:《雕虫纪历·自序》,见《雕虫纪历 1930—1958》增订版,人民文学出版社,1984 年 6 月 2 版,第 14 页。

〔21〕卞之琳:《雕虫纪历·自序》,见《雕虫纪历 1930—1958》增订版,人民文学出版社,1984 年 6 月 2 版,第 1 页。

〔22〕冯文炳(废名):《谈新诗》,人民文学出版社,1984 年 2 月 1 版,第 30—31 页。

〔23〕卞之琳:《雕虫纪历·自序》,见《雕虫纪历 1930—1958》增订版,人民文学出版社,1984 年 6 月 2 版,第 15 页。

〔24〕汪剑钊:《中国新诗前 30 年现代主义的流变》,见《学术研究》,1995 年第 3 期,第 104 页。

〔25〕周汝昌认为"炼字法"是"自从南宋才有的词风",其末流"就陷入尖新、小巧的一路,专门在一二字眼上做扭捏的功夫"。见《山抹微云秦学士——秦观〈满庭芳〉赏析》,《唐宋词鉴赏集》,人民文学出版社,1983 年 5 月 1 版,第 238—239 页。

〔26〕卞之琳:《吴兴华的诗与译诗》,见《中国现代文学研究丛刊》,1986 年第 2 期,第 275 页。

〔27〕卞之琳:《吴兴华的诗与译诗》,见《中国现代文学研究丛刊》,1986 年第 2 期,第 275 页。

〔28〕卞之琳:《今日新诗面临的艺术问题》,见《人与诗:忆旧说新》,生活·读书·新知三联书店,1984 年 11 月 1 版,第 181 页。

〔29〕卞之琳:《山山水水(小说片断)》,山边社,1983 年 12 月 1 版,

第 47 页。

〔30〕卞之琳:《吴兴华的诗与译诗》,见《中国现代文学研究丛刊》,1986 年第 2 期,第 276 页。

〔31〕卞之琳:《巧笑记:说礼》,见《沧桑集(杂类散文)1936—1946》,江苏人民出版社,1982 年 8 月 1 版,第 89—93 页。

〔32〕卞之琳:《巧笑记:说礼》,见《沧桑集(杂类散文)1936—1946》,江苏人民出版社,1982 年 8 月 1 版,第 87 页。

〔33〕卞之琳:《衣修午德的〈紫罗兰姑娘〉》,见《沧桑集(杂类散文)1936—1946》,江苏人民出版社,1982 年 8 月 1 版,第 191 页。

〔34〕王先谦:《庄子集解》,中华书局,1954 年 12 月初版,第 14 页。

〔35〕卞之琳:《雕虫纪历·自序》,见《雕虫纪历 1930—1958》增订版,人民文学出版社,1984 年 6 月 2 版,第 16 页。

〔36〕卞之琳:《距离的组织》注 7,见《雕虫纪历 1930—1958》增订版,人民文学出版社,1984 年 6 月 2 版,第 37 页。

〔37〕叶维廉:《卞之琳诗中距离的组织》,见《创世纪》,第 101 期(1994 年 12 月),第 61 页。

〔38〕李怡:《中国现代新诗与古典诗歌传统》,西南师范大学出版社,1994 年 4 月 1 版,第 262 页。

〔39〕冯文炳(废名):《谈新诗》,人民文学出版社,1984 年 2 月版,第 170 页。

〔40〕叶维廉:《我和三四十年代的血缘关系》,见《花开的声音》,四季出版事业有限公司,1977 年 12 月 1 版,第 15 页。

〔41〕叶维廉:《我和三四十年代的血缘关系》,见《花开的声音》,四季出版事业有限公司,1977 年 12 月 1 版,第 16 页。

〔42〕钱钟书:《旧文四篇》,上海古籍出版社,1979 年 9 月 1 版,第 15、20 页。

〔43〕参见陆复初、程志方《中国人精神世界的历史反思》第7章第2节《法藏对世界结构及相对性原理的进一步探讨》，云南人民出版社，1993年8月1版，第756—775页。

〔44〕吕澂：《中国佛学源流略讲》，中华书局，1979年8月1版，第367页。

〔45〕王佐良：《中国新诗中的现代主义——一个回顾》，见《文艺研究》，1983年第4期，第30页。

〔46〕参见陆复初、程志方《中国人精神世界的历史反思》第7章第2节《法藏对世界结构及相对性原理的进一步探讨》，第764页。

〔47〕吕澂：《中国佛学源流略讲》，中华书局，1979年8月1版，第363页。

〔48〕李广田：《诗的艺术：论卞之琳的〈十年诗草〉》，见《诗的艺术》，开明书店，1943年12月初版，汇文阁书店，据1947年7月3版重印，第18页。

〔49〕卞之琳：《关于〈鱼目集〉》，见《大公报·文艺》，1936年5月10日。

〔50〕卞之琳：《话旧成独白：追念师陀》，见《新文学史料》，1989年第2期，第35页。

第七章 时人的影响

卞之琳同时代的师友一辈，对他的诗的生成产生过重要影响的人并不很多。除徐志摩、闻一多以及废名曾使卞之琳从思想上艺术上获益匪浅外，笔者认为，没有别的人在卞之琳的诗中留下多么深刻的印记。"汉园"三诗人情趣相投，但诗的风格彼此差异颇大，所以何其芳、李广田并没有提供卞之琳以多少灵感，也许只有李广田的《秋灯》与卞之琳的《灯虫》各有一节的惊人相似是个罕见的例外[1]。梁宗岱译介的瓦雷里确实对卞之琳意义重大，但梁本人只起中介作用。至于孙大雨的"音组"试验与卞之琳的"顿"的实践，都是不约而同地对闻一多"音尺"说的发展与完善，也谈不上具体的影响。因此本章的讨论，就集中在徐志摩、闻一多、废名与卞诗的关系上。

第一节 徐志摩与闻一多

徐志摩是卞之琳的业师。卞之琳做徐志摩的学生，时间虽然很短，只1931年间上过他的英诗课不足一年，但却是徐氏将卞的课余习作第一次介绍给刊物发表而从此登上文坛。首先基于这份

"私人的情谊",卞之琳1941年编定《十年诗草》,就将它题献徐志摩,向逝世也正好10年的老师"交了卷"[2]。

另一位新月派主将闻一多,卞之琳并没有成为他的及门弟子,但也一直执弟子礼甚恭。1933年卞氏于北大毕业前,就曾"面聆过"时在清华执教的闻一多"写诗方面的不少教言"[3]。受教最多的则是在这年暑假,为了臧克家的诗集《烙印》去闻一多清华西院家中催序多次。闻一多其时已转向中国古典文史考证,虽然卞之琳抗战爆发后于武昌,抗战结束后于昆明,曾往闻一多家中多次看望,却未详如何话题。闻一多曾称卞之琳为"技巧专家"[4],又对卞氏不写情诗、未走上象牙塔表示赞扬。

卞之琳接触两家诗,却远在20年代上大学之前。1925年还在初级中学时,他就邮购了《志摩的诗》初版线装本。也早在中学毕业以前就已"熟稔"《死水》及零篇诗作。[5] 卞之琳最初的诗,不免于新月诗人的情调,当他不久后摆脱了那些表面的痕迹后,徐、闻给予他的持久的影响,却仍是构成其诗的几个基本的要素。张曼仪说:"徐、闻诸人给他的影响,说得上持久的有两点:第一就是能够戏剧性地描绘一个场面,第二就是能够灵活地运用口语。"[6] 事实上还可以加上第三点,即她后来说的"能够接受而且受用无穷的格律的制约"[7]。用袁可嘉更为简约的概括就是"学习他们的洗炼口语、戏剧化手法和格律意识"[8]。卞之琳对徐、闻格律方面的继承和发展,已见于第4章。下面只就口语与戏剧化手法的运用这两方面加以探讨。

一 以京白为宗的口语化

卞之琳晚年论及徐志摩、闻一多的诗,特别称道二位所使用

的"活的语言",数篇之中,三致意焉。他说:

> 《志摩的诗》和《死水》,虽然风格不同,一则轻快,一则凝重,虽然同样"拿来"西诗格式,也羼入一些文言词藻,但用现代汉语,特别是用口语入诗,都能吐出"活"的,干脆利落的声调,很少以喜闻乐见之名,行陈词滥调之实。[9]

在另一处,他又说徐、闻在成熟时期的语言运用,"站"得起来,并不"躺"在那。联系到他自己,他认为:

> 我自己写新诗,经过一段曲折道路,刻意在实践里也学习这一方面,还感到难以企及这两位师辈的这种艺术优点。[10]

卞之琳对于新诗的语言风格,非常强调口语化。比如他称道戴望舒以《我的记忆》开始的第二阶段的诗作"在亲切的日常说话调子里舒卷自如",同时也遗憾比诸徐志摩、闻一多,戴望舒运用日常的现代汉语作为新诗媒介,就缺少"干脆、简练、甚至于硬朗"。[11] 又如他批评当代诗:"今日有些诗人尽量用所谓'大白话',除非用并不'普通'的'京片子'的地方,还往往是白话'文'。"[12]

卞氏对口语的强调,似有将语言标准绝对化之嫌。他没有意识到这样两个问题:一、活的口语往往是不同的方言,而方言并非全都是"干脆、简练、甚至于硬朗"的;二、诗的美学往往有不同的要求,其要求也并非全都是"干脆、简练、甚至于硬朗"的。[13]

徐志摩和闻一多的诗,多用书面语,常带"文艺腔",但部分诗作确实善用口语。不过,细察之下,这些口语基本上都属于典型的京白:

"先生,我给先生请安您哪,先生。"
"没有带子儿,"坐车的先生说……
——徐志摩《先生!先生!》

关着,锁上;赶明儿瓷花砖上堆灰!
现在,您叫去!就剩空院子给您答话!
——徐志摩《残诗》

他们这才得意哪,瞧他们那笑!
我真受不了那假味儿,你呢?
——徐志摩《卡尔佛里》

老头儿你别是病了吧?
你怎么直愣着不说话?
——闻一多《罪过》

得!就算咱拉车的活倒霉,

> 赶明儿北京满城都是鬼！
>
> ——闻一多《天安门》

> 一天少了说也得二三两白干儿，
> 醉醺醺一死儿拉着人谈天儿。
>
> ——闻一多《飞毛腿》

> ……犯得着
> 惊喜得没主意，喊着最动人的名儿
>
> ——闻一多《奇迹》

卞之琳受徐、闻的影响而能够"灵活地运用口语"，笔下也就有意无意地出现了北方话尤其是京白的特有成分。它们多见于30年代初期的诗作中，后期《慰劳信集》中也有一些，中期则较少。

比如说，"儿化"是北京方言中最突出的现象[14]，卞诗中出现得相当多："道儿"、"调儿"（《傍晚》），"头儿"、"酸腿儿"（《黄昏》），"小玩艺儿"、"好玩艺儿"（《叫卖》），"头儿"、"木鱼儿"（《一个和尚》），"小孩儿"（《投》），"道儿"、"话儿"（《西长安街》），"颤抖的手儿"（《白石上》），"瓦片儿"、"鸟矢儿"、"今儿"、"明儿"（《春城》），"自家的小鸽儿"（《修筑飞机场的工人》），"串门儿"（《实行空室清野的农民》）。

所有的"儿化"中，"哪儿"在卞诗中出现最多。他从来不说"哪里"，而受北京话的影响，用"哪儿"[15]："哪儿去，哪儿去，/哪儿是你们的家？"（《群鸦》）"我哪儿去好呢？/真的，你哪儿去好呢?"(《奈何》)"哪儿来的钟声?"(《寒夜》)"你是在哪儿"(《影子》)"哪儿去,先生,要车不要?"(《酸梅汤》)"哪儿是暂时的住家呢?"(《西长安街》)"上哪儿去好,如果朋友/问我说'你要上哪儿去呢?'"(《登城》)"不再想童年的芦叶船/漂去了哪儿。"(《芦叶船》)"请教北安村打哪儿走?"(《道旁》)"哪儿了?我又不会向灯下验一把土。"(《距离的组织》)"我幻想在哪儿(天河里?)/捞到了一只圆宝盒"(《圆宝盒》)"这条路儿上哪儿的,我想问"(《放哨的儿童》)。

又比如,京白中常用"得",当发[dé]音时,表示"完了"或者"算了"[16],卞诗中就有:"得,得,得了,有大鼓!"(《古城的心》)"得,得,得,都该歇息了"(《发烧夜》),"得,老头儿,来一杯"(《酸梅汤》)。而当"得"发[děi]音时,则表示"要"、"必须"[17],卞诗中亦有:"卖不了什么也得走走"(《苦雨》),"也得算工夫结了果"(《一位夺马的勇士》)。他还用过"得劲儿"一词——也是北京土语,"得"也读[děi],作"舒坦"、"顺利"之意[18]——只因为要叶韵,未作"儿化":"让它们息下来舒服,飞出去得劲。"(《修筑飞机场的工人》)

卞之琳"家住吴门,久作长安旅",在北京生活已逾70载而乡音犹浓。他钦佩徐志摩"敏锐的""语言感觉力",说"他讲普通话以至京白是能得其神的,虽然也总带江、浙口音"。[19]反观自己,则未之能及。他早年就说过:

> 想起话来,我就悲哀,我学话的本领实在太差了,算起来我在北平已经住了五六年,有如此好机缘,竟没有学会几

句京话，直到现在仍然是一口南腔北调……[20]

其实，舌不如人未必笔不如人。从他1930年亦即到北平一年后写的诗，就已经可以见出他对京腔京调出色的语感。上述分析可以证明，30年代前期与后期，卞诗运用口语尤其是京白，也是"能得其神"的，这既出于诗人美学上的考虑，同时也似有心理学上的所谓"补偿作用"吧。

"活生生的口语"当然并不等于京白，但是，出现在文学作品中，京白却的的确确最易于、也最宜于体现出"干脆、简练、甚至于硬朗"的特点来，而用别的方言，比如用卞氏家乡的吴侬软语，就收不到同样的效果。[21]所以卞之琳虽曾于50年代用吴方言写过几首民歌体诗，也就像徐志摩用硖石土话写过的《一条金色的光痕》一样，难以得到广泛认同。事实上，卞之琳说今日诗人"尽量用所谓'大白话'，除非用并不'普通'的'京片子'的地方，还往往是白话'文'"，正说明他把"京片子"看作最能区别于书面语（"文"）的白话口语。早在徐、闻的《残诗》、《一条金色的光痕》与《天安门》发表后不久，饶孟侃就评论道：

> 除非那首诗非用别地的土白不可，我主张都用北京的土白来写土白诗，那么也许可以从不普遍中求得普遍了，我另一个理由是觉得北京话的发音准确，而且非常铿锵，这种成分尤其在诗里是需要的。[22]

卞之琳批评戴望舒使用现代汉语作为新诗媒介，缺少徐、闻那样的"干脆、简练、甚至于硬朗",可以从戴氏与徐、闻、卞三人不同的生活地域得到部分解释。除了1927年秋短期去北京旅行外,戴望舒的文学活动基本上都在上海进行,他对"准确"而"铿锵"的北京话缺乏足够的体验,故笔下从未使用过京白,诗的日常说话调子乃近于柔声曼语。客观上讲,也许就是"不能"吧;可从主观上说,戴望舒显然又是"不为":他的诗学原则,正好是"干脆、简练、甚至于硬朗"的反面。作为戴望舒灵感来源的法国象征派诗,尤其是魏尔伦一路的"人性象征主义"(human symbolism),主张用一系列象征来暗示内心微妙的情愫,它弃绝了外在的叙事和议论因素,着意表达一种无人称的内心感受。这样,直接从现实生活中来的鲜活的口语,在这样的诗学理论中失去了存在的价值。饶孟侃认为京白的"铿锵"这种成分尤其在诗里是需要的,戴望舒恰恰避之惟恐不及。他认为纪德下面的说法才是"更正确的意见":

> 语辞的韵律不应是表面的,矫饰的,只在于铿锵的语言的继承;它应该随着那由一种微妙的起承转合所按拍着的思想的曲线而波动着。[23]

卞之琳30年代中期的诗,更多地取法于瓦雷里,所以既注意情思的内在旋律,也在词句的外在节奏方面下功夫。但是,象征主义的诗毕竟以幽情密绪和玄思妙理见长,故卞之琳出"新月"而入"现代"的此期诗作,语言的质地就绵密得多,书面语比重超过了口语。他自己也说有一个阶段"最多"吸取文言词汇、文言句法，[24] 从上面的举证可见，1935年至1937年间卞诗最少使用京白，三十多例中，只《距离的组织》与《圆宝盒》两例而已。因此说，当一位诗人的诗学观念发生变化时，他所使用的语言也会随之而变化。

当然，变化中自有不变者在。卞之琳受徐、闻影响，坚持用圆顺洗炼的口语写有规律的诗行，虽在30年代中期，也仍是比重上的差异。在第2章《意识与声音》中，笔者已详细讨论了卞诗声音的对话化。他的诗中，充满了"同意和反对"、"肯定和补充"、"问和答"的关系，充满了疑问、祈使、感叹、反诘的语气，这就为口语的使用留下众多的余地。他1935年至1937年的诗，不管全篇多么倾向于文言与欧化的表达，那种干脆而洗炼的口语仍不时于一篇中跳出。试看下列疑问句与感叹句：

你的船呢？船呢？下楼去！

——《无题二》

门上一声响，你来得正对！

——《白螺壳》

"我这八阵图好不好？"
"哈哈，到底算谁胜利？"

——《淘气》

你们飞去了什么地方？

> 喂，你杭州？你上海？你天津？
>
> ——《睡车》

足见卞之琳语言运用上拜赐于徐、闻的影响是多么深刻。但是，如果他不是同时继承了徐、闻另一方面的艺术手法的话，他就不会发展出一种对话型的诗，从而为口语派上足够多的用场。这种艺术手法，就是诗的小说化、戏剧化。

二 显见或潜在的戏剧化

卞之琳晚年论及徐志摩、闻一多的诗，说：

> 我认为徐、闻等曾被称为"新月"派的诗创作里，受过英国19世纪浪漫派传统和它在维多利亚时代的变种以至世纪末的唯美主义和哈代、霍斯曼的影响是明显的，受波德莱尔和他以后法、德等西欧诗风的影响是少见的……[25]

受英国文学伟大的诗剧传统的影响，19世纪及20世纪初的英诗，戏剧性因素比较丰富。哈代（Thomas Hardy）与霍斯曼（Alfred Edward Housman）都偏好设置一个小小的叙事框架，将议论和抒情放在人物的行为和对话上。罗赛蒂兄妹（Dante Gabriel Rossetti, Christina Rossetti）笔下常有问有答。白朗宁（Robert Browning）的戏剧性独白根本上就是不加引号的说话。徐志摩、闻一多心摹手追，诗中就多见引号与问号，有较为明显的戏剧色彩。徐志摩深受哈代的影响。他访问过哈代，写诗写评论常写哈代,译诗也以哈代诗居多。而哈代的诗,除了口语化之外,还很戏剧化,常常都是叙事的,两个或三个人之间对话。卞之琳认为哈代"以他的嘲世思想,森寒格调,影响过徐志摩"[26],并没有提戏剧化手法的因袭。梁实秋却提到过这一点:"哈代的小诗常常是一个小小的情节,平平淡淡,在结尾处缀一个悲观的讽刺,这是哈代的独特的作风,志摩颇能得其神韵。"[27]

梁实秋与闻一多相交更久而相知更深,他回忆霍斯曼诗集曾是闻一多在科罗拉多温泉(珂泉)时"所最心爱的"。[28] 霍斯曼对闻一多的诗发生"很大的影响",当不止于"简练整洁的形式"[29],还应有精审的用字和戏剧式写法。除了悲观主义相通外,霍斯曼与哈代在寓情于景,通过具体的情节与场面表达思想这一方面也是相似的。梁实秋也曾认为:"《春光》和《飞毛腿》这两首诗很有意味,都有一点哈代的那种戏剧化的悲观的讽刺的意思"[30]。

徐志摩与闻一多又都受白朗宁的影响。白朗宁创出"戏剧性独白"(dramatic monologue)一体。艾略特说:"如果确实有什么诗,不是为舞台写的,但又值得称为'戏剧的',那就是白朗宁的诗。"[31] 徐、闻都曾效此体,徐有《卡尔佛里》、《一条金色的光痕》、《翡冷翠的一夜》和《爱的灵感》,闻有《飞毛腿》和《天安门》。

卞之琳受徐、闻影响,故"能够戏剧性地描绘一个场面"。卞氏曾说:

我在自己诗创作里常倾向于写戏剧性处境,作戏剧性独白或对话,甚至进行小说化,从西方诗里当然找得到较直接的启迪,从我国旧诗的"意境"说里也多少可以找得到较间接的领会,从我国上一辈的新诗作者当中呢?好,我现在翻看到闻先生自己的话了,"尽量采取小说戏剧的态度,利用小说戏剧的技巧"等等。[32]

这段话中所引闻一多语,见于抗战胜利时闻氏《新诗的前途》一文。卞之琳当然不是这个时候才受到闻一多这一看法的启发,而是早有《死水》中的创作实践给他做榜样。这段话单提闻一多而不及徐志摩,或许是因为虽一样采取小说戏剧的技巧,而闻氏自觉、徐氏不自觉而已。

在这方面,最能显示从徐志摩、闻一多到卞之琳一脉相承的关系的,是他们的"戏剧性独白"体,如《一条金色的光痕》、《天安门》和《酸梅汤》诸诗。徐志摩常用的略显呆板的一问一答式对话体,卞之琳却少用,只有最早所写的《奈何》与50年代所写的《动土问答》二首。同时他也不写闻一多写过多首的单纯的叙事诗。然而,若论小说化戏剧化程度之深、范围之广,卞之琳又远远超出两位师辈。第2章笔者详细分析了卞诗中自我意识的客观化与主体声音的对话化的特色,说明卞氏在尽量减少创作中的主观涉入这一点上走得很远。正如卞之琳在诗的小说化上比传统小说更精微复杂而近于一种复调小说,在诗的戏剧化上,比诸徐、闻,卞之琳也独具现代戏剧的某些特色。

比如,传统戏剧非常强调戏剧冲突的集中与强烈,几种力量之间相互交锋而达致最终的解决。徐志摩、闻一多富有戏剧化色彩的诗，也就往往以对比强烈、冲突尖锐为特征，其左右读者观感的意图相当鲜明，如徐志摩的《先生！先生!》、《叫化活该》、《太平景象》，闻一多的《春光》、《罪过》等。相形之下，卞之琳处理的戏剧性处境，除1939年《慰劳信集》中写"刺车的姑娘"、"夺马的勇士"、"用手指探电网的连长"数篇之外，紧张的冲突（conflict）与强烈的行动（action）常付之阙如。特别是30年代前期作品，写秋日斜阳下北平街头郊外、室内院角的下层人民生活，那些无望、无助、无奈的小人物，往往欲言而又无言，欲行而又无处可行，差不多成为"无话的戏剧"和"几乎无事的戏剧"[33]。比如《苦雨》：

> 茶馆老王懒得没开门；
> 小周躲在屋檐下等候，
> 隔了空洋车一排檐溜。
> 一把伞拖来了一个老人：
> "早啊，今天还想卖烧饼？"
> "卖不了什么也得走走。"

没开门的茶馆，空着等候的洋车，卖不出去的烧饼，这样的事态与情境，如果说其中仍有冲突与行动，那只是被命运彻底压倒之后的徒劳与绝望，沉默是这出戏剧的空气。卞之琳在评论保罗·福尔（Paul Fort）的诗篇《亨利第三》时说："那是一贯的无行动，充满了本该成行动的行动。""像梅特灵克的戏剧一样，空白里比非空白里包含得更多。"[34] 这样的评语，完全可以移评他自己早期的许多诗作,如《酸梅汤》、《寒夜》、《长》(原独立成诗的《西长安街》首节)、《胡琴》、《几个人》、《古城的心》等等。

然而,卞之琳的诗,既能于有戏处无戏,亦可于无戏处有戏。30年代初期的诗是情境的写实,那些最易于发生戏剧性冲突的地方,表面上却取消了冲突;中期转向观念的象征,那些最难于表现为戏剧性冲突的地方,却往往存在两种相对的事态和情境,经一二人物的言行牵合一处,而造成对比的形势,产生戏剧性的冲突效果。这样的例子举不胜举:《断章》是"你站在桥上看风景"与"看风景人在楼上看你"之对照;《距离的组织》是"我"在梦中往访"远人"与"友人"真的前来访"我"之对照;《尺八》是现实中的"海西客"与历史上的"番客"之对照;《航海》是蜗牛一夜的"一段银迹"与轮船一夜的"二百海里"之对照。《圆宝盒》的暂与久,《候鸟问题》的去与留,《无题二》的来与不来,无不充斥着矛盾,展开着变化。这些正足以说明,最初受惠于徐、闻的戏剧性因素是如何全面地深入到卞之琳诗的构成之中。

新批评派理论家布鲁克斯(Cleanth Brooks)说:"诗篇的结论是由悬疑、隐喻、象征等不管哪种手段所构成的各种张力的结果。是戏剧性过程而非逻辑过程。"[35] 40年代末,深受这种"戏剧主义"(dramatism)理论影响的袁可嘉在其系列论文中也说:浪漫诗人的情感表现只止于直线的运动,它们是单纯的,本质上要求一种强烈情绪的独占。"现在的戏剧性的诗,恰恰相反,十分着重复杂经验的有组织的表达,因为每一刹那的人生经验既然都包含不同的、矛盾的因素,这一类诗的效果势必依赖表现上的曲折、暗示与迂回。创作这样的诗篇无异是在做一件富有戏剧性的

(即是从矛盾求统一的）工作。"[36] 卞之琳与徐志摩、闻一多的诗在这方面的差异，从中可得到说明。徐、闻的戏剧化是外在的，受主体情感牢牢控制的；卞氏的戏剧性却常常内化在诗的组织中，又时时限制主体情感的介入。从徐、闻处学到的戏剧性描写场面的技巧，被卞之琳充分发展又加以变化了。可以说，他是用艾略特式的戏剧性，置换了哈代、霍斯曼式的戏剧性。

三 结 语

"文革"过后卞之琳重新开始写作，最早的几篇文章中就包括了《完成与开端：纪念诗人闻一多80生辰》和《徐志摩诗重读志感》。由于徐志摩其人其诗1949年后在大陆的命运，后一篇文章更具有特殊的意义。[37] 可见徐、闻二师在他心目中的分量之重、位置之高。难得的是，当时的形势与个人的情感都不曾导致他抑扬过实。20年后看来，仍觉其分析中肯而评价公允。

问题是，虽然对于徐、闻二人，卞氏深受其惠而甚感其恩，但对于以他俩为主将的"新月派"，卞氏却远远谈不上有什么好感。1949年他在《开讲英国诗想到的一些体验》一文中说，无论是"新月派"还是"现代派"，自己"可以说不属于任何一派"。[38] 1988年他发表《何其芳与诗派》一文，有所修正，说"不在乎"自己的诗已被选入《现代派诗选》，"当然"还将入选《新月派诗选》，他"无意要洗刷自己"[39]，可语气到底有悻悻之感。原因不在政治，而在艺术。后文的主要一点就是赞同何其芳的看法，即不能以当年陈梦家所编的《新月诗选》为此派诗人划线。问题正出在这本诗选中，具体地说，出在这本诗选的编者不征求卞之琳同意就选了他的"个别诗",即他"早已一见发表就厌恶的"[40]、连诗名都不愿提起的《魔鬼的夜歌》。那是诗人最不希望别人掘墓"鞭尸"[41]的某些幼稚少作的一个最坏的样品。

徐、闻的影响并不总是令人愉快的。闻一多还好,卞氏只是写了几首良莠不齐的"豆腐干"诗,或应归咎于闻的不良影响,如《记录》、《一个闲人》、《长途》、《工作的笑》以及《魔鬼的夜歌》。徐志摩就常使他难堪了,这首《魔鬼的夜歌》就集中体现了徐的太令人不快的影响痕迹。此诗写夜中的魔鬼向坟中的少女求爱,以揶揄的方式向世人宣示死的绝对存在。"我们有磷火照耀"、"我们叫鸱鸮唱歌"的阴森氛围中,魔鬼弹琴唱道:

> 你要抹粉也可以,
> 用这一瓶白的雪;
> 你要涂脂也方便,
> 用这一杯红的血!
> ……
> 你可爱紧凑的抱,
> 你可爱服帖的吻?
> 我有蛇一般的臂,
> 我有蚕一般的唇。

对照徐志摩的一些诗句,如《希望的埋葬》中"像那个情疯了的公主,/紧搂住她爱人的冷尸!"《问谁》中"我俯身,我伸手向她搂抱——/呵,这半潮润的新坟!""丛林中有鸱鸮在悍辩——/此地有伤心,只影!"《半夜深巷琵琶》中"她在坟墓的那一边等,/等你去亲吻,等你去亲吻,等你去亲吻?"《哈代》中"他说乐观是'死尸脸上/抹着粉,搽着胭脂'",等等。不难看出,《魔鬼的夜歌》直接蹈袭了即使在徐志摩诗中亦属格调卑下的诸诗的意象与主题。

徐志摩从哈代那里承继的厌世腔调,影响卞之琳写下了他最不可取的一些诗,如《群鸦》初发表时的第4节:

> 呵,冷北风中的群鸦,
> 　假如我是死尸,
> 　我请客,没有半句话。

像是徐志摩《人变兽(战歌之二)》中的两行诗"柳林中有乌鸦们在争吵,/分不匀死人身上的脂膏"的翻版。又如卞之琳《彗星》的末节:

> "好在是梦,哪有什么彗星!"
> 　我告诉一位朋友。
> 他笑了,"假如有,我真高兴,
> 　假如撞破了地球!"

也酷肖徐志摩从哈代处学到的、每于篇末冷冷道出的愤世口吻。

不仅主题、意象与格调,卞之琳在章法上一度也留下模仿徐志摩诗的迹象。张曼仪曾举出《三天》一诗,3个诗节分写"前天"、"昨天"、"今天",她认为这是受新月的影响。[42] 这样的时间安排,其实与徐的《不再是我的乖乖》、《运命的逻辑》二诗如出一辙。就连韵法,卞之琳偶尔以吴音叶韵,如《魔鬼的夜歌》的"歌"与"舞",《望》的"图"与"朵"等,也正是徐志摩土音入韵的坏习惯。

这些打上了徐志摩烙印的诗,在卞之琳历年所编的各个集子里逐渐被淘汰,到最后的《雕虫纪历》增订版,只保留了一首《群鸦》,而且早在《鱼目集》中即已删去了上面提到的第4节。在《雕虫纪历·自序》中,他所谓"思想感情上太颓唐、太软绵绵、太酸溜溜的"和艺术表现得"平庸粗俗"的,当指此类作品,所以"成堆删去"。[43] 卞之琳非常清楚自己从两位师辈那里应该得到什么。格律、口语、戏剧化手法,这三点构成了他日后写诗的良好基础。同时,卞之琳也非常清楚徐、闻那里有什么是要不得的,或者要了而又悔不该要的。硬算字数划一成行的方块诗,过于伶俐以至油滑的京片子,特别是,放纵个人情感、夸张自身感受的浪漫习气。一开头是乱学一气,渐渐地,眼界开阔了,眼光敏锐了,分清了优劣,懂得了取舍,卞之琳就带着师辈的营养,走出了他十分短暂的"新月时期"。

第二节　废　名

以笔名"废名"而闻名于30年代的冯文炳(1901—1967),湖北黄梅人,1929年毕业于北京大学英文系,师事周作人,为知堂门下四弟子之一。善以冲淡简练的诗化文笔写乡土小说,有

《竹林的故事》（1925年）、《桃园》（1928年）、《枣》（1931年）、《桥》（1932年）、《莫须有先生传》（1932年）以及未结集的《莫须有先生坐飞机以后》（1947年—1948年连载于《文学杂志》）等作品行世。偶写新诗，但发表较少。抗战前后任教于北京大学中文系，其新诗讲义由人集结成书，以《谈新诗》一名分别于1944年及1984年出版。

在同时代文坛与学界的师友一辈中，废名属卞之琳相识较晚、相交较久且相知较深的一位。1983年卞氏在为《冯文炳选集》所写的序中，曾自述与废名的交往：

> 我在1933年大学毕业期间，在沙滩老胡同他住处和他第一次见面，从此成为他的小朋友以后，深得他的深情厚谊。他虽然私下爱谈禅论道，却是人情味十足。他对我的写作以至感情生活十分关注。[44]

从《谈新诗》中有关《十年诗草》一章中可以看到，废名对卞之琳的诗创作，理解甚深，评价甚高。而他对诗人情感生活的关注，则曲折反映在卞氏的长篇小说《山山水水》中。在这部小说残留的片断里，以废名为原型的"玄学先生"廖虚舟，给投射了诗人与其女友影子的男女主角热心牵线，显然有其本事。[45]

废名30年代以其独特的文体备受文坛瞩目，卞之琳说他的"独特影响、看不见的好影响，看来既深且广，确会涉及不少人"[46]。他举出师陀与何其芳在小说和散文创作上受益于废名，也连及自己，但他列数自己曾借废名小说入自己的诗，和借废名的诗入自己的小说,都属于一般"用事"的范畴,是易于指认的表面痕迹。[47] 卞氏说自己"没有学他的文字功夫"[48],在有意识的层面上应属事实,然而他所不自觉的受惠于废名的地方,实在是迹象分明而又关系重大。笔者认为,正是1933年至1937年间与废名的时相过从,对30年代中期与后期的卞之琳起了两方面的"好影响":一、艺术上从情境的写实转入了观念的象征;二、思想上以佛家的空灵结合了儒家的着实。两者都显示废名之于卞之琳,其影响的重要性不在徐志摩、闻一多之下。

一 "跳"得很大,"空"得很长

废名给予卞之琳的艺术上的影响,也许旁观者清的缘故,当时即有评论者予以指出。朱光潜1937年在《文学杂志》上为废名的《桥》所写的一篇书评中说:

> 《桥》在小说中似还未生影响,它对于卞之琳一派新诗的影响似很显著,虽然他们自己也许不承认。[49]

黄伯思也在1947年刊登于《文艺春秋副刊》的《关于废名》一文中写道:

> 我所有兴趣的还是废名在中国新诗上的功绩,他开辟了一条新路,在北大,汉园三诗人都是后辈,照我看来,全有废名的影响。何其芳虽然披了华丽的外衣,卞之琳较为朴实,路子原来都是一样的,我的私意,中国新诗这一路,很有成

就，打个比方，正如佛家的棒喝法罢？一两句话，可以指出一个鲜明的境界，使人顿悟。

他概括说：

> 这是中国新诗近于禅的一路。[50]

若论影响是来自废名的诗还是他的小说，当以朱光潜的感觉为准。卞之琳晚年对废名的新诗评价并不高，曾批评道："他的分行新诗里，也自有些吉光片羽，思路难辨，层次欠明。他的诗，语言上古今甚至中外杂陈，未能化古化欧，多数诘屈聱牙，读来不顺，更少作为诗，尽管是自由诗，所应有的节奏感和旋律感。"[51] 至于废名的小说，卞氏则认为是"他留给后人的文学遗产的精华"："我主要是从他的小说里得到读诗的艺术享受，而不是从他的散文化的分行新诗。"[52] 30年代头两年，卞之琳就每期必买并开始欣赏其中经常刊登的几章《桥》或《莫须有先生传》的《骆驼草》杂志，认为废名写小说，应以《桥》上卷为达到高峰。朱光潜敏锐察觉出《桥》对卞之琳一派新诗的影响，是因为这部小说的艺术表现手法最近于诗，而且是废名个人意义上的"诗"，它的典范是温庭筠、李商隐一派的作品，"他们都是自由表现其诗的感觉与理想"[53]。废名激赏卞之琳的诗，也就常拿他推崇的温、李的诗词来相比。有趣的是，在解说温词、李诗的时候，他都喜欢用一个"乱"字："（温庭筠）他可以横竖乱写"[54]，"李诗写得很快，多半是乱写的"[55]，而这两人的源头，废名以为，正是"生香真色"的、"乱写的"六朝文章如庾信赋。[56] 所谓"乱",无非因为他们都是采取"自由联想"(free association)的手法。卞之琳恰好用了这一术语概括过废名中期"像蜻蜓点水"式的"思路飘忽,意象跳动"的文风[57]。

《桥》的表现手法,论者评为"'跳'得很大,'空'得很长"[58]。例如下面这段文字:

> 小林慢慢的看些什么?所见者小。眼睛没有逃出圈子以外,而圈子内就只有那点淡淡的东西——琴子的眉毛。所以,不着颜料之眉,实在使尽了这一个树林。古今的山色且凑在一起哩!——真的,那一个不相干的黛字。那样的眉毛是否好看,他还不晓得,那些眼睛,因为是诗人写的,却一时挤进他的眼睛了,就在那里作壁上观,但不敢喝彩。[59]

从眼前"琴子的眉毛",联想到"这一个树林",到"古今的山色",直到诗人们所写的无数眼睛,确乎像废名所说的"温飞卿每每从美人身上一点一点东西写到身外之物很远很远的山水上面去了"[60],"上天下地,东跳西跳"[61]。

灌婴评《桥》,也说:

> 作者联想多,感觉细,爱用比喻,而作者写眼前事物到一个联想,或从一个联想到另一个联想,或写一个感觉到第二个感觉,或写实物到比喻时,往往是跳来跳去的,使读者来不及跟随作者的笔。[62]

跳动的语句之间,便是大量的"空白"。李健吾说:

> 我不妨请读者注意他的句与句之间的空白。唯其他用心思索每一句子的完美,而每一完美的句子便各自成为一个世界,所以他有句与句间最长的空白。他的空白最长,也最耐人寻味。[63]

评论者指出卞之琳的诗受到废名小说的影响,显然因为两者之间确实存在这样的共同之处:观念上的跳动与字句间的空白。废名评《十年诗草》,认为"卞之琳的诗又是观念跳得厉害"[64],这个说法完全符合30年代中期卞氏一些诗的艺术实际。尤其像《距离的组织》、《圆宝盒》等,其繁富的联想、浓缩的暗示、玄妙的运思,充分体现出卞之琳观念化写作方式的特色。李健吾对废名小说的艺术发展的分析,同样可以移评卞之琳诗风的演变:

> 冯文炳先生徘徊在他记忆的王国,而废名先生,渐渐走出形象的沾恋,停留在一种抽象的存在,同时他所有艺术家的匠心,或者内心的喜悦,几乎全用来表现他所钟情的观念。[65]

> 他从观念出发,每一个观念凝成一个结晶的句子。读者不得不在这里逗留,因为它供你过长的思维。[66]

而这种写法造成的问题也是相似的。李健吾就认为"废名先生的空白,往往是句与句间缺乏一道明显的'桥'的结果"[67]。卞之琳也时有"'跳'得太大、'空'得太长"的时候,比如《距离的组织》之第5行("醒来天欲暮。无聊,一访友人吧。"),便是极端的例子。又如《圆宝盒》整首诗,引起李健吾与作者往复讨论而各执一词,以至于朱自清断言:"我大胆说,那首诗表现的怕不充分。"[68] 卞氏也自认"偶尔又过分压缩而终归不行"[69]。应就是指诸诗所需读者填充的空白甚多而其难度又甚至超出专业的可能,这说明卞诗与废名小说在艺术上的得与失何其相似:相同的"失"使两者在30年代都被冠以"晦涩"之名。废名小说的"自由联想",毕竟受基本情节与场景制约,无论思维多么跳跃,有心的读者仍可把握。至于他的诗,起落无端,兴会无涯,意旨总在可解不可解之间,例如他的名篇《十二月十九夜》:

深夜一枝灯,
若高山流水,
有身外之海。
星之空是鸟林,
是花,是鱼,
是天上的梦,
海是夜的镜子。
思想是一个美人,
是家,
是日,
是月,
是灯,

第七章 时人的影响

> 是炉火,
> 炉火是墙上的影子,
> 是冬夜的声音。

这真正是"中国新诗近于禅的一路",言语道断,思维路绝,宜乎卞之琳对此并不作积极评价,因为他一贯坚持形象思维与逻辑思维并非对立。虽然有论者将废名的诗冠以"观念诗"、"理趣诗"之名[70],很容易使人拿卞之琳的诗来作比附,但笔者认为,两者实异大于同。尽管卞之琳一度也喜欢玩禅悟的把戏,下面这段话,对卞之琳诗与废名诗本质的区别有一个比较准确的界定:

> 废名远较卞之琳难读。卞氏的诗属理性思辨,故思维结构较易把握;而废名的诗不涉理路,不落言筌,颇得禅宗妙悟之旨,故读其诗如参禅。[71]

所以,废名对卞之琳艺术表现手法的影响,只能从他的小说去找,而不应从他的诗。

二 佛家的空灵与儒家的着实

1933年夏卞之琳与废名初次见面的时候,废名已基本中止了小说创作,只偶有几篇短文与小诗发表。他的兴趣,转向了悟理证道。卞之琳说废名"特别在抗战前,似曾以他独特的方式,把儒释道熔于一炉"[72]。这对于晚他9岁的卞之琳,自然会起到潜移默化的作用。下面的分析将证明,这段时间与废名的亲密交往,在卞氏的心智生活中产生了重大的影响,因为这位"参禅悟道的废名先生"(朱光潜语)直接启发了他的兴趣,使他开始玩索儒家思想与佛学观念,并据此对世界人生加以哲学的省视,从而丰富和深化了他的诗文创作的内涵。

20年代后期,废名就与他精研佛学的同乡熊十力经常往来。"废名平常颇佩服其同乡熊十力翁,常与谈论儒道异同等事,等到他着手读佛书以后,却与专门学佛的熊翁意见不合,而且多有不满之意。"[73] 废名与熊十力论僧肇,意见龃龉以至相打,是流传很广的逸事。1942年熊十力《新唯识论》出版后,曾寄废名,废名读罢,"乃大不以熊翁为然",遂著论反驳,名为《阿赖耶识论》。[74] 卞之琳晚年回忆说:

> 1949年春我从国外回来,他把一部好像诠释什么佛经的稿子拿给我看,津津乐道,自以为正合马克思主义真谛。我是凡胎俗骨,一直不大相信他那些"顿悟"……无暇也无心借去读。[75]

此稿应该就是《阿赖耶识论》。卞氏说自己"入道无缘",当属晚年自谦之辞。抗战前他们作为"忘年的知交",见面的谈话,想必不只析诗衡文,还会谈禅论道吧。相隔十余年后拿佛学论稿给对方看,说明这曾经是两人之间的话题之一。

佛家的思想观念,于30年代中期,深入到卞之琳情感与理智的核心,这从前面对诗人笔下的佛学意象的分析中可以确认。如果说1930年卞氏所写的《一个和尚》,还只是以戏拟的手法客观展示一种无意义的人生,"厌倦也永远在佛经中蜿蜒"也并非出自诗人生命的体认,那么从1935年到1937年间,卞之琳对佛学的援引,就远不是撷拾佛家字面以点缀诗思那么简单和浮泛了。笔者认为,这三年中,佛学对卞之琳的影响又各有侧重点。前面曾分析了写于1935年的《距离的组织》和《圆宝盒》二诗,指出它们对世界之种种相对关系的把握,与佛教华严宗"六相圆融"、"十玄无碍"的玄学图式,以及"小时正大,芥子纳于须弥;大时还小,海水纳于毛孔"的玄秘思想有着惊人的联系,结合写于同年的《断章》、《航海》等诗,可以见出这一年卞之琳关注的焦点乃在世界相对关系的认识上,佛学影响了他的世界观,偏于智而似不及于情。到了1937年,佛家的"色空"观念则差不多主导了诗人的人生观。这年春天,正值卞氏爱情过程中悲喜交集的顶点:"我与友好中特殊这一位感情上达到一个小高潮也就特别爱玩禅悟的把戏,同时确也预感到年华似水,好梦都过眼皆空的结局,深感到自己也到了该'结束铅华'的境地了。"[76] 而这一年也正是卞之琳与废名交往最紧密的一年,诗人的爱情生活一直在废名的关心之中。卞之琳说这时候"特别爱玩禅悟",其间曾受废名的点拨,可想而知。

"你看我实在并不是一个佛家,我只是拿佛家想法的空灵来清疏了我儒家头脑的踏实。"[77] "玄学先生"廖虚舟的这番夫子自道,表示了卞之琳对原型人物废名的特殊认识,虽然这种外佛内儒的判断未必准确。废名曾说"自民国24年闻道以来,乃所愿则学孔子,学佛"[78],可见他所"闻"、所"证"、所"悟"的"道",是儒佛并重而贯通的。而他对卞之琳心智生活的影响,也表现在他积极引导了卞氏对儒家思想的增进了解上。

在卞之琳的散文中,从1936年的《成长》,到1943年的《巧笑记:说礼》和《惊弦记:论乐》,以至稍后的一系列书评文字,常见作者对孔子言论与事迹的娴熟征引与精彩发挥。这样的儒学修养,不是用那个年代一般读书人普遍具有的传统文化积淀所能完全解释的,应该说跟废名的介绍有关。卞之琳晚年回忆道,废名"向我一再推荐过《论语》,把孔子和孔门弟子的交往及其言行,一扫腐儒的玄化,解释得非常平易近人"[79]。在《莫须有先生坐飞机以后》这部未完成的小说中,主人公"总喜欢援引论语"[80],因为"论语所记的言行句句真切"[81]:

> 莫须有先生从感情上爱好孔子,崇拜孔子,因为他确实懂得孔子的为人,孔子的为人是可以学得及的,孔子是日日新的,总是进步的,从15岁至70岁都有经验告诉我们的……[82]

> ……孔子说,"丘也幸,苟有过,人必知之。"除了孔子而外,哪有这样亲切的话呢?除了孔子而外,哪里有这样绝对不错的心情呢?这个心情便是圣人。[83]

而卞之琳对孔子的看法相当一致,显见废名的影响。在1936年的《成长》与1943年的《惊弦记:论乐》中,卞氏给孔子所加的形容词分别是:

> 自甘于某一种糊涂的、若愚的、而脚踏实地的孔子。[84]

> 宣扬中庸,最通达,最近人情的孔子。[85]

然而,总的看法尽管一致,两人对孔子人格思想的着眼点与会心处却有不同。如果说废名最为心折的是孔子的"亲切"、"通达"、"近人情",则卞之琳更为钦佩孔子的"脚踏实地"、"总是进步"、"日日新"。表现在卞诗中,则无论是1937年所写的"时间磨透于忍耐"的艺术之陶洗与生命之历炼(《白螺壳》),还是1939年所写的"一只手至少有一个机会/推进一个刺人的小轮齿"的全体人民之坚韧努力(《一切劳苦者》),都折射出"知其不可而为之"的、"一脚一foot,两脚两feet"[86]的孔子精神的闪光。

卞之琳与废名最重大的差别在于"进步"的持论上。废名否认"进步"(虽然他赞美孔子时矛盾而不自觉地用了"进步"作褒词),他认为进化论是"举世的妄想",所以要著论"破"之:

> 中国的几派人都是中了进化论的毒,其实大家都不是研究生物学,何以断章取义便认为是天经地义呢?这个天经地义便是说一切是进化的,后来的是对的。……孔子曰,"温故而知新,可以为师矣。"……故是历史,新是今日,历史与今日都是世界,都是人生,岂有一个对,一个不对吗?[87]

但新陈代谢的"进步"概念,却是卞之琳人生观、历史观的基础。废名相信轮回,卞之琳相信的则是"螺旋式进步",这个贯穿卞之琳大半生的理念，是来自纪德的显著影响，但他与纪德的想法一拍即合，正是有他个人所理解的"日日新"的孔子思想为铺垫。下面这段话，不仅显示出卞之琳所理解的儒家精神就在于践行，同时也揭示出他思想中儒佛两家所占的比重到底还是有差异的：正是他自己，而不是他说的废名，"只是拿佛家想法的空灵来清疏了"其"儒家头脑的踏实"：

> 否定总不能解释天道。真际在印度哲学归纳到绝对的静止，那实在是死，连实践它，连"觉"它，都得反过来想才行。反过来想就是相信真际是动，就是使生命所以成为生命，使一切能自我实践的东西。这个假设可以有科学甚至常识作为后盾，因此我们多少有点真正的儒家的精神在血液里的中国人，总趋向于同意说生命无非像水似的东西，可是很容易想象水造成河流。……水的自我实践即在于不断的流，子在川上曰："逝者如斯夫——不舍昼夜！"大可以不作消极看，"逝"即是"行"。而"天行健"恰正是积极的注脚，我们宁跟他相信一切东西里的神性即在于它的进步。[88]

三 结语

卞之琳所受到的废名的影响一直被研究者们忽视了，虽然朱光潜早已指出《桥》对卞之琳等新诗人的影响"似很显著"，却无人加以论证。只是近来有个别论者注意到这个问题。高恒文于1997年发表的一篇文章中，细心比照了卞之琳诗《无题二》与废名《桥》之一章《箫》中的一段文字，令人信服地指出后者乃前者的出处[89]：

> 窗子在等待嵌你的凭倚。
> 穿衣镜也怅望，何以安慰？
> 一室的沉默痴念着点金指，
> 门上一声响，你来得正对！
>
> 杨柳枝招人，春水面笑人。
> 鸢飞，鱼跃；青山青，白云白。
> 衣襟上不短少半条皱纹，
> 这里就差你右脚——这一拍！

> 终于徘徊于一室，就是那个打扮的所在。不，立在窗外，确如登上了歧途，徘徊，勇敢的一脚进去……诗云"鸢飞戾天，鱼跃于渊"，此盖是小林踏进这个门槛的境界。真是深，深，——深几许？……镜子是也，触目惊心。……于是云，雨，杨柳，山……模模糊糊的开扩一景致。[90]

一诗一文，文写《桥》的男主角程小林去访少女细竹，诗则写一男子等待女友的到访，位置正好颠倒，视角也恰好转换，但进门的那一刹那都被刻意放慢了镜头而放大了意义，诗与文异曲同工。而且，"窗"、"镜"、"一室"、"一脚"、"鸢飞"、"鱼跃"、"杨柳"和"云"，这些意象也惊人地一致。卞之琳写《无题》五首，距他初读《桥》已有五六年,则他是否有意识地据《桥》中这段文字来一番脱胎换骨呢?不管有意还是无意,都足证卞之琳对废名小说印象之深。

在1933年中到1937年中,废名在何等程度上成为卞之琳灵感的来源,是卞之琳研究中的一个重要问题。最近发现的废名写于1931年5月的40首诗手稿中,很多诗题都让人联想起卞诗:《灯》、《落》、《镜》、《空华》、《妆台》、《无题》、《路上》、《梦中》等。[91] 最值得注意的是,在废名抗战后发表的《莫须有先生坐飞机以后》中,有一段长篇大论,摘录如次:

> 镜花水月你认为是假的,其实镜花水月同你拿来有功用的火一样是光学上的焦点,为什么是假的呢?你认为火是真的,故镜花水月是真的。世人不知道佛教的真实,佛教的真实是示人以"相对论"。不过这个相对论是说世界是相对的,有五官世界,亦有非五官世界,五官世界的真实都可以作其他世界真实的比喻,因为都是因果法则。而世人则是绝对观非相对观……莫须有先生生平用功是克己复礼,而他做学生的时候科学实验室的习惯使得他悟得宗教,即是世界是相对的。由相对自然懂得绝对,于是莫须有先生成为空前的大乘佛教徒了。[92]

大而言之,是科学与佛学,相对与绝对;小而言之,是镜花水月,卞之琳30年代中期诗思的那么多兴奋点,全都能从废名这段文字中找到。但不像《桥》曾经眼,《莫须有先生坐飞机以后》卞氏尚未寓目,那么,唯一的解释是战前两人时相过从,共享了一些有趣的话题。从经验上说,是废名启发了卞之琳由世相转入心象,开始玩索一些观念性的东西。可以说,30年代中期卞之琳写作其最有魅力的诗篇时,废名的作用是相当关键的。若非与废名的亲密交往,若非与废名"旧时的妙悟、顿悟、擅发奇论甚至怪论的思想方法"[93]擦出的火花,卞之琳这一时期诗,想必会大异其趣而呈现别样的风貌。

注 释

〔1〕 Lloyd Haft: *Pien Chih-lin: A Study in Modern Chinese Poetry* (Dordrecht-Holland /Cinnaminson-U. S. A, Foris Publications, 1983) p. 59.

〔2〕 卞之琳:《十年诗草・题记》,明日社,1942年5月初版,第1页。

〔3〕 卞之琳:《完成与开端:纪念诗人闻一多80生辰》,见《人与诗:忆旧说新》,生活・读书・新知三联书店,1984年11月1版,第6页。

〔4〕 闻一多:《致臧克家信》,孙党伯、袁謇正主编:《闻一多全集》,第12卷,湖北人民出版社,1993年12月1版,第381页。

〔5〕 卞之琳:《完成与开端:纪念诗人闻一多80生辰》,见《人与诗:忆旧说新》,生活・读书・新知三联书店,1984年11月1版,第7页。

〔6〕 张曼仪、黄继持等编:《现代中国诗选1917—1949》,第1册,香港大学出版社、香港中文大学出版部,1974年初版,第707页。

〔7〕 张曼仪:《卞之琳著译研究》,香港大学中文系,1989年8月1版,

第16页、第14—15页。

〔8〕袁可嘉：《略论卞之琳对新诗艺术的贡献》，见袁可嘉、杜运燮、巫宁坤编：《卞之琳与诗艺术》，河北教育出版社，1990年7月1版，第15页。

〔9〕卞之琳：《徐志摩诗重读志感》，见《人与诗：忆旧说新》，生活·读书·新知三联书店，1984年11月1版，第26页。

〔10〕卞之琳：《〈冯文炳选集〉序》，见《人与诗：忆旧说新》，生活·读书·新知三联书店，1984年11月1版，第52页。

〔11〕卞之琳：《〈戴望舒诗集〉序》，见《人与诗：忆旧说新》，生活·读书·新知三联书店，1984年11月1版，第66—67页。

〔12〕卞之琳：《〈冯文炳选集〉序》，见《人与诗：忆旧说新》，生活·读书·新知三联书店，1984年11月1版，第52页。

〔13〕比如梁宗岱在《文坛往哪里去——"用什么话"问题》一文中就说："我们不独不能把纯粹的现代中国语，即最赤裸的白话，当作文学表现底工具，每个作家并且应该要创造他自己底文字——能够充分表现他底个性，他底特殊的感觉，特殊的观察，特殊的内心生活的文字。"（《诗与真》，商务印书馆，1935年2月1版，第69页。）

〔14〕"儿"化词在北京话中占有相当的比重，它在北京话中是十分生动并充满活力的部分。近代、现代不少地道的京味儿作品中常可以看到。"（贾采珠：《〈北京话儿化词典〉后记》，语文出版社，1990年9月1版，第644页。）

〔15〕"北京话'哪'（na，nei）是远指代词'那'的询问式，重读，并变换声调，多半用于方位的询问：'哪儿（什么地方）'。……近来有逐渐推广的趋势。"（袁家骅等著：《汉语方言概要》，文字改革出版社，1960年2月1版，第53页。）

〔16〕徐世荣编:《北京土语辞典》,北京出版社,1990年1版,第100页。

〔17〕徐世荣编:《北京土语辞典》,北京出版社,1990年1版,第102页。

〔18〕徐世荣编:《北京土语辞典》,北京出版社,1990年1版,第102页。

〔19〕卞之琳:《〈徐志摩选集〉序》,见《人与诗:忆旧说新》,生活·读书·新知三联书店,1984年11月1版,第35页。

〔20〕卞之琳:《尺八夜》,见《沧桑集(杂类散文)1936—1946》,江苏人民出版社,1982年8月1版,第2页。

〔21〕"鲁迅曾以'响亮的京腔'与'绵软的苏白'对举,'绵软'是质感,'响亮'则是声音印象,概括都精确……京腔的确给人以光滑感(不柔)、明亮感(不沉郁)。"(赵园:《京味小说与北京方言文化》,见《北京社会科学》,1989年第1期,第35页。)

〔22〕饶孟侃:《新诗话(一)土白入诗》,见《晨报副刊·诗镌》,第8期,1926年5月20日。

〔23〕戴望舒:《诗论零札》,见《华侨日报·文艺》,1944年2月16日。纪德此语,戴氏更早已译引过,见《谈林庚的诗见和"四行诗"》,《新诗》月刊,1936年2期,唯译文稍有出入。

〔24〕卞之琳:《雕虫纪历·自序》,见《雕虫纪历1930—1958》增订版,人民文学出版社,1984年6月2版,第15页。

〔25〕卞之琳:《完成与开端:纪念诗人闻一多80生辰》,见《人与诗:忆旧说新》,生活·读书·新知三联书店,1984年11月1版,第9页。

〔26〕卞之琳:《徐志摩诗重读志感》,见《人与诗:忆旧说新》,生活·读书·新知三联书店,1984年11月1版,第24页。美国学者Cyril Birch 有长文 *Hsu Chih-mo's Debt to Thomas Hardy*，也只偏重思想与格调，未论及这方面技巧。见台北 *Tamkang Review*，V（April 1977）.

〔27〕梁实秋：《谈徐志摩》，远东图书公司，1956 年 4 月初版，第 50 页。

〔28〕梁实秋：《谈闻一多》，传记文学出版社，1967 年 1 月初版，第 46 页。

〔29〕梁实秋：《谈闻一多》，传记文学出版社，1967 年 1 月初版，第 33 页。

〔30〕梁实秋：《谈闻一多》，传记文学出版社，1967 年 1 月初版，第 71 页。

〔31〕T. S. Eliot：*The Three Voices of Poetry*（London, Cambridge University Press, 1955）p. 12.

〔32〕卞之琳：《完成与开端：纪念诗人闻一多 80 生辰》，见《人与诗：忆旧说新》，生活·读书·新知三联书店，1984 年 11 月 1 版，第 10 页。

〔33〕卞之琳译过阿克雷芒小说《无话的戏剧》，见《西窗集》，商务印书馆，1936 年 3 月初版，第 180 页。鲁迅有《几乎无事的悲剧》一文，见《鲁迅全集》，第 6 卷，人民文学出版社，1981 年 1 版，第 370 页。

〔34〕卞之琳：《福尔的〈亨利第三〉和里尔克的〈旗手〉》，见《沧桑集（杂类散文）1936—1946》，江苏人民出版社，1982 年 8 月 1 版，第 142 页。卞氏这里提到梅特灵克，正巧 George Pierce Baker 也是拿梅特灵克做例子，来证明"无行动"（inaction）的戏剧性，见后者所著 *Dramatic Technique*（London, Houghton, Miffin, 1947）p. 40、41。

〔35〕Cleanth Brooks：*The Well Wrought Urn*（New York, Reynal and

Hitchcock,1947) p. 189.

〔36〕袁可嘉：《诗与民主》，原载 1948 年 10 月 30 日《大公报·星期文艺》，收入《半个世纪的脚印——袁可嘉诗文选》，人民文学出版社，1994 年 6 月 1 版，第 88、89 页。

〔37〕"首先为徐志摩诗作翻案正名的文章是卞之琳的《徐志摩诗重读志感》。""卞文所提出的大胆而鲜明的见解，带有拨乱反正还徐诗一个公正文学地位之意，在当时不免被人认为有些矫枉过正。"（李掖平：徐志摩研究综述》，见《中国现代文学研究丛刊》，1998 年第 3 期，第 85 页。）

〔38〕卞之琳：《开讲英国诗想到的一些体验》，见《文艺报》，第 1 卷第 4 期（1949 年 11 月 10 日），第 32 页。

〔39〕卞之琳：《何其芳与诗派》，见《人民日报》，1988 年 1 月 7 日，第 8 版《大地副刊》。

〔40〕卞之琳：《何其芳与诗派》，见《人民日报》，1988 年 1 月 7 日，第 8 版《大地副刊》。

〔41〕卞之琳：《雕虫纪历·自序》，见《雕虫纪历 1930—1958》增订版，人民文学出版社，1984 年 6 月 2 版，第 19 页。

〔42〕张曼仪：《卞之琳著译研究》，香港大学中文系，1989 年 8 月 1 版，第 14—15 页。

〔43〕卞之琳：《雕虫纪历·自序》，见《雕虫纪历 1930—1958》增订版，人民文学出版社，1984 年 6 月 2 版，第 18 页。

〔44〕卞之琳：《〈冯文炳选集〉序》，见《人与诗：忆旧说新》，生活·读书·新知三联书店，1984 年 11 月 1 版，第 41 页。

〔45〕卞之琳：《山山水水（小说片断）》，山边社，1983 年 12 月 1 版，第 5、113 页，小说中写廖虚舟"他帮着，而且最终发生了效果的，给纶年和未匀牵线"。其具体行动之一就是如廖虚舟对林未匀所说

的"去年春天也就是我催劝他直下江南去的"。

〔46〕卞之琳:《〈冯文炳选集〉序》,见《人与诗:忆旧说新》,生活·读书·新知三联书店,1984年11月1版,第56页。

〔47〕卞氏曾以废名小说《毛儿的爸爸》篇名借为其诗《古镇的梦》中的一行,亦以废名诗《寄之琳》移在小说《山山水水》中廖虚舟的名下。至于卞氏提到的另两处,即诗《淘气》末句与小说《夜正深》全篇所写到的两个民间风习,则集中表现于废名小说《莫须有先生传》第10章的一段文字中:"……静极却嫌流水闹,闲多翻笑白云忙,房后头那个野孩子还把我的墙上写一个我是王八,他以为莫须有先生一看见就怒目了。天皇皇,地皇皇,我家有个夜啼郎,今晨我上街我也念了它一遍,我倒好笑我以为有什么新的标语,我又被它骗了。"(废名:《废名选集》,四川文艺出版社,1988年7月1版,第412—413页。)

〔48〕卞之琳:《〈冯文炳选集〉序》,见《人与诗:忆旧说新》,生活·读书·新知三联书店,1984年11月1版,第56页。

〔49〕孟实(朱光潜):《桥》,见《文学杂志》,第1卷第3期(1937年7月1日),第56页。

〔50〕黄伯思:《关于废名》,见《文艺春秋副刊》,第1卷第3期(1947年3月)。

〔51〕卞之琳:《〈冯文炳选集〉序》,见《人与诗:忆旧说新》,生活·读书·新知三联书店,1984年11月1版,第52页。

〔52〕卞之琳:《〈冯文炳选集〉序》,见《人与诗:忆旧说新》,生活·读书·新知三联书店,1984年11月1版,第51页。

〔53〕冯文炳(废名):《谈新诗》,人民文学出版社,1984年2月1版,第39页。

〔54〕冯文炳(废名):《谈新诗》,人民文学出版社,1984年2月1版,

第 35 页。

〔55〕冯文炳（废名）：《谈新诗》，人民文学出版社，1984 年 2 月 1 版，第 167 页。

〔56〕冯文炳（废名）：《三竿两竿》，见《世界日报·明珠》，第 15 期，1936 年 10 月 5 日。卞之琳在《〈冯文炳选集〉序》中回忆，废名战前送过他一部木版《庾子山集》，见《人与诗：忆旧说新》，生活·读书·新知三联书店，1984 年 11 月 1 版，第 45 页。

〔57〕卞之琳：《〈冯文炳选集〉序》，见《人与诗：忆旧说新》，生活·读书·新知三联书店，1984 年 11 月 1 版，第 48 页。

〔58〕马良春：《一位具有独特风格的作家》，见《废名选集》，四川文艺出版社，1988 年 7 月 1 版，第 5 页。

〔59〕冯文炳（废名）：《桥》，开明书店，1932 年 6 月初版；上海书店，1986 年 12 月影印 1 版，第 223、224 页。

〔60〕冯文炳（废名）：《谈新诗》，人民文学出版社，1984 年 2 月 1 版，第 167、168 页。

〔61〕冯文炳（废名）：《谈新诗》，人民文学出版社，1984 年 2 月 1 版，第 34 页。

〔62〕灌婴：《桥》，见《新月》，第 4 卷第 5 期（1932 年 2 月 1 日），第 22 页。

〔63〕刘西渭（李健吾）：《〈画梦录〉——何其芳先生作》，见《咀华集》，文化生活出版社，1936 年 12 月初版，第 192 页。

〔64〕冯文炳（废名）：《谈新诗》，人民文学出版社，1984 年 2 月 1 版，第 167 页。

〔65〕刘西渭：《〈画梦录〉——何其芳先生作》，见《咀华集》，文化生活出版社，1936 年 12 月初版，第 191 页。

〔66〕刘西渭：《〈画梦录〉——何其芳先生作》，见《咀华集》，文化生活

出版社，1936年12月初版，第191页。

〔67〕刘西渭：《〈画梦录〉——何其芳先生作》，见《咀华集》，第193页。对照卞之琳的看法："……一景一景的展下去，节去了中间的连锁——这也是现代写小说，尤其写叙事诗的既成也是该有的一般趋势，因为尤其到现在大家受过电影的训练以后，讲故事再这样供给许多可省的桥梁也许反成了障碍，叫人不耐烦。"见《福尔的〈亨利第三〉和里尔克的〈旗手〉》，《沧桑集》，第136页。但不可省的桥梁省去了就更成了障碍，如废名的"跳"，有论者说："这种跳跃性，无疑增强了废名小说的诗化风格。但小说大体上有自己的行文规范，诗人写小说首先要克服的是跳跃思绪与行文流畅之间的矛盾。废名在这点上做得并不成功，所以常用破折号来联结跳跃得太快的思绪，一篇《桃园》就有33个破折号！"（姜云飞：《废名小说的禅学底蕴》，《浙江师范大学学报》（社会科学版），1991年第3期，第45页。）

〔68〕朱自清：《解诗》，见《新诗杂话》，生活·读书·新知三联书店，1984年10月1版，第12页。

〔69〕卞之琳：《雕虫纪历·自序》，见《雕虫纪历1930—1958》增订版，人民文学出版社，1984年6月2版，第5页。

〔70〕吴晓东：《新发现的废名佚诗40首》，见《中国现代文学研究丛刊》，1998年第1期，第254页。

〔71〕谢颐城：《和老子"相晤一室"——读废名的〈灯〉》，见孙玉石主编：《中国现代诗导读1917—1938》，北京大学出版社，1990年7月1版，第424页。持相同说法的有王泽龙《废名的诗与禅》："卞之琳的诗较多相对性的哲理意蕴，善于对宇宙人生作形而上的思辨，谙于把情理与哲学融为一炉，诗风主要受欧洲文学的理性倾向与法国象征派大师瓦雷里的理性思辨诗风的影响。而废名的诗较少

形而上的思辨理性，突出呈现的是禅趣、佛理的影响，善于将禅宗与人生思考汇而为一，创造的几乎是独一无二的现代禅趣诗。"（《江汉论坛》，1993年第6期，第54页。）

〔72〕卞之琳：《〈冯文炳选集〉序》，见《人与诗：忆旧说新》，生活·读书·新知三联书店，1984年11月1版，第46页。

〔73〕周作人：《怀废名》，见《药堂杂文》，新民印书馆，1944年1月初版，第120页。

〔74〕冯文炳（废名）：《莫须有先生坐飞机以后》，见《废名选集》，四川文艺出版社，1988年7月1版，第719页。

〔75〕卞之琳：《〈冯文炳选集〉序》，见《人与诗：忆旧说新》，生活·读书·新知三联书店，1984年11月1版，第46、47页。

〔76〕卞之琳：《人尚性灵，诗通神韵：追忆周煦良》，见《新文学史料》，1990年第2期，第20页。

〔77〕卞之琳：《山山水水（小说片断）》，山边社，1983年12月1版，第4页。

〔78〕冯文炳（废名）：《莫须有先生坐飞机以后》，见《废名选集》，四川文艺出版社，1988年7月1版，第625页。

〔79〕卞之琳：《〈冯文炳选集〉序》，见《人与诗：忆旧说新》，四川文艺出版社，1988年7月1版，第46页。

〔80〕冯文炳（废名）：《莫须有先生坐飞机以后》，见《废名选集》，四川文艺出版社，1988年7月1版，第623页。

〔81〕冯文炳（废名）：《莫须有先生坐飞机以后》，见《废名选集》，四川文艺出版社，1988年7月1版，第622页。

〔82〕冯文炳（废名）：《莫须有先生坐飞机以后》，见《废名选集》，四川文艺出版社，1988年7月1版，第623页。

〔83〕冯文炳（废名）：《莫须有先生坐飞机以后》，见《废名选集》，四川

文艺出版社，1988年7月1版，第626页。
〔84〕卞之琳：《成长》，见《沧桑集（杂类散文）1936—1946》，江苏人民出版社，1982年8月1版，第16页。
〔85〕卞之琳：《惊弦记：论乐》，见《沧桑集（杂类散文）1936—1946》，江苏人民出版社，1982年8月1版，第100页。
〔86〕卞之琳：《成长》，见《沧桑集（杂类散文）1936—1946》，江苏人民出版社，1982年8月1版，第15页。
〔87〕冯文炳（废名）：《莫须有先生坐飞机以后》，见《废名选集》，四川文艺出版社，1988年7月1版，第721页。
〔88〕卞之琳：《衣修午德的〈紫罗兰姑娘〉》，见《沧桑集（杂类散文）1936—1946》，江苏人民出版社，1982年8月1版，第190—191页。
〔89〕高恒文：《卞之琳的爱情诗〈无题二〉简析》，见《名作欣赏》，1997年第3期，第15页。
〔90〕冯文炳（废名）：《桥》，开明书店，1932年6月初版，第268—269页。
〔91〕吴晓东：《新发现的废名佚诗40首》，见《中国现代文学研究丛刊》，1998年第1期，第255页。
〔92〕冯文炳（废名）：《莫须有先生坐飞机以后》，见《废名选集》，四川文艺出版社，1988年7月1版，第546页。
〔93〕卞之琳：《〈冯文炳选集〉序》，见《人与诗：忆旧说新》，生活·读书·新知三联书店，1984年11月1版，第55页。

结　语

1946年诗人吴兴华写过一首寓言诗，讽刺"一味给新体诗作奴隶"的诗坛风气，其中一节这样写道：

就算有好些人觉得只有卞之琳
能写像样的诗歌，何其芳也不错；
这样子描头画角几世才能脱身，
伟人的跟班还不如小首领好作。[1]

吴兴华所谓"新体诗"未必指卞之琳体，因为他属于少有的坚持以顿建行的格律诗人之一，与卞氏"在译诗看法上更是同道"[2]。这节诗，反映了当时卞之琳在"好些人"心目中的地位之高，可为诗坛舆论的一个代表。

卞之琳晚年自道："幸承师友提携，俨然'少小知名翰墨场'。"[3] 洵为实情。1936年阿克顿（Harold Acton）与陈世骧合编的《现代中国诗选》中，卞之琳虽只是15家中的一家，选诗数却占了几乎七分之一[4]，这个分量是很重的。早在卞之琳写出最初一批诗之后的1931年4月,沈从文就为文赞赏卞之琳"运用平常的文字,写出平常人的情感,因为手段的高,写出难言的美"[5]。后来卞之琳并没有完全朝朴素的路上走,其30年代中期诗奥义深隐,颇耐寻索,故而引起李健吾(刘西渭)和朱自清与作者的往还讨论,成为三四十年代文坛有名的公案。但论者对卞之琳的诗大抵持正面而且很高的评价。李广田与废名的观点前面已多所引述,梁宗岱在1944年所写的一篇流传有限的文章中说:

> 最成熟的,或者不如说,最投合我趣味的,是《十年诗草》和《十四行集》。这两部诗集大体上都是卸却铅华的白描:前者文字底运用和意象底构成似乎更活泼更流丽更新巧,后者则在朴素的有时生涩的形式下,蕴藏着深厚的人生体验和自然的观感或二者底交融。新诗能够拥有这样的诗人,这样的作品,还有什么可以阻止它光明的前途呢?[6]

这两部诗集在废名看来,前者的技巧更胜一筹:"《十四行集》里的诗确是因'巧'而成功了,其有拙劣处是冯至运用文字的手段不及卞之琳"[7]。这个意见其实与梁宗岱同,可见闻一多说卞之琳是"技巧专家",并非一己私见。也正因为这一点,当一些左翼色彩比较鲜明的论者用"现实主义"的标准来评价卞之琳的诗时,就不免颇多訾议。1936年李磊认为卞诗"在社会的评价上""是有微毒的叹息"[8];1946年阿垅亦说像《断章》这样的诗是"罂粟"[9]。但两人都不得不承认卞诗技巧的超卓。

30年代卞之琳并没有成为诗坛"描头画角"的对象。他所予人的艺术启迪，主要反映在40年代西南联大的一个写诗群体上。作为中国现代主义代表的诗人之一，评论者普遍认为他的艺术探索与"九叶"诗人的成长有直接联系，其中尤以现代感性更为丰富的西南联大学生诗人较着痕迹。

穆旦虽然批评《慰劳信集》不符合他所定义的"新的抒情"，但他并不否认《鱼目集》那种"抒情的放逐"既开诗坛风气，也是忠实于生活的表现。他说《鱼目集》中好些诗"给诗运的短短路程上立了块基石"[10]。穆旦个人诗风尽管受奥顿影响甚深，但卞之琳以他抒情中的"机智"，汇合了奥顿而对他起了作用。杜运燮在新型的政治抒情诗创作上也受到卞之琳《慰劳信集》的感染。他说：

> 卞之琳的"转折点"和"变"，我恰好是个目击者和见证人。当时我初学写诗，在昆明西南联大与我同时爱上写作的也不少。我们都感受到《慰劳信集》的影响。他的"变"，在为广大人民而写方面，提供了另一种写法的实例。[11]

此外，在口语化和格律化方面，穆旦和杜运燮杂用古化与欧化语句的诗风和格律不太严谨的诗体，似也受到卞诗潜移默化的影响。

受卞之琳的诗影响最大、最显著的，是曾受业于卞氏的袁可嘉。他真正动手写作的1946年及1947年两年间，诗作打上了鲜明的卞诗风格的烙印。例如他的《空》，从立意、用词到造句，都显然蹈袭了卞氏的《白螺壳》。又比如他的《穿空唉空穿》，也简直是卞之琳30年代中期很多诗句的剪贴。[12] 很少有一位诗人模仿其前辈到这样的程度，袁可嘉这两年间的十几首习作，与卞诗相较，很多地方差不多形成了一对一的关系。袁可嘉后来不再"描头画角"而写出了成熟的作品，但其中十四行诗所占比重很大，恐也受卞之琳的影响，尽管已不易指实。

1949年后，卞之琳旧著在大陆与台湾均被冷藏了30年，新作也屡受批评。1950年脱稿的王瑶《中国新文学史稿》就说卞氏"自诩他的形式的特点来掩饰那内容的空虚"[13]。在愈演愈烈的强调政治标准而忽略艺术标准的情势下，这已是比较温和的贬斥了。另一方面，由于卞之琳的"左翼"进步色彩，他的诗在台湾也销声匿迹。彼岸视为"左"，此岸嫌其"右"，处于政治夹缝中的他，其诗作自然不可能造成什么突出的影响。

在这30年中，有极少数诗人由于特殊的机缘而能接触到现代文学旧著，从而维持了与三四十年代诗人的"血缘关系"。叶维廉曾用这个词来说明自己早期诗作中所受到的何其芳、辛笛、艾青和卞之琳的影响，其中尤以卞诗的分量最重。他指出，"通过较严密的知性的思维"造成"意象之间的进展和呼应"、通过"场景不断的推移转换所开拓出来的多面性"、"经常保持事物的'现在发生性'，要使读者跟着诗的进展而觉着事物刻刻在眼前发生"等技巧，乃是卞之琳所提供给他的诗的。[14] 这三个方面，笔者认为，亦即30年代中期卞之琳观念象征的写作方式。但是，叶氏自谓他最需要的"凝定"和"锤炼"，并未从其早期诗作中反映出来，而这一点却是卞之琳的一大特色。而且，卞氏表面的错综复杂的意象之间理路的缜密，也不是叶维廉的诗所可比拟。

不满于台湾现代诗的玄秘晦涩的香港诗人古苍梧，从卞之琳的诗中看到了相反的特质：可读、耐读；可解、可感。他自承某些诗篇受过卞之琳等人的抒情诗的影响[15]，有评论认为在重视诗的空间结构方面，古苍梧与卞之琳有某种相通之处[16]。但是，他的诗作本来就很少，而且"对诗的形式不很执著"，与卞之琳"比较工整，比较讲求凝练"的诗风也有相当的距离。[17]

叶维廉和古苍梧是现代诗人中声言曾受到卞诗影响的少有的两例，而即便在他们身上，也反映出现代诗发展的某种偏向，概括地说，就是重视现代性而忽略形式感。所以人们未能赏识诸如细致的肌理、巧妙的声韵、繁富的体式等在卞诗中的种种表现。当政治的因素逐渐消失之后，从艺术上考虑，这也是卞之琳对于中国现代诗坛影响比较微弱的重要原因。

60年代起在台湾和80年代起在大陆，现代诗的发展确实呈现出种种失衡的现象：自由诗当道而格律诗不振，精于意象的创造而疏于声韵的经营，强调创新而轻视继承，强调向西方学习而未能有效地援引古典传统。这些问题带来的后果，就是新诗迄今在大众心目中还无法获得旧诗所获得的尊崇。为解决这些问题，笔者认为，卞之琳曾经提出的建议仍不失为一帖良方：

> 除了更多掌握我国古典诗和民歌的要素以及外国传统诗和西方现代主义诗的新感性、新表现手法之外，最重要的是

认识"五四"以来新诗的传统,包括诗艺发展上的成功和失败。[18]

卞之琳诗艺的成就,已经属于这一新诗传统的重要组成部分。本文的研究表明,在现代诗艺的许多方面,卞之琳成就都很高,具体归纳为四点就是:

一、多元的语言。卞之琳受闻一多、徐志摩的影响,善于以鲜活洗练的口语写诗,同时又擅长熔铸文言语句和各种欧化句子。他可以配合诗情的需要,通过口语语调的丰富变化来反映不同的心境,同时也适当引入文言,使文与白、雅与俗、庄与谐构成对比。他善炼长句,以种种倒装、插入、跨行等相对西化的语法手段造成长与短、整与散等不同的节奏,以与特定的情思合拍。他诗语的色调以素淡为本,但也不乏设色秾丽的辞章。总之,卞之琳的诗歌语言非常多元,诗行间闪动着各种对话的口风,又时有文言句式的遒劲与文言词藻的凝重,欧化的表达也精确而饶有风致,这一切使他的诗成为多层次、多元素的奇妙混合,这也是现代汉语诗歌语言发展的良性方向。

二、精工的形式。卞之琳高度的形式感在20世纪中国诗人中是罕见的。他十分重视诗的内容与形式、意义与声音的有机结合,重视诗的音乐性。在实践中,也在理论上,他对现代格律诗体进行了不懈的探索,深切把握现代汉语基本因素与规律,从而在此基础上变化出种种繁富的体式。他的诗,节奏参差而又均衡,音韵呼应而又变化,体式严谨而又充满弹性。他的格律诗矫正了新月诗人硬性划一字数、片面追求整齐而显得单调刻板的流弊,在限制中获得自由；他的自由诗则戒除了一般长短不定、起落无端、任意而散漫的缺点，在自由中寓以限制。考虑到现代汉语诗歌有丧失一个悠久而辉煌的"韵文"传统的危险，卞之琳在形式上的长期经营具有非常重要的意义。

三、卓越的技巧。卞之琳由于其独特的抒情气质而采取了独特的抒情策略，这种策略的智性倾向很突出。他的小说化、戏剧化写法，冷静而客观地处理主题，用不断的"我"、"你"、"他"的伪装与换位，大大放低了自郭沫若以降那一个大写的"我"的姿态，在一声盖过众口和众口齐出一声的两个时代之间，留下了充满自我质疑却反而极富个性的声音。他的诗，无不即景、即事、即人、即物，其主体的情感总是落实到客观而具体的形象上，同时他又善于由实入虚，从现实的层面作种种飞跃而进入广阔的时空，此情此景总藏有万象，一时一地都伸向无穷。在他智性的掌握之下，感觉的渗透伴随了观念的跳动，其间省略了许多叙述的因素，但又并非毫无逻辑的呓语式写作。这些技巧，现代而又不走极端，并不以年代差距或时尚差异而失去它们持久的价值。

四、中西传统的创造性转化。卞之琳所受的古典与西方的影响非常广泛而复杂，但是这些影响往往能"化"入他的诗作中。相对说来，其作品中独特的艺术个性一贯是十分鲜明的，新的美学元素的出现，总是生发于旧有的思想和艺术的土壤。他对西方作家的诗观与诗艺从不生搬硬套，对古典哲学和文学养分的吸收也常常是深隐而自然，做到了泯诸色相而空诸形迹。儒、道、佛也好，李商隐、姜白石也好，艾略特、瓦雷里、纪德也好，总是在不同的阶段相互综合着，对诗人发生了影响，构成了他对人生与艺术的智慧的观照。虽然可以对这些影响加以抽离和分析，但彼此之间有机的统一却始终是前提性的存在。因此，他"化欧"、"化古"的艺术实践，在经常落入"欧化"、"古化"甚至"食洋不化"、"食古不化"的泥淖中的现代诗人面前，无疑是一个典范。

卞之琳是20世纪中国杰出的现代诗人。但正如有的论者所指出的，"他的诗和他的诗学原则终其一生都没有产生什么重大影响"[19]。原因既有外在的，也有内在的。外在的原因是，卞之琳的艺术本色既没有得益于对中国政治的迎合，也没有得益于对它的抗拒。而政治的分裂造成的中国现代文学的非连续性发展，也限制了他的作品的接受。普罗大众因文学修养的下降而不能欣赏他，文学精英则因现代诗本身的不平衡发展而对他的价值缺乏深刻体认。内在的原因则是，卞之琳的诗产量不丰，格局不大，题材不够广泛。他的创造力最旺盛的时期只有30年代的10年，时代没有提供给他更多的发展空间和时间以获取更大的成就。卞之琳对此有清醒的自觉。他曾说：

> 我可以说是个小诗人，一个 Minor Poet，我喜欢精雕细琢，可以说是雕虫小技吧，不管怎么成功也是 Minor 的。[20]

"小诗人"的说法在汉语中常有贬义，因此，笔者认为，黄维樑对于诗人如下的评价，更为允当：

> 在五四以来的新诗人中，卞氏的作品数量少，影响不算深远，称不上是大家。但他少而能精，名篇颇多，可说是一名家。[21]

笔者希望从整个中国文学史的角度，使用"名家"一词来定位作为诗人的卞之琳。卞氏将自己的诗集题名为《鱼目集》和《雕虫纪历》。他可以说不是"雕龙"，但他的诗却是"珍珠"。笔者愿以1990年冯至《读〈距离的组织〉赠之琳》诗中的最后一行，作为全书的结语：

这星座不显赫，却含蓄着独特的光辉。[22]

注　释

〔1〕吴兴华：《北辕适楚：或给一个青年诗人的劝告》，见《文艺时代》，创刊号（1946年6月），第27页。

〔2〕卞之琳：《吴兴华的诗与译诗》，见《中国现代文学研究丛刊》，1986年第2期，第272页。

〔3〕卞之琳：《毕竟是文章误我，我误文章》，见《收获》，1994年第2期，第135页。

〔4〕Harold Acton and Ch'en Shih-hsiang: *Modern Chinese Poetry* (London, Duckworth, 1936).

〔5〕沈从文：《〈群鸦集〉附记》，原载《创作月刊》1931年，引文据《沈从文文集》，第11卷，香港三联书店、花城出版社，1985年1月1版，第18页。

〔6〕梁宗岱：《试论直觉与表现》，原载《复旦学报》，第1期文史哲号（重庆，1944年10月），引文据《梁宗岱批评文集》，珠海出版社，1998年10月1版，第232页。

〔7〕冯文炳（废名）：《谈新诗》，人民文学出版社，1984年2月1版，

第 205 页。

〔8〕李磊:《鱼目集和孤帆的诗》,引文据洪球编:《现代诗评论文选》,下卷,波文书局,1975 年影印版,第 687 页。

〔9〕阿垅:《人生与诗》,见《希望》,第 2 集第 2 期(1946 年 6 月),第 25 页。

〔10〕穆旦:《〈慰劳信集〉——从〈鱼目集〉说起》,见《大公报·文艺》,1940 年 4 月 28 日。

〔11〕杜运燮:《捧出意义连带着感情——浅谈卞诗道路上的转折点》,见袁可嘉、杜运燮、巫宁坤编:《卞之琳与诗艺术》,河北教育出版社,1990 年 7 月 1 版,第 89 页。

〔12〕这样的例子还有很多,参见袁可嘉《半个世纪的脚印——袁可嘉诗文选》,人民文学出版社,1994 年 6 月 1 版,第 6—19 页。

〔13〕王瑶:《中国新文学史稿》,上海新文艺出版社 1953 年 7 月据开明书店 1951 年初版重印,第 199 页。

〔14〕叶维廉:《我和三四十年代的血缘关系》,见《花开的声音》,四季出版事业有限公司,1977 年 12 月 1 版,第 1—30 页。

〔15〕姚启荣整理:《古苍梧访问记》,见古苍梧:《一木一石》,香港三联书店,1988 年 8 月 1 版,第 373 页。

〔16〕林年同:《意境的继承与空间的拓展》,见古苍梧:《铜莲》,素叶出版社,1980 年 12 月 1 版,第 7 页。

〔17〕姚启荣整理:《古苍梧访问记》,见古苍梧:《一木一石》,香港三联书店,1988 年 8 月 1 版,第 373 页。

〔18〕卞之琳:《今日新诗面临的艺术问题》,见《人与诗:忆旧说新》,生活·读书·新知三联书店,1984 年 11 月 1 版,第 178 页。

〔19〕Bonie S. McDougall's book review on *Pien Chih-lin*:*A Study in Modern Chinese Poetry*;*review published in Modern Chinese Litera-*

ture(San Francisco State University),Volume 1 Number 2,Spring 1985,p. 269.

〔20〕古苍梧整理:《诗人卞之琳谈诗与翻译》,见古苍梧:《一木一石》,香港三联书店,1988年8月1版,第356页。

〔21〕黄维樑:《雕虫精品——卞之琳诗选析》,见《八方》文艺丛刊,第2辑(1980年2月),第197页。

〔22〕冯至:《读〈距离的组织〉赠之琳》,见《诗双月刊》,第2卷第6期与第3卷第1期合刊(1991年7月),第14页。

主要参考书目

A 中文

张曼仪:《卞之琳著译研究》,香港大学中文系,1989年。
袁可嘉、杜运燮、巫宁坤:《卞之琳与诗艺术》,河北教育出版社,1990年。
陈丙莹:《卞之琳评传》,重庆出版社,1998年。
刘西渭:《咀华集》,文化生活出版社,1936年。
李广田:《诗的艺术》,开明书店,1943年。
冯文炳:《谈新诗》,人民文学出版社,1984年。
黄维樑:《中国文学纵横论》,东大图书公司,1988年。
黄维樑:《怎样读新诗》,学津书店,1982年。
叶维廉:《花开的声音》,四季出版事业有限公司,1977年。
张曼仪、黄继持等:《现代中国诗选1917—1949》,香港大学出版社及香港中文大学出版部,1974年。
王毅:《中国现代主义诗歌史论1925—1949》,西南师范大学出版社,1998年。

李怡：《中国现代新诗与古典诗歌传统》，西南师范大学出版社，1994年。

谭楚良：《中国现代派文学史论》，学林出版社，1996年。

周兆祥：《汉译〈哈姆雷特〉研究》，香港中文大学出版社，1985年。

袁可嘉：《半个世纪的脚印——袁可嘉诗文选》，人民文学出版社，1994年。

［俄］M. 巴赫金：《陀思妥耶夫斯基诗学问题》，生活·读书·新知三联书店，1988年。

［俄］M. 巴赫金：《巴赫金文论选》，中国社会科学出版社，1996年。

董小英：《再登巴比伦塔——巴赫金与对话理论》，生活·读书·新知三联书店，1994年。

［法］热拉尔·热奈特：《叙事话语新叙事话语》，中国社会科学出版社，1990年。

吕叔湘：《中国文法要略》，商务印书馆，1982年。

张志公：《现代汉语》，人民教育出版社，1982年。

陈望道：《修辞学发凡》，上海教育出版社，1979年。

郑子瑜：《中国修辞学史稿》，上海教育出版社，1984年。

蔡宗阳：《陈骙〈文则〉新论》，文史哲出版社，1993年。

黄永武：《中国诗学·设计篇》，巨流图书公司，1976年。

陈本益：《汉语诗歌的节奏》，文津出版社，1994年。

许霆、鲁德俊：《新格律诗研究》，宁夏人民出版社，1991年。

王力：《汉语诗律学》，上海教育出版社，1979年。

梁宗岱：《诗与真》，商务印书馆，1935年。
张若名：《纪德的态度》，生活·读书·新知三联书店，1996年。
［法］克洛德·马丹：《纪德》，李建林译，生活·读书·新知三联书店，1992年。
吕澂：《中国佛教源流略讲》，中华书局，1979年。
法藏：《华严金师子章校释》，中华书局，1983年。
徐志摩：《徐志摩诗全编》，浙江文艺出版社，1993年。
梁锡华：《徐志摩新传》，联经出版事业公司，1979年。
闻一多：《闻一多诗全编》，浙江文艺出版社，1995年。
废名：《桥》，开明书店，1932年。
废名：《废名选集》，四川文艺出版社，1988年。
Frank Lentricchia 与 Thomas MaLaughlin：《文学批评术语》，张京媛等译，牛津大学出版社，1994年。

B 英文

Lloyd Haft：*Pien Chih-lin：A Study in Modern Chinese Poetry*. Dordrecht-Holland/Cinnaminson U. S. A., Foris Publications, 1983.

M. H. Abrams：*A Glossary of Literary Terms*. Holt, New York, Rinehart and Winston. Inc., 1971.

Harold Acton and Ch'en Shih-hsiang：*Modern Chinese Poetry*. London, Duckworth, 1936.

W. H. Auden：*Selected Poems*. edited by Edward Mendelson, New

York, Random House, 1979.

W. H. Auden: *The Dyer's Hand and Other Essays*. London, Faber and Faber, 1975.

Azorin: *An Hour of Spain*. Translated by Alice Raleigh, London, George Routledge and Sons, 1930.

John G. Blair: *The Poetic Art of W. H. Auden*. New Jersey, Princeton University Press, 1965.

Cleanth Brooks: *The Well Wrought Urn*. New York, Reynal and Hitchcock, 1947.

Charles Chadwick: *Symbolism*. London, Methuen, 1971.

T. S. Eliot: *Selected Poems*. London, Faber and Faber, 1976.

T. S. Eliot: *Selected Prose of T. S. Eliot*. London, edited by Frank Kermode, Faber and Faber, 1975.

Helen Gardner: *The Art of T. S. Eliot*. New York, E. P. Dutton and Co., Inc., 1959.

Julia C. Lin: *Modern Chinese Poetry: An Introduction*. Seattle and London, University of Washington Press, 1972.

Gören Hermerén: *Influence in Art and Literature*. New Jersey, Princeton University, 1975.

Kai-yu Hsu: *Twentieth Century Chinese Poetry: An Anthology*. New York, Doubleday and Co., 1963.

Harold Nicolson: *Paul Verlaine*. London, Constable and Co., 1921.

Robert Payne (ed.): *Contemporary Chinese Poetry*. London.

Routledge, 1947.

Shlomith Rimmon-Kenan: *Narrative Fiction: Contemporary Poetics*. London and New York, Methuen, 1983.

Elizabeth Sewell: *Paul Valéry: The Mind in the Mirror*. New Haven, Yale University Press, 1952.

Paul valéry: *Selected Writing of Paul Valéry* (Distinguished Volume). New York, New Directions, 1964.

Paul valéry: *The Art of Poetry*. translated by Denise Folliot, London, Routledge, 1958.

R. Wellek and A. Warren: *Theory of Literature*. New York, Harcourt Brace, 1977.

再版后记

本书原是我在香港中文大学写作的博士论文,初版正好过了20年。20年前的2000年12月,中国社会科学院外国文学研究所一切都已准备好,在北京召开卞之琳先生的90华诞暨创作70周年学术研讨会。我和青乔主编的三卷本《卞之琳译文集》,以及我的这本论文,都由安徽教育出版社赶制出来。可是我从杭州启程到合肥,半路上却得到卞先生遽尔离世的消息。当晚在出版社,我从我的大学同学也是责任编辑的万直纯兄手中拿到这两种刚印出的书,心情真无法形容。我原来是想以此具礼,为先生寿的。

到了北京,研讨会改成了追思会。我记得在会上,傅浩兄翻到我这本书的结尾,看见卞之琳先生说,自己再怎么精雕细刻,也只是一个 minor poet 亦即小诗人的话,马上表示异议。他拿他精研的英国当代诗人菲利普·拉金(Philip Larkin)来比况。拉金生前只出了四本小小的诗集,每一本收诗都不过二三十首,加上零星发表过的,总共也不过一百五十来首,但在当代英语世界地位极其崇高,可见一个 fine poet(精致的诗人)无妨碍于同时是一个 major poet(大诗人)。卞先生怎么就不是一个现代中国的大诗人呢？

我现在有点同意傅浩兄的话了。20世纪后半叶的重要诗人，好像都不怎么高产。瑞典诗人特朗斯特罗姆（Tomas Transtromer）半个世纪发表过的诗，也只有两百来首，而且都不长，但那是怎样的精金碎玉呀，完全是"喜爱淘洗，喜爱提炼，期待结晶，期待升华"的一路写法。看来，由于诗的领地被小说、电影等艺术侵蚀，特别是音像复制技术的普及对文学表达的挤占，现代诗人们的工作空间被大大的压缩了，所以更倾心于打磨语言和表现技巧，重视质量要远远胜过重视数量。

以奥顿大诗人的5个条件，即产量之丰、主题之广、技巧之高、风格之独创以及富于蜕变，来加以衡量，卞之琳先生大概能满足其中的3项，正好过了奥顿的大诗人基准线。作为一个技巧专家，他的风格具有一眼可以辨识的独创性，而在他最集中的30年代创作中，从象牙塔上的"理智之美"，到十字街头的"感情的洪流"，主题也算广泛，蜕变较为鲜明。总之，卞先生自谦是一位minor poet的说法，我们不可以也就这么认了。

20年来，卞诗的成就已经被越来越多的诗人所认知。柏桦、张枣、臧棣等人都发表过对其诗艺的深刻见解与高度评价，而且在具体的写作中汲取了来自卞诗的独特营养，比如细致的肌理、微妙的声韵、主体的换位、声音的分层等。在我的《言说的芬芳》一书的许多篇章中，细心的读者或许会发现这一些。如果我续写这本书的话，可以增设一章来讨论卞之琳对当代诗人的影响了。但这个题目，我相信自会有新的诗学研究者去做，而且做得更好。

本次再版，我只是修订了一些字句，删去了原来附录的研究资料与赏析文章两个辑目，其余皆保持原貌。再一次，我要向本书先后的两任责编万直纯兄与何客兄深致谢意。

江弱水
2020 年夏于良渚